中國文學系列

古典文學選讀

耿湘沅 編選

五南圖書出版公司 印行

編選說明

一、本書選錄文章起自先秦，止於清代，共四十篇。

二、選錄的文章，篇幅以短小為前題，題材儘量多元性，內容平淺，涵義深刻而韻味雋永者。

三、本書編排分課文、作者、題解、注釋、課文研析、問題與討論六項，讀者若能循序閱讀，自有會心之得。

四、本書之作者項，介紹作者生平、思想、事功、著作及其文學上的成就與地位。

五、本書之題解項，針對課文之出處、寫作背景及旨意，提出說明。

六、本書之注釋項，解釋字詞及難句，並酌注讀音，避免繁瑣的引錄與考證，力求簡單明確，俾能一目了然。

七、本書之課文研析項，就課文的立意、內容、布局、藝術表現手法作深入和廣度的探析，以加深對原文的理解，增強欣賞、分析的能力。

八、本書之問題與討論項，除就課文內容提出問題外，亦對與課文相關的事物設計問題討論，以培養思考及閱讀能力。

九、在編選過程中，曾參考近時諸多選注本，不一一註明。

十、本書如有疏漏或謬誤之處，尚請各位老師、先達學者不吝指正，是所企盼。

目錄

一、詩經選

課文

關雎

關關❶雎鳩❷，在河之洲❸。窈窕❹淑女❺，君子好逑❻。
參差❼荇菜❽，左右流❾之。窈窕淑女，寤寐❿求之。
求之不得，寤寐思服⓫。悠哉⓬悠哉，輾轉反側⓭。
參差荇菜，左右采之。窈窕淑女，琴瑟友之⓮。
參差荇菜，左右芼⓯之。窈窕淑女，鐘鼓樂之⓰。

凱風

凱風⓱自南，吹彼棘心⓲。棘心夭夭⓳，母氏劬⓴勞。
凱風自南，吹彼棘薪㉒。母氏聖善，我無令人㉓。
爰有寒泉？在浚㉔之下。有子七人，母氏勞苦。
睍睆黃鳥㉕，載㉖好其音。有子七人，莫慰母心。

木瓜

投我以木瓜[27]，報之以瓊琚[28]。匪報也，永以爲好也。
投我以木桃[29]，報之以瓊瑤[30]。匪報也，永以爲好也。
投我以木李，報之以瓊玖[31]。匪報也，永以爲好也。

作者

《詩經》來自民間，收錄了三百零五篇詩，是中國最早的一部詩歌總集，各篇作者多已不可考，就其內容可知它產生的時代約爲西周初年到春秋中期（西元前十二世紀—前六世紀），約五、六百年的作品。內容可分爲風、雅、頌三類：風爲民間歌謠，包含〈周南〉、〈召南〉和〈邶〉、〈鄘〉、〈衛〉、〈王〉、〈鄭〉、〈齊〉、〈魏〉、〈唐〉、〈秦〉、〈陳〉、〈檜〉、〈曹〉、〈豳〉等十三國風，共一百六十首。雅分〈大雅〉、〈小雅〉，〈小雅〉爲宴饗樂歌，〈大雅〉爲朝會樂歌，共一百零五首。頌分〈周頌〉、〈魯頌〉、〈商頌〉，爲宗廟祭祀的樂歌，共四十首。

《詩經》經秦火後，至漢代傳詩者有齊、魯、韓、毛四家，齊人轅固生所傳者爲《齊詩》，魯人申培所傳者爲《魯詩》，燕人韓嬰所傳者爲《韓詩》，三家皆爲今文經；魯人毛亨所傳者爲《毛詩》，則爲古文經。魏晉以後，齊、魯、韓三家逐漸衰微，先後亡佚，僅存《韓詩外傳》，今所傳之《詩經》就是毛亨流傳下來的。歷代《詩經》注本和研究《詩經》的著作很多，今《十三經注疏》中的《詩經》就是西漢毛亨作的傳，東漢鄭玄箋，唐孔穎達疏；至宋朱熹作《詩集傳》；清陳奐著《詩毛氏傳疏》，馬瑞辰著《毛氏傳箋通釋》，這些都是研究《詩經》的重要書籍。

題解

本課自《詩經》中選三首詩，一為〈關雎〉，見〈周南〉，寫一男子對女子的思慕之情。一為〈凱風〉，見〈邶風〉，寫歌詠慈母並自責一無成就，不能安慰母親。一為〈木瓜〉，見〈衛風〉，寫情人互贈禮物，永遠相愛之心。

注釋

❶關關　雄鳥與雌鳥和答的鳴聲。

❷雎鳩　音ㄐㄩ　ㄐㄧㄡ，水鳥名，體呈棕褐色，展翼可達四五尺。相傳此鳥情意專一，若喪偶，則憂思不食，憔悴而死。

❸洲　水中可居之陸地。

❹窈窕　音ㄧㄠˇ　ㄊㄧㄠˇ，嫻靜美好。

❺淑女　有德行的女子。

❻逑　音ㄑㄧㄡˊ，配偶。

❼參差　長短不齊。

❽荇菜　水生植物，根生水底，莖白葉紫，葉圓徑約一寸多，浮在水面上，嫩葉可食。荇，音ㄒㄧㄥˋ。

❾流　求，採取。作動詞，即順著水流的方向採摘。

❿寤寐　醒與睡。

⓫思服　思念。思，助詞。服，思念。

⓬悠哉　形容思念之久長。悠，長、思。

⓭輾轉反側　翻來覆去，無法入眠。

⓮琴瑟友之　彈奏琴瑟，以親近她。友，親近。之，指淑女。

⓯芼　音ㄇㄠˊ，擇取。

⓰鐘鼓樂之　敲鐘打鼓使她歡樂。

⓱凱風　南風。因南風和暖，長養萬物，故又稱凱風。凱，樂、和。

⓲棘心　未長大的酸棗樹。棘，酸棗樹。

⓳夭夭　美麗而茂盛。

㉑劬　音ㄑㄩˊ，勤勞。

㉒棘薪　酸棗樹已經長成，可以做柴薪。

㉓令人　善人。令，善。

㉔浚　春秋衛國地名，今河北省濮陽縣南。

㉕睍睆黃鳥　黃鳥清脆婉轉的鳴聲。睍睆，音ㄒㄧㄢˋ　ㄏㄨㄢˇ，好貌，指黃鳥的鳴聲。

㉖載　則。

㉗木瓜　屬薔薇科，落葉灌木，花為深紅、純白及紅白雜色，果實橢圓形，可食。

㉘瓊琚　美玉名，古人多佩之。

㉙木桃　樝子之別名，屬薔薇科，落葉小灌木，春日開花，色黃赤或白，果實圓形，味甚酸。

㉚瓊瑤　美玉名。

㉛瓊玖　美玉名。

課文研析

關雎

本詩為《詩經》的第一篇，是一首民間戀歌，寫一個在河邊採荇菜的姑娘，引起了一個男子的思慕之情。全詩分三章，第一章以關雎和鳴起興，而聯想到淑女是君子的好配偶。第二章以摘取荇菜起興，寫追求淑女未得的相思苦悶的心情。第三章再以擇取荇菜起興，寫男子想像求得淑女以後的滿足和愉悅。

本詩以起興的藝術手法開始，借情真專一的關雎的和鳴，奏起和諧的愛情戀曲。由淑女的「左右流之」、「左右芼之」的動作，勾勒出姑娘的迷人倩影，使他日思夜想，「求之不得」、「輾轉反側」，陷入無盡的思戀痛苦。然而峰迴路轉，又往好處想，以至於想像已求之既得，想到「琴瑟友之」、「鐘鼓樂之」的歡樂場景，想到「窈窕淑女」終於成了他這「君子」的「好逑」，沉浸於幻想境界中。詩人運用反覆陳述以烘托氣氛，在虛實相間的結合中，給人以具體感，也托出一個發乎情、止乎禮的戀情，融成一個誠摯而美麗的整體，產生了極佳的藝術效果，詩中以「參差荇菜」開頭的四句，反覆詠唱了三次，使得音節明暢流利，它那「洋洋乎盈耳哉」的音樂，連孔子都稱讚不已，它的意境美，就在這美妙的音樂中得到了體現。

凱風

本詩是一首歌詠慈母劬勞而自責的詩篇。全詩分四章，第一章以和煦的凱風比慈母，以棘心比喻子之幼時，寫母親的辛苦教養。第二章寫母親養育之恩似海深，可是我們兄弟卻不成材。第三章以清涼的寒泉起興，寫母親的勞累。第四章以黃鳥婉轉的鳴聲起興，寫七子不能慰母心而自責。

比和興是《詩經》中常用的藝術手法，本詩即是運用比興之法來塑造形象。母親如和煦的南風吹拂著如幼苗的子女長大，子女見母親的勞累而自責自己的不成材，因而發出「棘心夭夭，母氏劬勞」、「母氏聖善，我無令人」之歎。以母氏之「劬勞」、「聖善」反襯出這些兄弟的不成器。又以「寒泉」之益於「浚」、「黃鳥」之「好其音」喻七子不能「慰母心」，不如泉鳥。以興比的手法把母親和子女巧妙的結合在一起，興而比，比而興，使詩篇變得生動鮮明，充滿了情趣和韻味，也增強了它的藝術感染力。

木瓜

本詩是寫男女贈答的詩篇。全詩分三章，每章的第一、二兩句寫男女互相贈答禮物，三、四兩句直陳心意，為永遠相愛的決心。

古時未婚女子可以向她喜歡的男子投擲瓜果以示心意，如果這個男子也喜歡她，就解下腰間的佩玉相報，作為定情之物。本詩以「投」和「報」兩個動作，展示了一幅生動的畫面，「投」字刻畫出一個女子的熱情活潑，對愛情的勇敢追求，卻並不狂放，因為她僅僅投一個「木瓜」、「木桃」、「木李」而已，以象徵物件寄寓情意，寫出她表達情懷的含蓄。「報」則顯得意味盎然，當「木瓜」、「木桃」、「木李」傳來愛情的訊息，這位男子即以佩玉答報，並作了「匪報也，永以為好也」的表白，這簡直是山盟海誓，一個純樸忠厚、對愛情堅貞的形象呈現在眼前。本詩除各章前兩句有幾個字變化外，最後兩句完全相同。作者用三個不同的瓜果，反覆詠唱，使詩具有音韻、節奏之美。又由於取材於生活中所熟知的事實，並用生動的口語表達，所以全詩顯得意象渾然，洋溢著盎然生趣。

問題與討論

一、〈關雎〉寫對愛情求之不得的相思之情，讀了這首詩後，給了你什麼啓示？

二、唐朝詩人孟郊〈遊子吟〉中「誰言寸草心，報得三寸暉」與〈凱風〉一詩之意相同，試比較分析二詩作者之心境。

三、就〈木瓜〉一詩所表達的愛情思想，評論今日年輕人對愛情的看法。

二、秦晉殽之戰

左傳

課文

僖公三十二年[1]冬，晉文公[2]卒。庚辰，將殯[3]於曲沃[4]；出絳[5]，柩[6]有聲如牛。卜偃[7]使大夫拜，曰：「君命大事[8]，將有西師過軼[9]我，擊之，必大捷焉。」

杞子[10]自鄭使告於秦，曰：「鄭人使我掌其北門之管[11]，若潛師[12]以來，國可得也。」穆公[13]訪諸蹇叔[14]。蹇叔曰：「勞師以襲遠，非所聞也，師勞力竭，遠主備之，無乃[15]不可乎？師之所爲，鄭必知之：勤而無所[16]，必有悖心。且行千里，其誰不知？」公辭焉，召孟明、西乞、白乙[17]，使出師於東門之外。蹇叔哭之，曰：「孟子，吾見師之出，而不見其入也！」公使謂之曰：「爾何知？中壽[18]，爾墓之木拱[19]矣。」

蹇叔之子與師，哭而送之，曰：「晉人禦師必於殽，殽有二陵[20]焉：其南陵，夏后皋[21]之墓也；其北陵，文王[22]之所辟[23]風雨也。必死是間，余收爾骨焉。」秦師遂東。

三十三年春，秦師過周北門[24]，左右免冑而下[25]，超乘[26]者三百乘。王孫滿[27]尚幼，觀之，言於王曰：「秦師輕而無禮[28]，必敗。輕則寡謀，無禮則脫[29]；入險而脫，又不能謀，能無敗乎？」

及滑[30]，鄭商人弦高[31]將市於周，遇之，以乘韋先牛十二犒師[32]，曰：「寡君聞吾子將步師[33]出於敝邑，敢犒從者；不腆[34]敝邑，爲從者之淹[35]，居則具一日之積[36]，行則備一夕之衛。」且使遽[37]告於鄭。鄭穆公[38]使視客館[40]，則束載厲兵秣馬[40]矣。使皇武子[41]辭焉，曰：「吾子淹久於敝邑，唯是脯資餼牽[42]竭矣。爲吾子之將行也，鄭之有原圃[43]，猶秦之有具囿[45]也，吾子取其麋鹿，以閒敝邑[45]，若何？」杞子奔齊，逢孫、楊孫奔宋。孟明曰：「鄭有備矣，不可冀也。攻之不克，圍之不繼[46]，吾其還也。」滅滑而還。

晉原軫[47]曰：「秦違蹇叔而以貪勤民，天奉[48]我也。奉不可失，敵不可縱；縱敵患生，違天不祥；必伐秦師。」欒枝[49]曰：「未報秦師而伐其師，其爲死君乎？」先軫曰：「秦不哀吾喪，而伐吾同姓[51]，秦則無禮，何施之爲[52]？吾聞之：一日縱敵，數世之患也。謀及子孫[53]，可謂死君乎？」遂發命，遽興姜戎[54]；子墨衰絰[55]，梁弘[56]御戎，萊駒[57]爲右。夏四月辛己，敗秦師於殽，獲百里孟明視、西乞術、白乙丙以歸。遂墨以葬文公。晉於是始墨[58]。

文嬴[59]請三帥，曰：「彼實構[60]吾二君，寡君若得而食之，不厭[61]，君何辱討焉？使歸就戮於秦，以逞[62]寡君之志，若何？」公許之。先軫朝，問秦囚。公曰：「夫人請之，吾舍之矣。」先軫怒曰：「武夫力而拘諸原，婦人暫而免諸國[63]，墮軍實[64]而長寇讎[65]，亡無日矣！」不顧而唾[66]。公使陽處父[67]追之，及諸河，則在舟中矣。釋左驂[68]以公命贈孟明；孟明稽首[69]曰：「君之惠，不以纍臣釁鼓[70]，使歸就戮於秦。寡君之以爲戮，死且不朽[71]；若從君惠而免之，三年，將拜君賜[72]。」

秦伯素服郊次[73]，鄉師而哭[74]曰：「孤違蹇叔以辱二三子，孤之罪也。不替孟明[75]，孤之過也。大夫何罪？且吾不以一眚掩大德[76]！」

作者

左丘明，春秋魯太史，相傳爲左史倚相之後，生平事蹟多不可考，大約與孔子同時人。左傳，春秋三傳之一。孔子著春秋，多所褒貶，左丘明遂依春秋而詳載史實成左傳，以明孔子非空言也。。其書以魯國爲中心，起自魯隱公元年（西元前七二二年），迄於哀公二十七年（西元前四六八年），歷記魯國隱、桓、莊、閔、僖、文、宣、成、襄、昭、定、哀等十二公二百餘年各國之大事，共三十卷。是中國第一部敘事詳細完整的歷史著作，和傑出的歷史散文，今《十三經注疏》中之《左傳》，爲晉杜預注，唐孔穎達疏。

題解

本篇節錄自《左傳》僖公三十二年、三十三年，敘述晉人敗秦師於殽之戰的經過。西元前六三二年晉公文在城濮一戰擊敗了楚國，西元前六二四年，晉襄公又在殽之戰，擊敗了秦國，因此就奠定了梁惠王所說的「晉國天下莫強焉」的地位。殽，同「崤」，山名，在今河南洛寧縣北，分東西二殽，相距三十里，地勢險峻，為兵家必爭之地。

注釋

❶僖公三十二年　《左傳》以魯紀年，三十二年，當周襄王二十四年。魯僖公，名申，在位三十三年，卒諡僖。

❷晉文公　名重耳，晉獻公之庶子，春秋五霸之一，在位九年，卒諡文。

❸殯　音ㄅㄧㄣˋ，停柩。

❹曲沃　晉地名，在今山西省聞喜縣東，晉祖廟之地，故文公死後往殯於曲沃祖廟。

❺絳　晉都城，在今山西翼城縣東南。

❻柩　屍體在棺木中稱柩。

❼卜偃　晉國掌卜筮之大夫。

❽君命大事　文公指示晉國將有軍戎大事。君，晉文公。命，指示。大事，軍戎大事。

❾軼　自後過前曰軼，有突擊、包抄之意。

❿杞子　秦大夫，時與逢孫、楊孫三人助鄭防晉。

⓫管　鎖鑰。

⓬潛師　祕密派軍隊。

⓭穆公　即秦穆公，名任好，春秋五霸之一。

⓮蹇叔　秦穆公時賢大夫。蹇，音ㄐㄧㄢˇ。

⓯無乃　恐怕，只怕。

⓰勤而無所　勞苦而無所獲。無所，無所得、無所獲。

⓱孟明西乞白乙　皆秦之大夫。孟明，百里奚之子，名視。西乞，名術。白乙，名丙。

⓲中壽　中等壽命。據《呂氏春秋．安死篇》以為中壽不過六十，此為秦人對中壽的解釋。

⑲拱　兩手合抱。

⑳殽有二陵　指殽山的兩座山峰。二陵相距三十里，峻阜絕澗，為兵家必爭之地。陵，大阜。

㉑夏后皋　夏桀祖父，在位十一年。后，君主。

㉒文王　指周文王，名昌，姬姓。

㉓辟　同「避」。

㉔周北門　周都城洛邑的北門，在今河南省洛陽縣。

㉕左右免冑而下　兵車上左右兩旁的戰士都把頭盔脫下，下車步行，略示敬意。免，脫。冑，頭盔。

㉖超乘　一躍而上車。指剛一下車就又跳上車。超，跳。

㉗王孫滿　周襄王之孫，定王時賢大夫。

㉘輕而無禮　過天子都門，秦軍僅免冑而下，未卷甲束兵，且又超乘以示勇，故曰輕而無禮。輕，輕佻。

㉙脫　疏忽。

㉚滑　姬姓小國。周封滑伯於此，在今河南省偃師縣南之緱氏城。

㉛弦高　鄭愛國賢士。

㉜以乘韋先牛十二犒師　先獻上四張熟牛皮，隨後再獻上十二頭牛，作為慰勞軍隊之用。古人送禮先輕後重，韋輕牛重，故以韋先牛。乘，四。古時一車駕以四馬，故以乘代稱「四」。韋，熟牛皮。犒師，慰勞軍隊。

㉝步師　行軍。

㉞腆　豐厚。腆，音ㄊㄧㄢˇ。

㉟淹　久留。

㊱居則具一日之積　停留則準備一日的糧食。居，停留、住宿。積，指馬草、糧食、柴薪、菜蔬等物。

㊲遽　傳車。古代用快馬驛車傳送緊急公文。

㊳鄭穆公　名蘭，文公之子，在位二十六年。

㊴客館　招待外賓的館舍。

㊵束載厲兵秣馬　綑好行裝，磨礪兵器，餵飽馬匹。束載，指可載於車上的什物。厲，同「礪」，磨。秣，餵。

㊶皇武子　鄭大夫。

㊷脯資餼牽　皆指食物。脯，乾肉。資，糧食。餼，音ㄒㄧˋ，已宰殺的牲畜的肉。牽，牛羊豬之類。

㊸原圃　鄭國畜養禽獸之處，即圃田澤，亦稱圃田，在今河南中牟縣西北。

㊹具囿　秦國畜養禽獸之處，即具圃，亦稱陽紆澤，在今陝西鳳陽縣境內。

㊺以閒敝邑　以減輕敝國的供給（或負擔）。閒，簡省。

㊻不繼　沒有後援。

㊼原軫　即先軫，晉大夫。因食采邑於原，故又稱原

軫。

48 奉　賜予。

49 欒枝　晉大夫。

50 其為死君乎　豈不是忘了先君的遺命嗎。其，豈。死君謂忘其先君，君，指晉文公。

51 同姓　指滑。鄭和滑都是姬姓，和晉是同姓。

52 何施之為　還有什麼恩惠可言。

53 謀及子孫　為後世子孫打算。

54 姜戎　姜姓的戎族。秦、晉之間的一個種族。

55 子墨衰絰　晉襄公將白色喪服染成黑色。子，指晉文公子襄公，時文公未葬，故稱子。墨，動詞，染黑。衰，音ㄘㄨㄟ，麻製的白色喪服。絰，音ㄉㄧㄝˊ，麻布腰帶。行軍時穿白色孝服，有不吉之嫌，於是把衰服染墨，然後以麻布繫腰。

56 梁弘　晉大夫。

57 萊駒　晉大夫。

58 晉於是始墨　自此以後，晉開始以黑色作為喪服。

59 文嬴　晉文公的夫人。文公在秦時，秦穆公以女兒妻之，即晉襄公嫡母。姓嬴，因嫁文公，故稱文嬴。

60 構　挑撥、離間。

61 厭　同「饜」，滿足。

62 逞　滿足。

63 暫而免諸國　在倉猝間就把他們（指秦囚）從都城中輕易的放走。暫，倉猝之間，很短的時間。免，赦免、釋放。

64 墮軍實　毀損了戰果。墮，音ㄏㄨㄟ，同「隳」，即毀損之意。軍實，戰果、戰績。

65 長寇讎　助長敵人的氣燄。長，音ㄓㄤˇ，助長。寇讎，敵人，指秦國。

66 不顧而唾　不顧君臣之禮，當著襄公面前向地上吐唾沫。極寫先軫憤怒而失禮的情狀。

67 陽處父　晉大夫。

68 釋左驂　解下駕車左外側的馬。驂，一車四馬，中間二馬曰服，左右兩旁的馬曰驂。

69 稽首　叩頭。稽，音ㄑㄧˇ。

70 不以纍臣釁鼓　不因是被俘之臣而殺死我們。纍臣，囚繫之臣。釁鼓，殺牲牛以其血塗鼓。

71 死且不朽　此身雖死，永不忘晉君的大恩。

72 三年將拜君賜　三年之後，再來拜領晉君所賜的禮物。意指三年後再來報仇。

73 素服郊次　穿著素服在郊外等候。郊次，郊外。

74 鄉師而哭　向著回來的敗軍而哭。鄉，同「嚮」、「向」。

75 不替孟明　不停止孟明出師之計。替，廢、中止。

76 不以一眚掩大德　不因一點小的過失而抹煞了大功勞。眚，音ㄕㄥˇ，眼翳，引申作「過失」解。大德，大功。

課文研析

僖公三十年九月，秦晉聯合圍攻鄭國，鄭大夫夜見秦穆公，利用秦晉二強之間的利害關係，說動秦軍退兵，瓦解了秦晉的聯盟，並與秦訂立盟約，此為秦晉殽之戰的遠因。

本文為記述文，敘述秦、晉在殽山之戰的始末。全文可分為三部分：

第一部分自「僖公三十二年冬」至「秦師遂東」止。先寫卜偃假託柩有聲，「君命大事，將有西師過軼我」，警告晉國大夫，若擊之必能獲勝。次寫秦穆公得到杞子「若潛師以來，國可得也」的密報，並訪之蹇叔，希望能得到重臣的附和。但蹇叔以為勞師以遠，鄭必知之而有所防備，此役必將徒勞無功，而勸諫阻之，秦穆公不聽忠告而一意孤行。最後寫蹇叔因其子與師，而哭送其出征之子，並大膽預言：「吾見師之出，而不見其入也！」蹇叔是一個有智慧、有遠見的老臣，他認為勞師襲遠必會師勞力竭，如果勤而無所得則必生悖心，且行千里之遠，有誰不知？分析客觀而中肯，可惜秦穆公不聽。遂又利用其子之出征而哭送，並且預言見師之出而不見師回，晉人必在地勢險要的殽山襲擊秦軍。穆公非但不聽，竟咒罵蹇叔，「爾何知？中壽，爾墓之木拱矣。」寫出了蹇叔忠誠謀國的生動形象，同時也將穆公剛愎自用，欲求霸業的行為，形容得淋漓盡致。

第二部分自「三十三年春」至「滅滑而還」，敘述秦軍在行軍中的驕橫無禮及襲鄭無法得逞的情形。先寫秦師過北門的驕橫傲慢，王孫滿觀師的觀感。藉由王孫滿「秦師輕而無禮，必敗」的議論，預見秦之必敗。次寫秦軍在滑地遇到鄭國商人弦高，弦高察知鄭國有被偷襲的危險，機智的一面假君命以「乘韋先牛十二」犒師，暗示鄭已知情，一面使「遽告於鄭」，使鄭國得以及早消除內患，防備突襲。弦高犒師時說：「不腆敝邑，為從者之淹，居則具一日之積，行則備一夕之衛。」說得謙恭有禮而又不失其分，同時又暗示鄭國已知秦軍偷襲的意圖，使秦軍不敢妄動。最後寫皇武子以巧妙的外交詞令，趕走了杞子、逢孫、楊孫，使孟明以「鄭有備矣，不可冀也」而被迫撤兵。

皇武子見客館「束載厲兵秣馬」，於是說：「為吾子之將行也，鄭之有原圃，猶秦之有具囿也，吾子取其麋鹿，以閒敝邑，若何？」言詞委婉含蓄，卻又能直指核心而揭露其陰謀，使杞子等無法留下而倉皇逃走。秦軍的「勞師以襲遠」、「勤而無所」，為秦軍之敗留下伏筆，也呼應了前面蹇叔分析的正確。

第三部分自「晉原軫曰」至「吾不以一眚掩大德」止，敘述秦晉殽之戰的發生和結局。先寫原軫和欒枝的一番論戰，最後意見相同，遂發軍，敗秦師於殽山。原軫把握住秦軍「以貪勤民」的不正當，認為「奉不可失，敵不可縱；縱敵患生，違天不祥」，「一日縱敵，數世之患也」的論點反駁欒枝，直指利害。晉襄公因而聯合姜戎部落，率軍親征，據險而伏，終使秦軍覆沒，寫出了原軫的忠直和老謀深算，也印證了蹇叔的預料正確。次寫晉襄公以文嬴之請而釋免所俘之三師，先軫（即原軫）問囚而斥其非，陽處父追囚不及的情形。當先軫（即原軫）得知俘囚被放而大怒曰：「武夫力而拘諸原，婦人暫而免諸國，墮軍實而長寇讎，亡無日矣！」且「不顧而唾」，先軫（即原軫）在盛怒之下，不顧君臣之禮，直呼夫人為婦人，並以吐唾沫的動作，來表達他對襄公的鄙視，簡單數語，刻畫得非常傳神。而陽處父追囚不及，遂以公之命釋左驂贈孟明，欲誘之返回，孟明卻說：「若從君惠而免之，三年，將拜君賜。」所言可謂軟中帶硬，暗伏著三年之後，再來報仇雪恨之意，也諷刺了襄公放虎歸山的不智，描繪出他僥倖生還的得意心態。最後寫秦伯素服郊次，嚮師而哭，並引咎自責。秦伯以「孤之罪也」，「吾不以一眚掩大德」表現出秦伯的勇於認錯改過與善於用人的氣度，與前文之剛愎自用完全不一樣，呈現出一個霸主的氣度與形象。

全文對戰爭的經過和結果，可謂敘事完整，詳略得宜。透過人物的言詞行動，塑造了秦伯、蹇叔、王孫滿、弦高、原軫（即先軫）等人物的生動形象。

問題與討論

一、說明〈殽之戰〉發生的背景。

二、蹇叔與王孫滿皆言秦必敗，其因何在？

三、弦高犒師時，言「居則具一日之積，行則備一之夕衛」，其涵義為何？

四、孟明謝陽處父之贈，言「若從君惠而免之，三年，將拜君賜」，其弦外之意為何？

五、在〈殽之戰〉中，如何描述先軫的言行？

六、秦穆公在戰敗後表現出什麼樣的氣度？

三、莊辛說楚襄王

戰國策

課文

莊辛❶謂楚襄王❷曰：「君王左州侯，右夏侯，輦從鄢陵君與壽陵君❸，專淫逸侈靡，不顧國政，郢都必危矣！」襄王曰：「先生老悖❹乎？將以為楚國祅祥❺乎？」莊辛曰：「臣誠見其必然者乎？非敢以為國祅祥也，君王卒幸❻四子者不衰，楚國必亡矣。臣請避於趙，淹❼留以觀之。」

莊辛去之趙，留五月，秦果舉鄢、巫、上蔡、陳❽之地。襄王流揜❾於城陽。於是使人發騶⓫徵莊辛於趙，莊辛曰：「諾。」

莊辛至。襄王曰：「寡人不能用先生之言，今事至於此，為之奈何？」莊辛對曰：「臣聞鄙語⓬曰：『見兔而顧犬，未為晚也；亡羊而補牢，未為遲也。』臣聞昔湯武以百里昌，桀紂以天下亡；今楚國雖小，絕長續短⓭，猶以⓮數千里，豈特百里哉？王獨不見夫蜻蛉⓯乎！六足四翼，飛翔乎天地之間，俛⓰啄蚊虻⓱而食之，仰承甘露而飲之，自以為無患，與人無爭也；不知夫五尺童子，方將調飴膠絲⓲，加己乎四仞⓳之上，而下為螻蟻食也。

夫蜻蛉其小者也，黃雀因是已，俯啄白粒，仰棲茂樹，鼓翅奮翼⓴，自以為無患，與人無爭也；不知夫公子王孫，左挾彈，右攝丸，將加己乎十仞之上，以其類爲招[21]。晝游乎茂樹，夕調乎酸鹹[22]，倏忽之間，墜於公子之手。

夫黃雀其小者也，黃鵠[23]因是已。游乎江海，淹乎大沼，俯啄鱔鯉，仰嚙蔆衡[24]，奮其六翮[25]，而凌清風，飄搖乎高翔，自以爲無患，與人無爭也；不知夫射者，方將脩其碆盧[26]，治其繒繳[27]，將加己乎百仞之上。被礛磻[28]，引微繳[29]，折清風[30]而抎[31]矣。故晝游乎江湖，夕調乎鼎鼐[32]。

夫黃鵠其小者也，蔡靈侯之事因是已。南游乎高陂[33]，北陵[34]乎巫山，飲茹溪之流[35]，食湘波[36]之魚，左抱幼妾，右擁嬖女[37]，與之馳騁乎高蔡之中，而不以國家爲事；不知夫子發方受命乎宣王[38]，繫己以朱絲而見之[39]也。

蔡靈侯之事其小者也，君王之事因是已。左州侯，右夏侯，輦從鄢陵君與壽陵君，飯封祿之粟[40]，而載方府之金[41]，與之馳騁[42]乎雲夢[43]之中，而不以天下國家爲事；不知夫穰侯方受命乎秦王[44]，塡[45]黽塞[46]之內，而投己乎黽塞之外。」

襄王聞之，顏色變作，身體戰慄。於是乃以執珪授之爲陽陵君[47]，與淮北之地也[48]。

作者

《戰國策》三十三篇，是一部戰國時代的史料彙編，作者非一人，已無可考，西漢劉向集先秦諸國所記戰國時事而成，定名為《戰國策》。內容分為東周、西周、秦、齊、楚、趙、魏、韓、燕、宋、衛、中山十二國國策，上接春秋之後，起東周定王十六年（西元前四五三年）下至楚漢之起，即秦二世元年（西元前二〇九年），共二百四十五年間史事。司馬遷作《史記》，頗採此書。有漢高誘注本，清嘉慶年間黃丕烈重刊宋姚氏本。

《戰國策》是當時的策士們遊說諸侯或互相辯論時所提出的策略，語言流暢犀利，是辯論文的典型。

題解

本篇選自《戰國策．楚策四．莊辛說楚襄王》。記莊辛論倖臣之危國，因物及人，由小而大，寓意深遠，終使襄王為之動容，莊辛可謂善諷能諫者。

注釋

❶莊辛　楚莊王的後代，故以莊王為姓。

❷楚襄王　即楚頃王，名橫，楚懷王之子，西元前二九八年至前二六三年在位。

❸州侯、夏侯、鄢陵君、壽陵君　此四人皆楚頃襄王寵臣，姓名不詳，以封號相稱。

❹老悖　年老而頭腦不清。悖，音ㄅㄟˋ，錯亂。

❺祅祥　妖孽。祅，音ㄧㄠ，同「妖」。

❻卒幸　一直寵信。

❼淹　留。

❽鄢、巫、上蔡、陳　鄢，今湖北省宜城縣南。巫，

今四川省巫山縣。上蔡，今河南省上蔡縣西南。陳，今河南省淮陽縣。此四地當時皆屬楚地。

❾ 流揜　流亡困迫。揜，音ㄧㄢˇ，困迫。

❿ 城陽　地名，今河南省信陽市北。

⓫ 騶　音ㄗㄡ，騎馬隨駕的侍從，此用作車馬的代稱。

⓬ 鄙語　俗話。

⓭ 絕長續短　截長補短。絕，斷、截。

⓮ 以　有。

⓯ 蜻蛉　與蜻蜓形狀相似，唯蜻蛉飛行不廣，蜻蜓能飛遠。

⓰ 俛　俯。

⓱ 虻　音ㄇㄥˊ，似蠅的飛蟲，口上有刺，喜螫牲畜。

⓲ 調飴膠絲　調和糖漿，抹在絲網上。飴，音ㄧˊ，以芽米熬煮成液汁，即今之糖漿。

⓳ 仞　古以八尺或七尺為一仞。

⓴ 鼓翅奮翼　張開翅膀，振翼飛翔。鼓，動。奮，振。

㉑ 以其類為招　以牠的同類為箭靶。一本作「以其頸為的」。招，射之目的物。

㉒ 夕調乎酸鹹　晚上就被人捕捉，調以酸鹹作料烹煮為饌食。

㉓ 黃鵠　一名天鵝，似雁而大，色蒼黃或白，能高飛而鳴聲嘹亮。

㉔ 蔆衡　蔆，同「菱」，即菱角。衡，即荇，水草。

㉕ 六翮　指鳥翅上的六根長羽毛，此指翅膀。翮，羽毛的大莖。

㉖ 荓盧　指弓箭。荓，植物名，其莖可作箭桿。一本作潞，可為鏃之石。盧，黑弓。

㉗ 繒繳　帶絲繩的箭。繒，同「矰」，短箭。繳，生絲縷名。

㉘ 被礛磻　被利箭射中。礛，音ㄐㄧㄢ，利。磻，ㄅㄛ，石製的箭頭。

㉙ 引微繳　拖著細繩。引，牽、拖。

㉚ 折清風　墮風從空中墜落。

㉛ 抎　同「隕」，從高處墜下。

㉜ 鼎鼐　鼎，古代煮東西用的炊具。鼐，大鼎。

㉝ 高陂　高丘。

㉞ 陵　登。

㉟ 飲茹溪之流　給牲畜喝茹溪的水。飲，音ㄧㄣˋ，給牲畜水喝。茹溪，巫山之溪名。流，水。

㊱ 湘波　湘水。在湖南省，流注洞庭湖。

㊲ 嬖女　國君寵愛的女子。

㊳ 子發方受命乎宣王　子發正接受楚宣王的命令。子發，名舍，楚大夫。宣王，楚宣王。

㊴ 繫己以朱絲而見之　要用紅繩綁著他去見楚宣王。

繫，綑綁。以，用。己，指蔡靈侯。朱絲，紅絲繩。

40 飯封祿之粟　吃著從封祿取得的糧食。飯，作動詞，吃。封祿之粟，指從采邑取得的糧食。

41 載方府之金　裝載著國庫裡的錢財。方，四方。府，府庫。

42 馳騁　騎馬奔馳。此言騎馬遊逛。

43 雲夢　古澤藪名。

44 穰侯方受命乎秦王　穰侯正接受秦王的命令。穰侯，秦昭王母宣太后之弟，姓魏名冉，封於穰，故號穰侯。秦王，秦昭王。

45 填　指充滿軍隊。

46 黽塞　古地名，即今河南省信陽縣東南之平靖關。

47 陽陵君　莊辛的封號。

48 與淮北之地也　當是楚王用莊辛之計，重新收復淮北之地。

課文研析

楚懷王時曾與秦國交戰數次，皆以敗北收場，喪師失地，國力更弱。秦昭王遺書與懷王，願與會武關相約結盟，懷王聽子蘭之勸，往會秦昭王，秦因留懷王，最後懷王客死於秦。

本文分兩部分，第一部分寫襄王不納忠言，幾遭亡國之禍。襄王即位後，不思報君王之仇，日近群小，淫逸侈靡，不務國政，莊辛屢諫不聽，遂往趙國以觀其變。襄王十九年至二十二年，秦國屢次攻打楚國，兵敗失地，楚都亦淪陷。楚襄王悔悟，於是派人召回莊辛問計。

第二部分寫莊辛用層層譬喻，諷諫襄王寵信小人，荒淫奢侈之害，促其醒悟。莊辛以俗語「見兔而顧犬，未為晚也；亡羊而補牢，未為遲也」之詞，說明現在努力振作不算太晚，也不算太遲。又以昔日商湯和周武王以百里的小國諸侯，而亡桀紂之例，說明今楚國雖小，截長補短，猶有數千里，力勸襄王謀復興之道。並以蜻蛉、黃雀、黃鵠、蔡靈侯之事為喻，由小而大，由遠而近，寓意深遠，終使襄王為之動容。於是執珪而封莊辛為陽陵君，用莊辛之計，收復淮北之地。莊辛真可謂善諷能諫者。

本文即記其事，論事立說，無不曲盡其意，語言藝術的圓熟及辯說橫肆，是本文的特色。

問題與討論

一、請說明楚國在戰國時的情勢。

二、說明「見兔而顧犬，未為晚也；亡羊而補牢，未為遲也」之意義。

三、莊辛如何諷諫楚襄王？

四、養生主

莊子

課文

吾生也有涯，而知也無涯[1]；以有涯隨[2]無涯，殆已[3]！已[4]而爲知者，殆而已矣。爲善無近名，爲惡無近刑[5]；緣督以爲經[6]，可以保身，可以全生[7]，可以養親，可以盡年。

庖丁[8]爲文惠君[9]解牛[10]，手之所觸，肩之所倚，足之所履[11]，膝之所踦[12]，砉然[13]嚮然，奏刀騞然[14]，莫不中音[15]，合於〈桑林〉之舞[16]，乃中〈經首〉之會[17]。

文惠君曰：「譆[18]，善哉！技蓋至此乎[19]？」

庖丁釋[20]刀對曰：「臣之所好者道[21]也，進乎技矣[22]。始臣之解牛之時，所見無非牛者。三年之後，未嘗見全牛也[23]。方今之時，臣以神遇而不以目視[24]，官知止而神欲行[25]。依乎天理[26]，批大郤[27]，道大窾[28]，因其固然[29]。技經肯綮之未嘗[30]，而況大軱[31]乎？良庖歲更刀，割也；族庖[32]月更刀，折[33]也。今臣之刀十九年矣，所解數千牛矣，而刀刃若新發於硎[34]。彼節者有間[35]，而刀刃者無厚[36]；以無厚入有間，恢恢乎[37]其於游刃[38]必有餘地矣，是以十九年而刀刃若新發於硎。雖然，每至於族[39]，吾見其難爲，怵然爲戒[40]，視爲止[41]，行爲遲[42]，動刀甚微，謋然[43]已解，如土委地㊹。提刀而立，爲之四顧，爲之躊躇滿志㊺，善刀㊻而藏之。」

文惠君曰：「善哉！吾聞庖丁之言，得養生㊼焉！」

作者

莊周，戰國時宋之蒙（今河南商邱縣東北）人，約生於周顯王四年（西元前三六五年），卒於周赧王二十五年（西元前二九〇年），早年曾爲蒙邑漆園（今山東省荷澤縣西南）吏，與梁惠王、齊宣王同時。其學無所不窺，然其要歸本於老子之言。楚威王得知其賢能，遣使厚幣迎聘他爲相，他以「郊祭之犧牛」爲喻，表明「我寧遊戲污瀆之中自快，無爲有國者所羈，終身不仕，以快吾志焉」（見《史記．老莊申韓列傳》）而辭不往。遂著書十萬餘言，號《莊子》，《漢書．藝文志》列於道家，與老子並稱爲道家之祖。唐玄宗天寶初，詔號爲南華眞人，所著書爲《南華眞經》。

《莊子》一書，《漢書．藝文志》著錄五十二篇，今所存晉郭象注本則僅三十三篇，分爲內篇七（〈逍遙遊〉至〈應帝王〉），外篇十五（〈駢拇〉至〈知北遊〉），雜篇十一（〈庚桑楚〉至〈天下〉）三部分。這三部分的寫作風格略有異，一般認爲內篇當爲莊子自作，爲莊子思想的精華，外篇、雜篇則是內篇思想的發揮，爲莊子弟子及其後學所作。自郭象後，唐代有成玄英爲郭象注作疏，明代有焦竑《莊子翼》，清代有王先謙的《莊子集解》，郭慶藩的《莊子集釋》。

莊子的散文，語言生動，形象俏皮。由於作者觀察敏銳，想像豐富，構思巧妙，因而文章富有獨創性。又利用卮言、寓言和重言的形式來闡述哲理，並將一切自然事物、神話傳說都具體化、人格化，富有濃厚的浪漫色彩，對後世的文學有極爲深遠的影響。

題解

本文選自《莊子・內篇》七篇中的第三篇，主，指主要的關鍵；養生主，即養生之道的主要關鍵。這篇文章在宣揚他的養生之道，引庖丁解牛之例，說明凡事必須順從自然的道理，「以無厚入有間，恢恢乎其於游刃必有餘地矣」，才能「保身」、「全生」。

注釋

❶吾生也有涯二句　我們的生命是有限的，而知識是無窮的。涯，水邊、邊際。知，知識。

❷隨　追求。

❸殆　危險、困窮。

❹已　如此之意。

❺為善無近名二句　即「無為善近名，無為惡近刑」。養生之人，應該忘記善惡，順其自然，不可為善，因為善就會接近名譽，不可為惡，因為惡就會招來刑戮。

❻緣督以為經　遵循自然的中道，作為處世的常法。緣，遵循、順。督，作「中」解，本是脈名，居人體的中央，故可解作「中」。經，常。

❼全生　保全性靈。生，通「性」。

❽庖丁　即廚師。一說，庖是廚師，丁是廚師的名字。

❾文惠君　即梁惠王。戰國時魏國國君，因魏後來遷都大梁，故稱梁惠王。在位五十二年（西元前三七〇年—西元前三一九年）。

❿解牛　解剖牛的肢體。解，解剖、宰割。

⓫履　踩、踏。

⓬踦　音ㄧˇ，用一腳站立。此言宰牛時用一膝抵住牛身，另一腳獨立。

⓭砉然　形容皮與骨相離的聲音。砉，音ㄏㄨㄛˋ。

⓮奏刀騞然　形容運刀解牛，發出裂物響聲。奏刀，進刀，乃刺進牛的關節骨肉之間游動。奏，進。騞然，形容刀割物的聲音。騞，音ㄏㄨㄛˋ。

⓯中音　合乎音節。中，音ㄓㄨㄥˋ。

⓰合於桑林之舞　符合〈桑林〉舞曲的舞蹈。桑林，

商湯時樂曲名。

⑰中經首之會　合於〈經首〉樂曲的節奏。經首，堯時樂曲〈咸池〉中的一章。會，節奏。

⑱譆　同「嘻」，讚歎聲。

⑲技蓋至此乎　技術為何能達到如此的地步呢？蓋，同「盍」，音ㄏㄜˊ，作「何」解。

⑳釋　放下。

㉑道　事物變化的原理、規律。

㉒進乎技矣　超越解牛技術的層次了。進，超過。

㉓未嘗見全牛也　未曾看見整隻的牛。意即解刀既久，對牛體的組織結構非常了解，是故眼中所見，不是整隻牛，而是可以解剖拆卸的部位。

㉔以神遇而不以目視　即用精神去和牛接觸，而不必用眼睛去看。遇，接觸。

㉕官知止而神欲行　解牛時感官停止活動，而以心神來活動行事。官知，指感覺器官，如眼、耳之類。神欲，指思想心神。

㉖天理　指牛身體的天然結構。

㉗批大郤　用刀劈開牛體內筋骨相連的空隙處。批，擊入、劈開。郤，音ㄒㄧˋ，同「隙」，指筋骨相連的空隙處。

㉘導大窾　順著牛體內骨節間的竅穴。導，順著。窾，音ㄎㄨㄢˇ，空穴。

㉙因其固然　依照牛體原來的結構。因，依。固然，本來的樣子與結構。

㉚技經肯綮之未嘗　凡是支脈經脈、附著在骨頭上的肉及筋肉聚結的地方，也都未曾擾動分毫。技，是「枝」之誤，枝，通「支」，指支脈。經，經脈。肯，附著在骨上的肌肉。綮，音ㄑㄧㄥˋ，筋肉聚結的地方。

㉛大軱　大骨。軱，音ㄍㄨ，股部的大骨。

㉜族庖　一般的廚師。族，同「眾」。

㉝折　砍斷。

㉞若新發於硎　好像剛從磨刀石上磨好一樣。發，磨。硎，音ㄒㄧㄥˊ，磨刀石。

㉟彼節者有間　那些骨節間是有空隙的。節，骨節。間，音ㄐㄧㄢˋ，空隙。

㊱無厚　沒有厚度，言刀刃極薄。

㊲恢恢乎　寬闊的樣子。

㊳游刃　運轉刀刃。

㊴族　筋骨交錯聚結。

㊵怵然為戒　形容謹慎小心的樣子。怵然，警惕的樣子。怵，音ㄔㄨˋ。戒，小心。

㊶視為止　視力為之專一。止，目光停留在某一點。

㊷行為遲　動作為之遲緩。遲，緩慢。

㊸謋然　骨肉剝離的聲音。謋，音ㄏㄨㄛˋ，狀聲詞。

㊹如土委地　好像土撒落在地上一樣。委，落。

㊺躊躇滿志　形容從容自得、心滿意足。躊躇，音ㄔㄡˊ ㄔㄨˊ，自得的樣子。

㊻善刀　擦拭刀子。善，通「繕」，修治，引申為擦拭。

㊼得養生　領悟養生的道理。

課文研析

本篇為〈養生主〉全文之節錄，首段開宗明義，從正面總揭養生的原則，指出人生命有涯而知無涯，也不因榮辱而為善惡，應遵行中道，順應自然，方能養生。第二段以庖丁解牛為喻，描繪庖丁解牛的情景。首先使用「手之所觸」等四個排比句的四個動作，突出了庖丁的手腳俐落，動作的快速。其次「奏刀騞然」至「乃中〈經首〉之會」，說明運刀進入皮肉裡，發出的聲音，和〈桑林〉舞一樣的美妙，〈咸池〉樂一樣的動聽，將宰牛的場面美化為音樂舞蹈，這些比附誇張的手法，將庖丁解牛的技術達到高超的境界。而文惠君的讚歎：「善哉！技蓋至此乎？」開拓了文思，引起了庖丁對解牛的經驗、感受的一番述論述。莊子不徐不緩的以五個階層來說明庖丁解牛的絕技，先以「臣之所好者道也，進乎技矣」，說明他所掌握的不是一般的技術，而是能深入了解萬物生成的原理所具有的高深修養。其次以「始臣之解牛之時，所見無非牛者」，而「三年之後，未嘗見全牛也」，是因為對牛的生理結構已經了然於心，可以隨心運用，反映了庖丁由表面而深入的智慧。再以「以神遇而不以目視，官知止而神欲行」，強調他不是憑五官的感覺來感觸牛，而是憑自己的心神來引導刀刃解牛，達到收放自如的境界。又以「以無厚入有間，恢恢乎其於游刃必有餘地矣」，說明庖丁善於利用空隙，刀刃插入有間隙的骨節中自然游刃而有餘，並且保全了刀刃。最後以「每至於族，吾見其難為」，說明庖丁技藝雖神奇，但他不是神，也會不斷的遇到困難，必須小心謹慎，細心對待難題，關鍵也就頃刻解決，於是「提刀而立，為之四顧，為之躊躇滿志，善刀而藏之」。具備了這五個階層，方能成就庖丁的神技。這也說明了人處在這複雜多變的社會中，應該找出一個規律來適應現實，自然可以安時處順，哀樂不入，而得養生之道。

本文雖為寓言，但結構嚴謹，語言簡練，人物情態的變化，誇張手法的描繪，文意的層層遞進，借具體的故事形象，將深奧的人生哲理孕含其中，不但生動易懂，更能引人入勝，體現了先秦諸子散文的哲理美。

問題與討論

一、莊子所處的是一個什麼樣的時代？

二、庖丁為文惠君解牛，莫不中音，說明了什麼事實？

三、庖丁起初解牛時，為何「所見無非牛者」？

四、說明庖丁解牛的祕訣。

五、庖丁解牛和養生有什麼關聯？

六、說明本文的特色。

五、勸學

荀子

課文

君子[1]曰：學不可以已[2]。青，取之於藍[3]，而青於藍；冰，水為之，而寒於水。木直中繩[4]，輮以為輪[5]，其曲中規，雖有槁暴[6]，不復挺者，輮使之然也。故木受繩則直，金就礪則利[7]，君子博學而日參省乎己[8]，則知明[9]而行無過矣。

故不登高山，不知天之高也；不臨深谿[10]，不知地之厚也；不聞先王之遺言，不知學問之大也。干、越、夷、貉[11]之子，生而同聲[12]，長而異俗，教使之然也。《詩》曰[13]：「嗟[14]爾君子，無恆安息[15]。靖共爾位[16]，好是正直[17]。神之聽之[18]，介爾景福[19]。」神莫大於化道[20]，福莫長於無禍。

吾嘗終日而思矣，不如須臾[21]之所學也；吾嘗跂[22]而望矣，不如登高之博見也。登高而招，臂非加長也，而見者遠；順風而呼，聲非加疾[23]也，而聞者彰[24]。假[25]輿馬者，非利[26]足也，而致千里；假舟檝者，非能水也，而絕江河。君子生非異也[27]，善假於物也。

南方有鳥焉，名曰蒙鳩[28]，以羽為巢，而編之以髮，繫之葦苕[29]。風至苕折，卵破子死。巢非不完也，所繫者然也。西方有木焉，名曰射干[30]，莖長四寸，生於高山之上，而臨百仞之淵。木莖非能長也，所立者然也。蓬生麻中，不扶而直；白沙在涅[31]，與之俱黑。蘭槐[32]之根是爲芷，其漸之滫[33]，君子不近，庶人不服[34]。其質非不美也，所漸者然也。故君子居必擇鄉，遊必就士，所以防邪僻而近中正也。

物類之起[35]，必有所始；榮辱之來，必象其德[36]。肉腐出蟲，魚枯生蠹[37]；怠慢忘身，禍災乃作。強自取柱，柔自取束[38]；邪穢在身，怨之所構[39]。施薪若一[40]，火就[41]燥也；平地若一，水就溼也。草木疇生[42]，禽獸群焉，物各從其類也。是故質的[43]張而弓矢至焉，林木茂而斧斤至焉，樹成蔭而眾鳥息焉，醯酸而蜹聚焉[44]。故言有招禍也，行有招辱也，君子慎其所立[45]乎！

積土成山，風雨興焉；積水成淵，蛟龍生焉；積善成德，而神明[46]自得，聖心[47]備焉。故不積蹞步[48]，無以至千里；不積小流，無以成江海。騏驥[49]一躍，不能十步；駑馬十駕[50]，功在不舍。鍥[51]而舍之，朽木不折；鍥而不舍，金石可鏤[52]。螾[53]無爪牙之利、筋骨之強，上食埃土，下飲黃泉，用心一也；蟹八跪[54]而二螯[55]，非蛇蟺[55]之穴無可寄託者，用心躁[56]也。是故無冥冥[57]之志者，無昭昭[58]之明；無惛惛[59]之事者，無赫赫之功。行衢道者不至[60]，事兩君者不容。目不能兩視而明，耳不能兩聽而聰；螣蛇[61]無足而飛，鼫鼠五技[62]而窮。《詩》曰[63]：「尸鳩[64]

在桑，其子七兮，淑人君子，其儀[65]一兮。其儀一兮，心如結兮[66]！」故君子結於一也[67]。

作者

荀況，戰國末年趙國人，時人尊稱為荀卿，漢代因避宣帝諱（名詢），改稱孫卿，戰國後期的儒家大師，約生於周赧王二年（西元前三一三年），約卒於秦始皇九年（西元前二三八年）。年五十遊學於齊國稷下，三爲祭酒。後因讒往楚，楚相春申君任他爲蘭陵令。春申君死，荀卿亦被廢，於是家居蘭陵，著書授徒以終，李斯、韓非皆爲其弟子。著有《荀子》一書，漢劉向校訂爲《荀卿新書》，著錄爲十二卷三十二篇，唐楊倞作注，分爲二十卷，稱《荀卿子》，宋以後稱《荀子》。

題解

本文節錄自《荀子．勸學篇》，旨在闡述為學的重要和學習的方法，並強調學習環境的重要及持恆專一的為學態度，才能提升自己的學問。是《荀子》書中重要的一篇，也是中國古代教育論文的一篇名著。

注釋

❶君子　有道德有學問的人。

❷學不可以已　求學是不可以停止的。已，停止。

❸青取之於藍　青色是從藍草中取出來。藍，一年生草，葉可以做青色的染料，就是靛青。

❹中繩　合乎墨線取直的要求。中，音ㄓㄨㄥˋ，符合。繩，用來取直的墨線。

❺輮以為輪　把直的木頭彎曲成圓的車輪。輮，音ㄖㄡˊ，使直的東西彎曲。

❻槁暴　曬乾。槁，枯。暴，音ㄆㄨˋ，同「曝」，曬。

❼金就礪則利　金屬製成的刀劍在磨刀石上磨過之後，就會鋒利。金，指金屬製成的刀劍。礪，磨刀石。

❽博學而日參省乎己　廣博地學習，而且每天再三地反省自己。參，同「三」，再三、多次。省。音ㄒㄧㄥˇ，省察、反省。

❾知明　明白道理。知，同「智」。

❿深谿　深谷。

⓫干、越、夷、貉　泛指四方民族。干，音ㄏㄢˊ，即古邗國，後為吳國所滅，干越即吳越。貉，音ㄇㄛˋ，同「貊」，古代北方民族。

⓬生而同聲　生下來哭聲差不多。

⓭詩曰　引詩見《詩經．小雅．小明》。

⓮嗟　感歎詞。

⓯無恆安息　不要常常貪圖安逸。恆，常。安息，安處。

⓰靖共爾位　敬慎地安於自己的職守。靖共，敬慎。靖，同「靜」。共，同「恭」。位，職位。

⓱好是正直　愛好正直之道。

⓲神之聽之　神會察覺到這種情形。聽，察覺。

⓳介爾景福　賜給你們大的福澤。介，助、給予。景，大。

⓴神莫大於化道　最高的精神修養沒有比與道同化更大。神，修養最高的精神狀態。道，指聖賢之道。

㉑須臾　片刻。

㉒跂　音ㄑㄧˋ，踮著腳跟。

㉓疾　壯大。

㉔彰　清楚。

㉕假　憑藉、利用。

㉖利　快、迅疾。

㉗君子生非異也　君子生性與人並無不同。生，讀作性。

㉘蒙鳩　即鷦鷯，善於築巢。

㉙葦苕　葦，蘆葦。苕，音ㄊㄧㄠˊ，葦花。

㉚射干　植物名，長莖，花為白色。射，讀作夜。

㉛白沙在涅　白色的沙礫在黑色的泥中。涅，黑泥。

㉜蘭槐　香草名。

㉝其漸之滫　把蘭芷浸在臭水裡。漸，讀作平聲，浸。滫，音ㄒㄧㄡ，臭水。一說為溺。

㉞服　佩帶。

35 物類之起　萬物的發生。起，發生。

36 必象其德　必定依據他品德的好壞。象，依據。

37 蠹　音ㄉㄨˋ，蛀蟲，俗稱蠹魚。

38 強自取柱二句　言物太過剛強則自取折斷，太過柔軟則自取束縛。柱，斷折。束，縛。

39 構　結、積。

40 施薪若一　把柴薪同樣地放在那裡。施，放置。

41 就　趨向。

42 草木疇生　同類的草木喜歡生長在一起。疇，同「儔」，類。

43 質的　質，古人射箭所用的箭靶。的，箭靶正中的目標，即圓心。

44 醯酸而蜹聚焉　醋酸了而蚊蟲就會聚集。醯，音ㄒㄧ，醋。蜹，音ㄖㄨㄟˋ，蟲名，蚊類。

45 慎其所立　意謂對自己的立身，應十分謹慎。所立，一說指所學。

46 神明　精神和智慧。

47 聖心　聖人的思想。

48 蹞步　半步。蹞，音ㄎㄨㄟˇ，同「跬」，古人以跨出一腳為跬，再跨出一腳為步。

49 騏驥　駿馬。

50 駑馬十駕　笨馬行走十天。駑馬，最下之馬、劣馬。十駕，馬拉著車走一天的路程為一駕，十駕即走十天的路程。

---

51 鍥　音ㄑㄧㄝˋ，雕刻。

52 鏤　音ㄌㄡˋ，雕刻。

53 螾　同「蚓」，蚯蚓。

54 跪　足著地，此處為蟹八隻短足。

55 螯　音ㄠˊ，第一對足，形如鉗子。

55 蟺　同「鱔」。

56 躁　浮躁不安定。

57 冥冥　精誠專一。

58 昭昭　顯著。

59 惛惛　與冥冥同解。

60 行衢道者不至　行走在岔路上的人必不能走到目的地。衢道，岔路、歧路。不至，不能到達目的地。

61 螣蛇　據說是可以興雲霧而飛的龍。螣，音ㄊㄥˊ。

62 鼫鼠五技　鼫鼠有五種技能。鼫鼠，形狀似兔，專吃農作物。鼫，音ㄕˊ。五技，指鼫鼠能飛不能上屋，能攀樹而不能達到屋頂，能游水而不能渡過山谷，能挖掘洞穴而不能掩蓋身體，能跑而不能比他類快。

63 詩曰　引詩見《詩經・曹風・鳲鳩》篇。

64 尸鳩　《詩經》作鳲鳩，即布穀鳥。

65 儀　容儀、舉止。

66 心如結兮　用心堅固專一。

67 君子結於一　君子行事要專一。

課文研析

荀子雖提出性惡的主張，但重視後天人為的力量，認為不停的學習、修養，就可以使人由惡而善。故本文一開篇就提出了中心論點：「君子曰：學不可以已」，說明學習是不可以停止的，舉「青，取之於藍，而青於藍；冰，水為之，而寒於水」為喻，深刻有力的闡述「學不可已」的論點。再舉「輮以為輪，其曲中規」之喻，說明人的才質，是由後天的努力而成，透過「輮」的作用，可以改變一個人的本質，強調學習的重要，藉由教育而變化人的本質，而成為聖賢。再連用四個比喻，展開論證，利用高處、利用順風、利用車馬、利用舟船等這些生活中的實例，說明人之所以有才能，是善於利用外物學習而終至成功，故強調終日而思，不如須臾求學的重要。除了「學不可以已」外，由於環境給予人的學問、道德的影響很大，因此又以「蓬生麻中，不扶自直；白沙在涅，與之俱黑」之喻，說明為學選擇環境的重要，引出「居必擇鄉，遊必就士」的論點，然後才能防止邪僻而接近正道。

在從外物實際的事物中學習時，也要重視學問的積累，因此以「積土成山，風雨興焉；積水成淵，蛟龍生焉」兩個比喻，引出他的論點，如果不積蹞步，何以致千里之遠，不積小流，又如何成江海之廣，使得道理簡單明白，又具有說服力。對於積，再提出更深入的見解，舉出「騏驥一躍，不能十步；駑馬十駕，功在不捨」與「鍥而舍之，朽木不折；鍥而不捨，金石可鏤」之喻，以正、反面的現象說明不只重視積累，還要有不捨的精神。而學問的積累，除了不捨的精神外，為學的態度還必須能持恆專一，才能有收穫。再舉「螾無爪牙之利、筋骨之強」，卻能「上食埃土，下飲黃泉」，而「蟹八跪而二螯」，卻「非蛇蟺之穴無可寄託者」之例，說明學習必須專心一致，不可心浮氣躁。強調學習要專致努力，堅持不懈，才是能成功的動力。

本文由「學不可以已」的論點而闡明了荀子的勸學觀點，論述了為學的重要，指出了學習的態度和方法。文章最大的特色在比喻繁多，運用比喻的方式闡述道理，淺顯易明。文詞簡練，靈活多樣，形成整齊而富於變化的句式，聲韻有抑揚頓挫之美，表現出荀子文學的典型風格。

問題與討論

一、荀子為何一開篇即提出「學不可以已」之語？

二、「吾嘗終日而思矣，不如須臾之所學也」，其學和思的關係為何？

三、荀子何以強調「君子居必擇鄉，遊必就士」？

四、請說明「故君子結於一也」之語的涵義。

五、〈勸學篇〉中有些句子，已成為勉勵學生常用的成語，請指出說明。

六、牧民三章

管子

課文

國頌

凡有地牧民[1]者，務在四時[2]，守在倉廩[3]。國多財[4]，則遠者來；地辟舉[5]，則民留處。倉廩實，則知禮節；衣食足，則知榮辱。上服度[6]，則六親固[7]；四維[8]張，則君令行。故省刑之要，在禁文巧[9]；守國之度，在飾[10]四維；順民之經[11]，在明鬼神，祇[12]山川；敬宗廟，恭祖舊[13]。不務天時，則財不生；不務地利，則倉廩不盈。野蕪曠，則民乃菅[14]；上無量[15]，則民乃妄；文巧不禁，則民乃淫[16]；不璋兩原[17]，則刑乃繁。不明鬼神，則陋民[18]不悟；不祇山川，則威令不聞[19]；不敬宗廟，則民乃上校[20]；不恭祖舊，則孝悌不備。四維不張，國乃滅亡。

四維

國有四維，一維絕則傾，二維絕則危，三維絕則覆，四維絕則滅。傾可正也，危可安也，覆可起也，滅不可復錯[21]也。何謂四維？一曰禮，二曰義，三曰廉，四曰恥。禮不踰節[22]，義不自進[23]，廉不蔽惡，恥不從枉[24]。故不踰節，則上位安；不自進，則民無巧詐；不蔽惡，則行自全；不從枉，則邪事不生。

四順

政之所興[25]，在順民心；政之所廢，在逆民心。民惡憂勞，我佚樂之；民惡貧賤，我富貴之；民惡危墜[26]，我存安之；民惡滅絕，我生育之。能佚[27]樂之，則民為之憂勞[28]；能富貴之，則民為之貧賤；能存安之，則民為之危墜；能生育之，則民為之滅絕。故刑罰不足以畏其意，殺戮不足以服其心。故刑罰繁而意不恐，則令不行矣；殺戮眾而心不服，則上位危矣。故從其四欲[29]，則遠者自親；行其四惡[30]，則近者叛之。故知予之為取者[31]，政之寶也。

作者

《管子》，舊題管仲著。管仲名夷吾，字仲，春秋穎上（今安徽省穎上縣）人，生年不詳，卒於周襄王七年（西元前六四五年）。少時微賤，與鮑叔牙為友，鮑叔知其賢，嘗曰：「生我者父母，知我者鮑子也。」經由鮑叔牙推薦，被齊桓公任命為齊相，輔佐齊桓公，成為春秋時第一個霸主。

《管子》一書，西漢劉向校定為八十六篇，後亡佚十一篇，現存七十五篇。其書內容極為繁複，《漢書．藝文志》列之道家，《隋書．經籍志》及《四書全庫》則列之法家，實則於儒家、兵家、農家、陰陽家、縱橫家、名家思想亦無不涉及，是記錄管仲和其他派別的思想家的言行的一部總集。

題解

本文選自《管子．牧民》首三章。牧民即治民，是《管子》八十六篇中之第一篇，闡述治理國家與人民的理論和原則，包括〈國頌〉、〈四維〉、〈四順〉、〈十一經〉、〈六親五法〉五章。第一章〈國頌〉，論治國的原則與方法。第二章〈四維〉，闡述四維的意義及其重要性。第三章〈四順〉，闡明政令之行在於順應民心。第四章〈十一經〉，論述治民的十一項經常措施。第五章〈六親五法〉，說明君主治國的法則。

注釋

❶牧民　治理人民。牧，畜養，引申為治理之意。

❷務在四時　致力於四季的生產。務，專力。四時，春、夏、秋、冬。

❸守在倉廩　治民者的職守在使倉廩充實。守，職守、職責。倉廩，儲藏米穀的倉庫。

❹財　指貨財。

❺辟舉　完全開闢。辟，同「闢」。舉，盡、全。

❻上服度　君王能遵行禮法。服，遵行。度，禮法。

❼六親固　親戚和睦團結。六親，謂父、母、兄、弟、妻、子，泛指親戚。

❽四維　四種綱紀，喻禮、義、廉、恥所以建立國家。維，繫車蓋的繩索。

❾文巧　華麗的服飾與精巧的玩物，指奢侈品。

❿飾　整飭。飾，通「飭」。

⓫經　常道、要旨。

⓬祗　音ㄓ，敬。

⓭恭祖舊　恭承先祖的舊法。祖舊，謂父祖親舊。

⓮菅　疑為荒，惰之意。

⓯上無量　在上的人不遵守法度。量，度。

⓰淫　過其常度。

⓱不璋兩原　不明白妄與淫的來源。璋，音ㄓㄤ，明。一說璋為障，堵塞。兩原，上無量為妄之源，不禁文巧為淫之源。原，同「源」。

⓲陋民　愚民。

⑲威令不聞　威令不能傳到遠方。
⑳上校　犯上作亂，與之相較量。校，較。
㉑錯　即「措」，安置。
㉒踰節　逾越法度。踰，同「逾」，超越。
㉓自進　妄自幸進。即不由薦舉，自行鑽營。
㉔枉　邪曲不正。
㉕興　行。
㉖危墜　危，不安。墜，顛蹶。
㉗佚　同「逸」。
㉘民為之憂勞　人民願意為君上分憂效勞。
㉙四欲　指佚樂、富貴、存安、生育四者。
㉚四惡　指憂勞、貧賤、危墜、滅絕四者。
㉛予之為取者　給予就是取得。予，通「與」，給予。

課文研析

〈牧民〉一篇，乃論述治國教民的道理，本課為〈牧民〉篇的前三章短篇。

第一章〈國頌〉，是〈牧民篇〉的總綱，說明治國者首重治民教民，其原則在於「四維張」，而「四維張」的前題在「倉廩實」，「衣食足」，則能明禮節，知榮辱，而安固六親。指出具體做法在「禁文巧」、「飾四維」、「順民」、「明鬼神，祇山川；敬宗廟，恭祖舊」，並從反面說若一反如是之所為，即不足以治國教民，終至四維不能張施，國家必至於滅亡。

第二章〈四維〉，強調禮、義、廉、恥為立國之本，關係國家的安危，並由此而說明四維的功用：「不踰節，則上位安：不自進，則民無巧詐：不蔽惡，則行自全；不從枉，則邪事不生。」這是《管子》德治教民的重要主張。

第三章〈四順〉，指出順民的重要，說明政令的興廢在於是否順應民情。民有佚樂、富貴、存安與生育四欲，有憂勞、貧賤、危墜與絕滅四惡，順應民情，就會獲得人民的擁戴，反之，必招致人民叛亂。順應民情為施政之寶，執政者了解了民情的意義，國家必可以長治久安。

此三章分類分別陳述，論證嚴實，說明一層深一層，論點前後契合，無一空言贅語，自然地將其主張明確地呈現出。其文詞亦俐落有力，可謂字字跳脫，筆筆飛舞。

問題與討論

一、何以「四維不張，國乃滅亡」？
二、四維的功用何在？
三、政之興廢，何以在民心？
四、管仲說「生我者父母，知我者鮑子」，請說明他們的情誼。

七、内外儲說選

韓非子

課文

衛嗣君[1]之時，有胥靡[2]逃之魏，因爲襄王之后[3]治病。衛嗣君聞之，使人請以五十金買之，五反[4]而魏王不予，乃以左氏[5]易[6]之。群臣左右諫曰：「夫以一都買一胥靡，可乎？」君曰：「非子之所知也！夫治無小而亂無大[7]，法不立而誅不必[8]，雖有十左氏，無益也！法立而誅必，雖失十左氏，無害也。」魏王聞之曰：「主欲治而不聽之，不祥。」因載而往，徒獻之[9]。

吳起[10]爲魏武侯[11]西河[12]之守，秦有小亭臨境，吳起欲攻之。不去，則甚害田者[13]，去之，則不足以徵甲兵[14]。於是乃徙一車轅於北門之外，而令之曰：「有能徙此南門之外者，賜之上田上宅[15]！」人莫之徙也，及有徙之者，遂賜之如令。俄又置一石赤菽[16]於東門之外，而令之曰：「有能徙此於西門之外者，賜之如初。」人爭徙之。乃下令曰：「明日且攻亭，有能先登者，仕之國大夫，賜之上田上宅。」人爭趨之。於是攻亭，一朝而拔之。

齊宣王[17]使人吹竽[18]，必三百人。南郭處士[19]請爲王吹竽，宣王說之，廩食[20]以數百人。宣王死，湣王立，好一一聽之，處士逃。一曰：韓昭侯[21]曰：「吹竽者衆，吾無以知其善者。」田嚴對曰：「一一而聽之。」

楚王謂田鳩㉒曰：「墨子㉓者，顯學㉔也，其身體則可㉕，其言多不辯㉖。何也？」曰：「昔秦伯㉗嫁其女於晉公子，令晉爲之飾裝㉘，從文衣之媵㉙七十人，至晉，晉人愛其妾而賤公女，此可謂善嫁妾，而未可謂善嫁女也。楚人有賣其珠於鄭者，爲木蘭之櫃㉚，薰以桂椒㉛，綴以珠玉，飾以玫瑰㉜，輯以翡翠㉝；鄭人買其櫝㉞，而還其珠，此可謂善賣櫝矣，未可謂善鬻珠也。今世之談也，皆道辯說文辭之言，人主覽其文而忘有用。墨子之說，傳先王之道，論聖人之言，以宣告人。若辯其辭，則恐人懷㉟其文，忘其直㊲，以文害用也。此與楚人鬻珠，秦伯嫁女同類，故其言多不辯。」

客有爲齊王㊳畫者，齊王問曰：「畫孰最難者？」曰：「犬馬最難。」「孰最易者？」曰：「鬼魅最易。」夫犬馬，人所知也，旦暮罄㊴於前，不可類之，故難。鬼魅，無形者，不罄於前，故易之也。

曾子㊵之妻之市，其子隨之而泣；其母曰：「女㊶還，顧反㊷爲女殺彘㊸。」妻適市來，曾子欲捕彘殺之；妻止之曰：「特與嬰兒戲耳！」曾子曰：「嬰兒非與戲也，嬰兒非有知也，待父母而學者也，聽父母之教。今子欺之，是教子欺也；母欺子，子而不信其母，非以成教也。」遂烹彘也。

作者

韓非，約生於周赧王三十三年（西元前二八〇年），卒於秦王政十四年（西元前二三三年），戰國末年韓國王室諸公子。少時胸懷大志，喜刑名法術之學，爲人口吃，不能道說而善著書。與李斯俱事荀卿，屢向韓王建議變法，任用賢能，使國家富強，王不能用，因此發憤著書。他觀察過去的政治得失變化，著〈孤憤〉、〈五蠹〉、〈內外儲說〉、〈說林〉、〈說難〉等十餘萬言，秦王政讀後，大爲賞識。其後秦舉兵攻韓，韓王遣韓非出使秦國，秦王留之，尚未重用，即遭李斯、姚賈的陷害，下獄治罪，最後自殺而死。

他的著作《韓非子》，是法家的重要著作，全書計二十卷，凡五十五篇，除〈初見秦〉、〈存韓〉二篇外，大都爲韓非自著，今有清王先愼集解本。其學術思想以〈尙法〉、〈任勢〉、〈用術〉爲綱領，有系統地建立了他的刑名法術之學的理論體系。文章結構謹嚴，文詞明切犀利，體現了法家的特色，不愧是先秦理論散文集大成的著作。

題解

儲，儲聚。說，論說。儲說，謂彙集事例說明事理，以備人主之用，與莊周同為先秦善用故事者。〈儲說〉一篇，分為內外篇，內篇分為上、下，外篇分為左、右，而左、右又各分為上、下，凡六篇。本篇選錄六則，前三則選自〈內儲說〉，後三則選自〈外儲說〉，這些故事皆能反映韓非思想，至今仍能發人深省。

注釋

❶嗣君　君當作公。嗣公，衛平侯之子，秦貶其號為君。韓非此書為未入秦之作，故仍稱君。
❷胥靡　罪犯、刑徒。
❸襄王之后　魏襄王之后。襄王，名嗣，惠王之子。
❹五反　往返五次。
❺左氏　都城之名。
❻易　交換。
❼治無小而亂無大　意謂若小罪不治，則必成大亂也。
❽誅不必　意謂應當誅而不誅。
❾徒獻之　只獻胥靡而不要五十金。
❿吳起　戰國衛人，曾學於曾子，善於用兵，後為楚所殺，《史記》有傳。
⓫魏武侯　文侯之子，名擊，在位十六年卒，諡武。
⓬西河　地名，即今陝西舊同州府地，在黃河西。
⓭甚害田者　言小亭能為田者之害。
⓮不足以徵甲兵　不值得為除去小亭而徵甲兵。
⓯上田上宅　上等田宅。
⓰赤菽　赤豆。
⓱齊宣王　威王子，姓田，名辟疆。戰國時齊君，在位十九年。
⓲竽　笙類的樂器，有三十六簧，長四尺三寸。
⓳南郭處士　隱居不做官的學者，居南郭，因以為姓。
⓴廩食　謂由官廩供食。
㉑韓昭侯　戰國時韓哀侯之孫，在位二十六年卒，諡昭。
㉒田鳩　齊人，墨子弟子。《漢書・藝文志》著錄有〈田鳩子〉三篇。
㉓墨子　名翟，戰國魯人，提倡兼愛、非攻，主張節用，頗能矯正時弊，所以信徒極多。著《墨子》五十三篇，自成一家。
㉔顯學　顯要於當世的學者。
㉕其身體則可　謂墨子本身對於自己理論的實踐是可取的。體為動詞，行、實踐。
㉖不辯　不講求文飾。
㉗秦伯　秦穆公。
㉘飾裝　準備嫁妝。
㉙文衣之媵　文衣，華麗的衣服。媵，音一ㄥˋ，婢妾。
㉚木蘭之櫝　用木蘭做成的匣子。木蘭，樹名，茂似桂而香，樹幹高數丈。

㉛薰以桂椒　用桂椒來薰香。桂、椒，皆是香料。
㉜玫瑰　一種玉石的名稱。
㉝輯以翡翠　輯，應作「緝」，縫。翡翠，綠色的寶石。
㉞櫝　音ㄉㄨˊ，匣子。
㉟懷　愛。
㊲直　實。
㊳齊王　泛指齊國的君王。
㊴罄　音ㄑㄧㄥˋ，見 。
㊵曾子　名參，字子輿，春秋時武城人，孔子弟子，後世稱為宗聖。
㊶女　同「汝」。
㊷顧反　二字皆返回之意。
㊸彘　音ㄓˋ，豬。

課文研析

韓非擅長以故事取譬，與莊周同為先秦以善用故事反映其思想者。

第一則以刑徒胥靡為例，胥靡自衛逃到魏國，衛嗣君以左氏都城交換，左右群臣皆以為不可，衛嗣君則言：「法不立而誅不必，雖有十左氏，無益也！法立而誅必，雖失十左氏，無害也。」說明嚴刑、明威的重要。

第二則舉吳起為攻小亭事，於是徙一車轅於北門外，而令之曰：「有能徙此南門之外者，賜之上田上宅！」有搬移者，果真獲賜。再置一赤菽於東門外，如能移於西門之外，賜之如前，人爭相徙移。吳起於是下令攻亭，能先登者封為國大夫，賜上田上宅，人爭相攻亭，一日即攻下。以此說明信賞的重要。

第三則言齊宣王喜歡聽眾人一起吹竽，南郭處士混居其中。齊湣王則喜歡一個一個的聽吹竽的好壞，處士遂逃。此說明湣王的一一而聽能責求好壞，成語所謂的「濫竽充數」即出於此。

第四則以墨子言多而不辯，並舉秦伯嫁女，楚人賣珠之例，說明：「墨子之說，傳先王之道，論聖人之言，以宣告人。若辯其辭，則恐人懷其文，忘其直，以文害用也。」是故人主應聽言觀行，不可重美詞辯說，而使賢者遠離。

第五則以齊王問「畫孰最難者」、「孰最易者」，畫者回答「犬馬最難」、「鬼魅最易」。因為犬馬為有形之物，皆為人所常見，為人所周知，不易著筆；而鬼魅為無形之物，未有人見過，著筆時可任意想像。此說明怪詭無形，易於煽動人心，欺騙人民，造成社會混亂。

第六則曾子之妻與其子言「顧返為女殺彘」。當其妻子返回，曾子欲殺彘，妻子阻止，曾子言：「今子欺之，是教子欺也：母欺子，子而不信其母，非以成教也。」說明父母言教的重要，唯有信守其言，以身立則，方能圓滿達成教育的目的。

《韓非子》一書文筆樸實，但能明辨利害，直指是非，真可謂善著書。

問題與討論

一、衛嗣君何以言「治無小而亂無大，法不立而誅不必」？
二、吳起如何使人爭往攻亭？
三、何以田嚴言一一聽之而知其濫也？
四、田鳩何以用秦伯嫁女、楚人鬻珠之例，說明墨子其言多不辯？
五、何以畫犬馬難，畫鬼魅易？
六、曾子何以言不可毋欺子？

八、去私

呂氏春秋

課文

天無私覆❶也，地無私載❷也，日月無私燭❸也，四時無私行也，行其德❹，而萬物得遂❺長焉。

堯❻有子十人，不與其子而授舜；舜有子九人❼，不與其子而授禹，至公也。

晉平公❽問於祁黃羊❾曰：「南陽❿無令，其誰可而⓫為之？」祁黃羊對曰：「解狐⓬可。」平公曰：「解狐非子之讎邪？」對曰：「君問可，非問臣之讎也。」平公曰：「善。」遂用之，國人稱善焉。居有間⓭，平公又問祁黃羊曰：「國無尉，其誰可而為之？」對曰：「午⓮可。」平公曰：「午非子之子邪？」對曰：「君問可，非問臣之子也。」平公曰：「善。」又遂用之，國人稱善焉。孔子聞之曰：「善哉，祁黃羊之論也！外舉不避讎，內舉不避子，祁黃羊可謂公矣。」

墨者⓯有鉅子⓰腹䵍居秦，其子殺人。秦惠王⓱曰：「先生之年長矣，非有他子也，寡人已令吏弗居誅矣；先生之以此聽寡人也⓲。」腹䵍對曰：「墨者之法曰：殺人者死，傷人者刑，此所以禁殺傷人也⓳。夫禁殺傷人者，天下之大義也。王雖爲之賜[20]，而令吏弗誅，腹䵍不可不行墨者之法。」不許惠王而遂殺之。子，人之所私也；忍所私[21]以行大義，鉅子可謂公矣。

庖人調和而弗敢食，故可以爲庖；若使庖人調和而食之，則不可以爲庖矣。王伯之君[22]亦然。誅暴而不私[23]，以封天下之賢者，故可以爲王伯；若使王伯之君，誅暴而私之，則不可以爲王伯矣。

作者

《呂氏春秋》，亦稱《呂覽》，舊題呂不韋撰，實爲呂不韋召集門下賓客儒士集體論撰。不韋，濮陽人，爲陽翟富賈。秦昭襄王四十二年，安國君立爲太子，安國君有子二十餘人，獨寵姬華陽夫人無子，安國君庶子公子楚爲質於趙，秦不顧子楚而屢攻趙，子楚處境困窘，呂不韋經商邯鄲，見到公子楚，認爲「此奇貨可居也」，於是以千金爲公子楚西遊於秦，使安國大人及華陽夫人立子楚爲適嗣。及安國君即位，是爲孝文王，立子楚爲太子。一年，孝文王卒，子楚即位，是爲莊襄王。遂以呂不韋爲臣相，封爲文信侯，食河南雒陽十萬戶。莊襄王在位三年而卒，太子政即位，年十三歲，是爲始皇帝，尊不韋爲相國，總攬朝政，稱號仲父。不韋既貴，遂招賢納士，至食客三千人，倣效荀卿著書布天下，使其客人人著所聞，集論以爲〈八覽〉、〈六論〉、〈十二紀〉，共一百六十篇，二十餘萬言，以爲備天地萬物古今之事，號曰《呂氏春秋》。後得罪徙蜀，恐誅，遂飲酖而死。

《呂氏春秋》是一部秦代以前各派學說的論著匯編，其中儒家言最多，道家言次之，名、法、墨、兵、農各家精義，亦有所擷採，不僅文章沉博絕麗，詞語整齊簡練，而且條理分明。經過秦火後，先秦典籍多亡佚，由於本書撮錄引用，遺聞舊說得以保存下來，故爲言考證者所重視。

題解

本篇節錄自《呂氏春秋・孟春紀》第五篇，以堯禪讓舜、祁奚薦賢、腹䵍殺子之例，說明何謂去私，指出為政者宜公而去私，才能成就王霸之業。漢代有高誘注。

注釋

❶覆　覆蓋。
❷載　承載。
❸燭　此作動詞，照。
❹行其德　天地、日月、四時施其恩德。其是代詞，指天地、日月、四時。德，指物的本性。
❺遂　成。
❻堯　堯為帝嚳次子，封於唐，繼兄摯而為天子。
❼舜有子九人　舜有子名商均，九人之說，史無記載。
❽晉平公　春秋晉國國君，名彪。
❾祁黃羊　晉大夫，名奚，字黃羊。
❿南陽　晉邑，在今河南濟源縣一帶。
⓫可而　可以。
⓬解狐　晉大夫。
⓭居有間　過一段時間。間，頃。
⓮午　祁午，祁黃羊之子。
⓯墨者　研究墨子學說的人。
⓰鉅子　戰國時墨家對本學派有更大成就的人稱為鉅子。墨家鉅子見於《呂氏春秋》者有孟勝、田襄子、腹䵍三人。
⓱秦惠王　即惠文王，名駟，孝公之子。
⓲先生之以此聽寡人也　希望先生在這件事上聽從我的話吧。之，其。聽，順從。
⓳此所以禁殺傷人也　這樣做是用來嚴禁殺人、傷人。所以，以之、用之。
⓴為之賜　賜給我恩惠。
㉑忍所私　忍心於所愛。私，偏愛。
㉒王伯之君　成就王業霸業的君王。伯，同「霸」。
㉓私　占為私有。

課文研析

本篇文章一開始即點出主題，說明天地、日月、四時的無私，因而萬物得以成長。其次言堯舜二人沒有私心，將天子之位禪讓給賢能的人，以明其無私之心，再舉祁黃羊為國舉薦人才之事，亦以無私之心薦舉其仇人解狐與其子黃午，其「外舉不避讎，內舉不避子」，為孔子所稱譽，讚黃羊「可謂為公矣」。復引墨者鉅子腹䵍之子殺人當誅，秦惠王以腹䵍年長無他子而令不殺，腹䵍能忍心中所愛，言「殺人者死，傷人者刑」，不答應惠王之恩而殺其子，正是「忍所私以行大義」，去私奉公，為儒、墨兩家所遵循的精神。最後以「庖人調和而弗敢食，故可以為庖；若使庖人調和而食之，則不可以為庖矣」之喻，言庖人在調和鼎鼐之際，不可私自食用，否則不可為庖人，說明成就王霸之業的君王亦如是，不可存有私心。全文結構謹嚴，層次分明，所舉之實例，多立足於史實，持之有故。所論於本題緊密扣合，讀來鏗鏘有聲，其「去私」之旨意，則充溢於字裡行間了。

問題與討論

一、孔子如何讚美祁黃羊？
二、腹䵍如何「忍所私以行大義」？
三、本文舉庖人之例，說明王伯之君亦然，其故何在？
四、從題目看，本篇與〈貴公篇〉為同一主旨，以你的論點分析說明。

九、過秦論

賈誼

課文

秦孝公[1]據殽函[2]之固，擁雍州[3]之地，君臣固守以窺周室；有席卷[4]天下，包舉[5]宇内，囊括[6]四海之意，并吞八荒[7]之心。當是時：商君[8]佐之，内立法度，務[9]耕織，修守戰之備，外連衡[10]而鬥諸侯，於是秦人拱手[11]而取西河[12]之外。孝公既沒，惠文武昭襄[13]蒙[14]故業，因[15]遺策，南取漢中[16]，西舉巴蜀[17]，東割[18]膏腴[19]之地，收要害之郡[20]；諸侯恐懼，會盟[21]而謀弱[22]秦，不愛珍器重寶肥饒之地，以致天下之士，合從[23]締交，相與爲一。當此之時，齊有孟嘗[24]，趙有平原[25]，楚有春申[26]，魏有信陵[27]。此四君者，皆明智而忠信，寬厚而愛人，尊賢重士，約從離橫[28]，兼韓魏燕趙齊楚宋衛中山[29]之眾。於是六國之士，有甯越徐尚蘇秦杜赫[30]之屬爲之謀；齊明周最陳軫昭滑樓緩翟景蘇厲樂毅[31]之徒通其意；吳起孫臏帶佗兒良王廖田忌廉頗趙奢[32]之倫制其兵[33]。嘗以十倍之地，百萬之眾，叩關[34]而攻秦，秦人開關延敵[35]，九國[36]之師，逡巡[37]遁逃而不敢進，秦無亡矢遺鏃[38]之費，而天下諸侯已困矣。於是從散約解，爭割地而奉秦。秦有餘力而制其敝，追亡逐北[39]，伏尸百萬，流血漂鹵[40]；因利乘便，宰割天下，分裂河山；彊國請服，弱國入朝。延及孝文王[41]莊襄王[42]，享國日淺[43]，國家無事。

及至秦王，奮六世[44]之餘烈[45]，振長策[46]而御宇内，吞二周[47]而亡諸侯[48]，履至尊[49]而制六合[50]，執棰拊[51]以鞭笞[52]天下，威振四海，南取百越[53]之地，以爲桂林象郡[54]；百越之君，俛首係頸[55]，委命下吏[56]。乃使蒙恬[57]北築長城，而守藩籬[58]，卻[59]匈奴[60]七百餘里，胡人[61]不敢南下而牧馬，士不敢彎弓而報怨。於是廢先王之道，焚百家之言[62]，以愚黔首[63]。隳[64]名城，殺豪俊，收天下之兵[65]，聚之咸陽[66]，銷鋒鍉[67]，鑄以爲金人[68]十二，以弱天下之民。然後踐華爲城[69]，因河爲池[70]；據億丈之城，臨不測之谿以爲固。良將勁弓，守要害之處；信臣精卒，陳利兵而誰何[71]。天下已定，秦王之心，自以爲關中[72]之固，金城[73]千里，子孫帝王萬世之業也。

秦王既沒，餘威震於殊俗[74]。陳涉[75]甕牖繩樞[76]之子，甿隸[77]之人，而遷徙[78]之徒，才能不及中人，非有仲尼墨翟[79]之賢，陶朱[80]猗頓[81]之富；躡足行伍之間[82]，而倔起[83]什伯之中；率罷散[84]之卒，將數百之眾，轉而攻秦；斬木爲兵[85]，揭竿[86]爲旗，天下雲集響應，贏糧而景從[87]，山東[88]豪俊，遂並起而亡秦族矣。且夫天下非小弱也，雍州之地，殽函之固，自若[89]也。陳涉之位，非尊於齊楚燕趙韓魏宋衛中山之君；鉏櫌棘矜[90]，非銛[91]於鉤戟[92]長鎩[93]也；謫戍[94]之眾，非抗於九國之師也；深謀遠慮，行軍用兵之道，非及曩時之士也。然而成敗異變，功業相反。

試使山東之國，與陳涉度長絜大[95]，比權量力，則不可同年而語矣。然秦以區區之地，致萬乘之權，招八州而朝同列[96]，百有餘年矣。然後以六合爲家，殽函爲宮，一夫作難而七廟[97]隳，身死人手，爲天下笑者，何也？仁義不施，而攻守之勢異也。

作者

賈誼，西漢洛陽（今河南省洛陽縣）人，生於漢高祖七年（西元前二〇〇年），卒於漢文帝十二年（西元前一六八年）。十八歲能誦詩書屬文，稱聞於郡中，文帝召爲博士，時年二十餘，每詔令議下，誼皆盡爲之對，歲中，又超遷爲太中大夫。上書朝廷，請改正朔，易服色，制法度，興禮樂。文帝欲任爲公卿，遭大臣周勃、灌嬰等嫉而反對，於是外放爲長沙王太傅。過湘水，思屈原之賢而寫〈弔屈原賦〉以抒發憤慨。不久任命爲梁懷王太傅，梁王爲文帝最鍾愛的少子，好讀書，後墜馬而死，誼自傷爲傅無狀，哭泣歲餘而卒，年僅三十三。世稱賈長沙，又稱賈太傅，因其年少，亦稱賈生。著作有《新書》十卷，後人輯有《賈長沙集》。

題解

本文選自賈誼《新書》卷一，題為〈過秦〉，是賈誼散文的代表作，旨在評論秦代措施的過失，借以譏諷時政。原文分上、中、下、三篇，上篇過秦始皇，中篇過二世，下篇過子嬰。今選錄上篇，把秦朝亡國的原因歸結為「仁義不施，而攻守之勢異也」。

注釋

❶秦孝公　姓嬴，名渠梁，秦穆公十六世孫，秦獻公子，在位二十四年（西元前三六一—西元前三三八年），任用商鞅變法，獎勵耕織，國勢日強。

❷殽函　殽山和函谷關，殽音ㄧㄠˊ，一作「崤」，崤山在今河南洛寧縣北。函谷關在今河北靈寶縣。

❸雍州　古九州之一，今陝西、甘肅等地。

❹席卷　像捲起蓆子一樣，意謂併吞。卷，同「捲」。

❺包舉　像用布包裹東西那樣全部拿去，也是併吞之意。

❻囊括　包羅、包含。

❼八荒　四方及四隅謂之八方，此言八方荒遠之地。

❽商君　商鞅，戰國時衛之諸公子，姓公孫，名鞅。佐秦孝公變法，孝公封以商地，故稱商君，孝公死，被殺。

❾務　專力、致力。

❿連衡　連合六國以事秦國，戰國時張儀的主張。衡，同「橫」。

⓫拱手　兩手相合，形容輕而易舉。

⓬西河　魏地，今陝西大荔等地，因在黃河以西而得名。

⓭惠文武昭襄　惠文王，孝公之子，名駟。武王，惠文王之子，名蕩。昭襄王，武王之異母弟，名稷。

⓮蒙　蒙受，繼承。

⓯因　沿襲、遵循。

⓰漢中　今陝西秦嶺以南南鄭等縣地。

⓱巴蜀　古二國名。巴，今四川巴縣一帶。蜀，今四川成都縣一帶。

⓲割　割取。

⓳膏腴　肥沃之意。

⓴收要害之郡　得到了險要的郡城。要害，險要。

㉑會盟　古時諸侯會集，歃血立誓而結盟。

㉒弱　削弱，作動詞用。

㉓合從　連合六國以抗秦，戰國時蘇秦的主張。從，同「縱」。

㉔孟嘗　孟嘗君。姓田名文，戰國齊靖郭君嬰之子，為齊相，封於薛，養食客數千人。

㉕平原　平原君。姓趙名勝，戰國趙武靈王之子，惠文王弟，封於平原，故號平原君。喜賓客，食客常數千人。

㉖春申　春申君。姓黃名歇，相楚二十餘年，有口辯，封於春申，號春申君，食客常三千人。

㉗ 信陵　信陵君。姓姬名無忌，戰國魏昭王少子，封信陵君，仁而下士，食客常三千人。

㉘ 約從離衡　締約合縱，以破壞秦國的連橫政策。

㉙ 韓魏燕趙齊楚宋衛中山　皆戰時國名。韓、魏、燕、衛、中山均為姬姓。韓始在山西臨汾縣，後遷河南新鄭縣：魏始在山西夏縣，後遷河南開封縣：燕在河北大興縣：衛在河南濮縣；楚姓芈，在湖北秭歸縣：齊姓田，在山東臨淄縣：趙姓嬴，在河北邯鄲縣；宋姓子，在河南商丘縣。

㉚ 甯越徐尚蘇秦杜赫　甯越，趙人。徐尚，宋人。蘇秦，東周洛陽人，以合縱遊說六國，合力拒秦，蘇秦為縱約長。杜赫，周人。

㉛ 齊明周最陳軫昭滑樓緩翟景蘇厲樂毅　齊明，東周臣。周最，東周成君之子。陳軫，夏人，歷事秦楚。昭滑，昭一作「召」，楚臣。樓緩，魏文侯之弟，曾為魏相，又為秦相。翟景，魏人。蘇厲，蘇秦之弟，仕齊。樂毅，魏人，本齊臣，後入燕，燕昭王以為亞卿、上將軍，伐齊，攻下七十餘城，後又仕趙。

㉜ 吳起孫臏帶佗兒良王廖田忌廉頗趙奢　吳起，衛人，善用兵，魏文侯以為將，守西河，秦不敢東侵。後被譖奔楚，楚悼王任之為相，悼王卒，被害。孫臏，齊人，孫武之後，與龐涓同學兵法於鬼谷子。帶佗，楚將。兒良、王廖，當時天下知名豪士。田忌，齊將，伐魏，三戰三勝。廉頗，趙將，惠文王時破齊，拜為上卿。趙奢，趙將，秦伐韓，趙王令趙奢往救，大破秦軍，封馬服君。

㉝ 制其兵　統率軍隊。

㉞ 叩關　攻打函谷關。叩，擊。關，函谷關。

㉟ 延敵　迎戰敵人。

㊱ 九國　指韓、魏、燕、楚、齊、趙、宋、衛、中山。

㊲ 逡巡　心有顧慮，不敢前進。逡，音ㄑㄩㄣ。

㊳ 亡矢遺鏃　損失一支箭。亡、遺，皆損失之意。鏃，箭頭。

㊴ 追亡逐北　追逐戰敗逃亡的人。北，戰敗。

㊵ 流血漂鹵　流的血可以漂浮起盾牌。漂，浮起。鹵，音ㄌㄨˇ，大的盾牌。

㊶ 孝文王　昭襄王之子，名柱，在位一年。

㊷ 莊襄王　孝文王之子，名子楚，在位三年。

㊸ 享國日淺　在位日短。享國，在位。淺，短。

㊹ 六世　指孝公、惠文王、武王、昭襄王、孝文王、莊襄王。

㊺ 餘烈　留傳下來的功業。烈，功業、事業。

㊻ 振長策　揮動長鞭。振，舉起。策，馬鞭。

㊼ 二周　指西周與東周。周赧王時，惠公封其長子武

公於洛（今河南洛陽），號西周公，少子班於鞏（今河南鞏縣），仍襲父號曰東周惠公，於是有東西二周。秦昭襄王五十二年（西元二五五年）滅西周，莊襄王元年（西元前二四九年）滅東周，並非秦始皇時事。

48 亡諸侯　秦王政十七年（西元前二三三年）滅韓，十九年滅趙，二十二年滅魏，二十四年滅楚，二十五年燕，二十六年齊。

49 履至尊　登上皇帝之位。履，踐、登。

50 六合　上、下、東、南、西、北。此指天下。

51 棰拊　刀杖。一作「敲撲」。棰，杖。拊，刀柄。

52 鞭笞　鞭打。鞭、笞皆為刑具，此處作動詞。笞，音ㄔ。

53 百越　亦作「百粵」，南方少數民族的總稱。

54 桂林象郡　皆郡名，秦置。桂林，約今廣西北部地區。象郡，約今廣東西南部、廣西南部及越南之地。

55 俛首係頸　低下頭來，用繩子拴在頸上，降服之意。俛，同「俯」。係，同「繫」。

56 委命下吏　把生命交到獄卒手裡。委，付予。下吏，獄吏。

57 蒙恬　秦始皇名將，嘗率兵三十萬，北代匈奴。二世時賜死，遂自殺。

58 藩籬　指邊境。

59 卻　擊退。

60 匈奴　古代北方的少數民族。

61 胡人　指匈奴。

62 焚百家之言　焚燒諸子百家的著作。

63 以愚黔首　而使百姓愚昧無知。黔首，指百姓，秦始皇二十六年，改稱人民為黔首。

64 隳　通「毀」，毀壞。

65 兵　兵器。

66 咸陽　秦國都城，在今陝西陽市東北。

67 銷鋒鍉　銷熔兵器。銷，熔化。鋒鍉，刀刃、箭鏃之類。鍉，音ㄉㄧˋ，箭鏃，與鏑同。

68 金人　銅人，用熔化兵器的鋼鑄造而成。

69 踐華為城　據華山為城郭。踐，登。華，華山，五嶽之一。

70 因河為池　憑藉黃河為護城河。因，依憑。河，黃河。

71 誰何　誰敢把我怎麼樣。

72 關中　自函谷關以西，秦嶺以北，總稱關中。因其地東有函谷關，南有武關，西有散關，北有蕭關，居四關之中，故曰關中。

73 金城　比喻城郭堅固。

74 殊俗　風俗不同的邊遠地區。

75 陳涉　名勝，字涉，秦陽城人（今河南省登封縣）。二世時與吳廣謫戍漁陽（今河北省密陽縣），失期當斬，遂與吳廣起兵以抗秦。

76 甕牖繩樞　用破甕做窗戶，用繩子繫著門樞。形容貧窮。

77 甿隸　平民。甿，同「氓」，指田野的人民。隸，奴隸。

78 遷徙　指陳勝被征發去戍守漁陽。

79 墨翟　墨子，戰國宋人，其學說以兼愛為主。

80 陶朱　即春秋越國的范蠡，輔佐句踐滅吳後，乃辭官往陶（今山東肥城縣西北），以治產致富，自稱陶朱公。

81 猗頓　春秋時魯人，問致富之術於陶朱公，於是往河東猗氏（今山西安澤縣）畜養牛羊，十年之間，富比王侯，因在猗氏致富，故稱猗頓。

82 躡足行伍之間　置身於軍隊之中。躡，音ㄋㄧㄝˋ，踐踏。行伍，軍隊，古時軍中二十五人為行，五人為伍。

83 倔起，特起。

84 罷散　疲憊散亂。罷，同「疲」。

85 斬木為兵　砍下樹木做兵器。

86 揭竿　高舉旗竿。揭，舉。

87 贏糧而景從　帶著糧食而緊緊地跟隨著。贏，擔負。景，音ㄧㄥˇ，同「影」。

88 山東　指殽山函谷關以東的地區。

89 自若　依然如故，自如。

90 鉏耰棘矜　鉏耰，鉏頭。鉏，與鋤同。耰，音ㄧㄡˊ，鋤柄。棘，同「戟」，兵器名。矜，矛柄。

91 銛　鋒利。

92 鉤戟　帶鉤的戟。

93 長鎩　長矛。鎩，音ㄕㄚ。

94 謫戍　罪人充軍邊外守邊。

95 度長絜大　較量長短大小。度，測度。絜，音ㄒㄧㄝˊ，審度。

96 招八州而朝同列　招致八州的百姓而使同列的諸侯來朝貢。八州，古時天下分九州，秦據有雍州。朝，朝拜，此作動詞。

97 七廟　天子的宗廟。古代帝王的祖廟裡奉祀七代祖先。

課文研析

本篇為議論文。全文分三段，首段先述秦孝公憑藉殽函的天險和雍州之地，任用商鞅為輔佐，勵精圖治，「內立法度，務耕織，修守戰之備，外連橫而鬥諸侯」，奠定了富強的基礎。次言惠文王、武王、昭襄王三朝共八十餘年，「蒙故業，因遺策」，國勢益強，諸侯恐懼，爭相割地而奉秦，「秦無亡矢遺鏃之費，而天下諸侯已困矣」。再言到孝文王、莊襄王時期，雖然在位時間短，卻因受到餘蔭而「國家無事」。第二段寫始皇「奮六世之餘烈，振長策而御宇內，吞二周而亡諸侯，履至尊而制六合，執棰拊以鞭笞天下，威振四海」，聲威達到頂端，以為「關中之固，金城千里」，可成就子孫帝王萬世不拔的基業，於是擴疆土，築長城，殺豪傑，焚詩書，銷兵器，以削弱民間的武力。末段寫陳涉不過是「甕牖繩樞之子，甿隸之人，而遷徙之徒，才能不及中人」，卻能率罷散之卒，將數百之眾」，揭竿而起，於是「天下雲集嚮應，贏糧而景從」，秦遂滅亡。最後說出秦國滅亡的原因，是在「仁義不施，而攻守之勢異也」。

在寫作技巧上，作者巧妙的運用渲染、襯托、對照的手法，加強他的論述。如在第一段中，極力鋪寫六國人才、物質、軍力的充裕，目的在襯托秦國的強大。第三段寫陳涉的出身微賤，地位低下，才能不高，兵力少弱，用意在反襯秦國敗亡之易。在第一段中寫自秦孝公後，敘述秦的興盛過程，與第三段秦的迅速崩潰作為對照，使文章能前後呼應。在第一、二段中以大量筆墨極力渲染秦的興起與強大，最後戰勝諸侯而一統天下，為後面的「過秦」找出一個強有力的著力點，這種先揚後過的渲染手法，實堪稱警絕，其意在說明武力之不可恃，也達到了作者論述秦亡的目的。

三代之得天下與守天下，皆因施行仁義，國家得長久。本文回顧秦併吞天下時的長期慘澹經營，最後亡於一旦，自然的歸結出秦滅亡的原因，在於「仁義不施，而攻守之勢異也」，秦以不仁取天下，又以不仁失天下，致使攻守之勢異，國家終究不會長久，而走向滅亡，有力的說出秦始皇之過。並藉「過秦」來指陳漢朝的過失，認為漢朝既得天下，就應施行仁義，效法先聖，所謂前事之不忘，後事之師也，否則後果就會和秦一樣。

問題與討論

一、賈誼寫〈過秦論〉的旨意何在？

二，說明秦興盛的經過。

三，秦滅亡的原因為何？給我們什麼樣的省思？

十、管晏列傳

司馬遷

課文

管仲[1]夷吾者，穎上[2]人也。少時常與鮑叔牙[3]游，鮑叔知其賢。管仲貧困，常欺[4]鮑叔，鮑叔終善遇之，不以爲言。已而，鮑叔事齊公子小白[5]，管仲事公子糾。及小白立爲桓公[6]，公子糾死，管仲囚焉，鮑叔遂進管仲[7]。管仲既用，任政於齊，齊桓公以霸；九合諸侯[8]，一匡天下[9]，管仲之謀也。管仲曰：「吾始困時，嘗與鮑叔賈，分財利，多自與，鮑叔不以我爲貪，知我貧也。吾嘗爲鮑叔謀事，而更窮困，鮑叔不以我爲愚，知時有利不利也。吾嘗三仕三見逐於君，鮑叔不以我爲不肖，知我不遭時也。吾嘗三戰三走，鮑叔不以我爲怯，知我有老母也。公子糾敗，召忽死之；吾幽囚受辱，鮑叔不以我爲無恥，知我不羞小節，而恥功名不顯於天下也。生我者父母，知我者鮑子也。」鮑叔既進管仲，以身下之[10]，子孫世祿於齊[11]，有封邑者十餘世，常爲名大夫。天下不多[12]管仲之賢，而多鮑叔能知人也。

管仲既任政相齊，以區區之齊在海濱，通貨積財，富國彊兵，與俗同好惡。故其稱曰：「倉廩實而知禮節，衣食足而知榮辱。上服度[13]，則六親[14]固。四維[15]

不張，國乃滅亡。下令如流水之源，令順民心[16]。」故論卑而易行[17]。俗之所欲，因而予之[18]；俗之所否，因而去之。其爲政也，善因禍而爲福，轉敗而爲功。貴輕重[19]，愼權衡[20]。桓公實怒少姬[21]，南襲蔡，管仲因而伐楚，責包茅[22]不入貢於周室；桓公實北征山戎[23]，而管仲因而令燕修召公[24]之政。於柯之會[25]，桓公欲背曹沬之約，管仲因而信之。諸侯由是歸齊。故曰：「知與[26]之爲取，政之寶也。」

管子富擬於公室，有三歸[27]反坫[28]，齊人不以爲侈。管仲卒，齊國遵其政，常彊於諸侯。後百餘年[29]，而有晏子焉。

晏平仲嬰者，萊之夷維[30]人也。事齊靈公莊公景公，以節儉力行重於齊。既相齊，食不重肉[31]，妾不衣帛。其在朝，君語及之[32]，即危言[33]；語不及之，即危行。國有道，即順命[34]；無道，即衡命[35]。以此三世[36]，顯名於諸侯。

越石父[37]賢，在縲紲中[38]。晏子出，遭之塗[39]，解左驂[40]贖之，載歸。弗謝，入閨[41]；久之，越石父請絕。晏子懼然[42]，攝[43]衣冠謝曰：「嬰雖不仁，免子於厄。何子求絕之速也？」石父曰：「不然。吾聞君子詘[44]於不知己，而信[45]於知己者。方吾在縲紲中，彼不知我也。夫子既已感寤而贖我，是知己，知己而無禮，固不如在縲紲之中。」晏子於是延入爲上客。

晏子爲齊相，出，其御[46]之妻，從門間而闚[47]其夫。其夫爲相御，擁大蓋，策駟[48]馬，意氣揚揚，甚自得也。既而歸，其妻請去。夫問其故，妻曰：「晏子長不滿六尺，身相齊國，名顯諸侯。今者，妾觀其出，志念深[49]矣，常有以自下[50]者。今子長八尺，乃爲人僕御，然子之意，自以爲足。妾是以求去也。」其後夫自抑損[51]。晏子怪而問之，御以實對，晏子薦以爲大夫。

太史公曰：「吾讀管氏〈牧民〉、〈山高〉、〈乘馬〉、〈輕重〉、〈九府〉[52]及《晏子春秋》[53]，詳哉其言之也。既見其著書，欲觀其行事，故次其傳。至其書，世多有之，是以不論，論其軼事[54]。管仲世所謂賢臣，然孔子小之[55]，豈以周道衰微，桓公既賢，而不勉之至王，乃稱霸哉？語曰：『將順[56]其美，匡救[57]其惡，故上下能相親也。』豈管仲之謂乎？方晏子伏莊公尸哭之，成禮然後去[58]，豈所謂『見義不爲無勇』者邪[59]？至其諫說犯君之顏，此所謂『進思盡忠，退思補過』[60]者哉！假令晏子而在，余雖爲之執鞭，所忻[61]慕焉。」

作者

司馬遷，字子長，太史公司馬談之子。西漢左馮翊夏陽（今陝西省韓城縣）人，生於景帝中元五年（西元前一四五年），約卒於昭帝始元元年（西元前八六年），年約六十。

少承父學，又從孔安國治《尚書》，董仲舒治《春秋》，熟讀《左傳》、《國語》等史書。長遊四方，博涉山川，足跡遍中國。武帝元封元年（西元前一〇一年），父談卒，遺命撰史。三年，繼任太史爲太史令，博覽古籍，蒐集資料，四年，開始撰寫《史記》。太初元年，奉命與公孫卿、壺遂等改定律曆。天漢二年（西元前九十九年），爲將軍李陵降匈奴事辯解，觸怒武帝，下獄治罪，三年，處以腐刑，囚蠶室，忍辱發憤繼續寫作《史記》。太始元年（西元前九十六年）出獄，爲中書謁者令。征和二年（西元前九十一年），成《史記》一百三十篇，上自陶唐，下迄武帝獲白麟止，分十二本紀、十表、八書、三十世家、七十列傳，計五十二萬餘言，獨成一體，開中國正史的創局。

題解

本篇選自《史記》，記春秋時齊國管仲和晏嬰的事蹟，是兩個名相的合傳。二人皆為齊國重臣，夷吾奢侈，晏子愛儉，兩人風格不同，一個使桓公而霸，一個使景公以治，皆功業顯赫，名聞天下。

注釋

❶管仲　春秋前期齊相，輔佐桓公成就霸業，桓公尊之為仲父。

❷穎上　今安徽穎上縣。

❸鮑叔牙　名叔，字叔牙，齊國大夫。

❹欺　欺騙，此處指占便宜。

❺小白　齊襄公昏庸無道，誅殺不當，群臣恐懼，管仲、召忽奉公子糾（齊襄公弟）奔魯，鮑叔奉公子小白（亦齊襄公弟）奔莒。

❻小白立為桓公　襄公被殺，魯國派兵護送公子糾回國，先由管仲帶兵埋伏莒、齊的要道，射中小白腰帶鉤，小白假死，使魯國延誤公子糾的歸國行程。小白因而先歸，遂立為桓公。

❼鮑叔遂進管仲　桓公即位後，欲任用鮑叔為相，鮑叔說若是治理齊國，高傒與叔牙即可，若是想成就

霸業，非管仲不可，並說出自己不如管仲的地方，極力推薦管仲。於是桓公以解射鉤之恨為藉口，要求魯國送回管仲，鮑叔親迎返回，桓公厚禮以為相。

❽ 九合諸侯　齊桓公九次聚合諸侯會盟。

❾ 一匡天下　使天下歸正。指共尊周天子為宗主，使分崩離析的局面統一。匡，正。

❿ 以身下之　願意身為管仲之下。

⓫ 子孫世祿於齊　指鮑叔牙的子孫世世代代在齊國享俸祿。

⓬ 多　讚美。

⓭ 上服度　居上位的遵行禮法。服，遵行。度，禮法。

⓮ 六親　父母妻子兄弟，泛指親戚。

⓯ 四維　禮、義、廉、恥。

⓰ 令順民心　政令順應人民的心意。

⓱ 論卑而易行　政令平易而百姓易於遵行。

⓲ 因而予之　依其希望而給他。因，依循。

⓳ 輕重　指事的輕重緩急。

⓴ 權衡　指衡量事情的得失。

㉑ 桓公實怒少姬　少姬蕩舟戲弄桓公，桓公驚懼變色，因而發怒，將她送歸蔡國，並未斷絕關係，蔡人卻將她嫁人，桓公因此伐蔡。少姬，即蔡姬，桓公姬妾。

㉒ 包茅　裹束成捆的菁茅。古代祭祀時，以束成捆的青茅置匣中，用來滲酒之用。包，裹束。茅，菁茅。

㉓ 山戎　即北戎，古時北方邊境上的一個外族。春秋時為齊燕兩國的憂患。西元前六六三年，山戎侵燕，齊桓公因救燕而伐山戎，管仲因令燕修召公之政。

㉔ 召公　姓姬名奭，周之同姓。曾佐武王滅商，封於薊，因采邑在召，故稱召公或召伯。

㉕ 柯之會　魯莊公十三年（西元前六八一年），齊魯戰後齊桓公與魯莊公會於柯，曹沫以匕首劫持桓公，要求齊國歸還侵占魯國的土地，齊桓公當時應允，後欲違背盟約，欲殺曹沫，管仲以為不可，遂歸還魯國所侵占的土地以示信。

㉖ 與　給。

㉗ 三歸　三歸之說有三，一為娶三姓之女，二為臺名，三為地名。

㉘ 反坫　諸侯互相敬酒後，將空爵反置在坫上。坫，音ㄉㄧㄢˋ，周代諸侯宴飲，在正堂兩旁設有土臺，放置空酒杯，稱坫。

㉙ 後百餘年　管晏相距九十年，史公言後百餘年有誤。

❸⓿萊之夷維　萊地的夷維人。萊，萊州，治所在今山東掖縣。夷維，萊的邑名，今山東高密。
❸❶食不重肉　不吃兩種肉食。重，音ㄔㄨㄥˊ，多。
❸❷君語及之　君王問到他。
❸❸危言　就正直的陳說。危，高、正面。
❸❹順命　依順著命令去做。
❸❺衡命　衡量斟酌命令的可行而後行。
❸❻三世　指靈公、莊公、景公三世。
❸❼越石父　齊國賢人。
❸❽在縲紲中　被當作犯人用繩索拘繫著。縲，音ㄌㄟˊ，黑繩。紲，音ㄒㄧㄝˋ，繫。
❸❾遭之塗　在路上遇見他。遭，遇。塗，同「途」。
❹⓿左驂　車駕左邊的馬。驂，一車四馬，左右兩旁的馬謂之驂。
❹❶閨　內室。
❹❷戄然　驚異的樣子。
❹❸攝　整理。
❹❹詘　音義同「屈」。
❹❺信　音義同「伸」。
❹❻御　指車夫。
❹❼闚　同「窺」，偷看。
❹❽駟　一車駕四馬謂之駟。
❹❾志念深　志慮深遠。
❺⓿自下　對人謙虛。
❺❶抑損　謙卑退讓。抑，謙下。損，退損。
❺❷牧民山高乘馬輕重九府　均為《管子》中之篇名。
❺❸晏子春秋　舊題齊晏嬰撰，或以為後人集晏子行事及其諫議之言編輯而成，共八卷。
❺❹軼車　逸事，散失之事。
❺❺孔子小之　孔子說他器量狹小，見《論語．八佾》篇。小，狹隘。
❺❻將順　順行。將，行。
❺❼匡救　正而止之。匡，正。救，止。
❺❽晏子伏莊公尸哭之二句　崔杼弒魯莊公，晏子不怕被殺，入而枕公尸股哭之，成禮而後出。
❺❾豈所謂見義不為無勇者邪　難道是所謂的見義不為無勇的嗎。見《論語．為政》篇，此言晏子的勇於為義。
❻⓿進思盡忠二句　語出《孝經．事君》章。意謂在朝廷時就想盡忠心，退出朝廷時，就想彌補過錯。
❻❶忻　歡喜。

課文研析

管仲和晏嬰是齊國著名的賢相，本文將相距九十多年的兩個名相列為一傳，並置為列傳中第二，自有其深意。

本文分成前後兩部分，各自獨立成文，以「後百餘年，而有晏子焉」銜接前後文意。第一部分寫管仲，先寫管仲鮑叔二人之間的交誼，以「鮑叔知其賢」簡括的說明鮑叔真正的知管仲。當桓公欲任用鮑叔，鮑叔以自己不如管仲，而向桓公推薦管仲，獲得重用，使得「齊桓公以霸；九合諸侯，一匡天下」，寫出了鮑叔的「識」和「識人之明」。再以管仲之語寫鮑叔的知己，管仲舉出自己的貪、愚、不肖、怯和無恥，鮑叔皆不以為然，反認為是不羞小節，是恥功名不顯於天下，說明鮑叔的別具慧眼和識見深遠，心懷感激的說：「生我者父母，如我者鮑子也。」鮑叔不僅知人，且能「以身下之」，故「天下不多管仲之賢，而多鮑叔能知人也」，不僅寫出鮑叔的心胸和氣魄，也寫出為千古所稱道的友誼。

第二部分寫晏嬰，先寫他輔佐靈公、莊公、景公的經歷和他「以節儉力行重於齊」的施政特點，嚴以律己的謹慎態度，而顯名於諸侯。他身為齊相而能禮賢下士，再以拔擢越石父與御者兩則軼事，說明他的胸襟與情操。一是越石父是個賢人，有罪被囚，在路上遇到，急忙「解左驂贖之」，寫出他的求才心情，而越石父卻向晏子請絕，「晏子懼然」的驚駭，說明晏子不因救了越石父而居功，也不因自己身為齊相而自傲。二是從御者的「擁大蓋，策駟馬，意氣揚揚，甚自得也」，忽然「其後夫自抑損」，表現得非常謙虛，問其原因，始知因其妻的一番言語，從御者言行的改變而發現了他的才德，於是推舉為大夫。寫出了他是個忠於職守，用人無私的忠臣良相，展現出晏子雍容大度的襟懷。

列傳中於朋友之誼再三致意，管仲任政相齊，能與百姓同好惡，而富國強兵，桓公以仲父稱之，財富可與君王相比，有三歸反坫，齊人不認為是奢侈，此皆由鮑叔無私的推薦，因此傳中特別重視鮑叔對朋友的情誼，而多稱美鮑叔。越石父與御者，不是晏子的朋友，地位也不高，卻為晏子所尊重，推薦為大夫，這不是一般人能做到的，而晏子卻做到了。鮑叔和晏子可以說是最善於知才的人，最善於因才舉用的人。司馬遷因為李陵辯解，而含冤下獄，親朋中沒有人敢為他說話，沒有人敢去營救他，思念及此，怎能不感念鮑叔、晏子之情呢？因藉此以抒發自己內心的憤慨，同時也寄託出自己的理想和願望。

問題與討論

一、管仲和鮑叔二人的情誼為何？舉出歷史上有哪些如管仲和鮑叔間情誼的人，並說明他們的事蹟。

二、世人謂管仲為賢臣，而孔子卻小之，試述其原因。

三、晏嬰以什麼觀點薦舉越石父與御者？

四、何以司馬遷有「假令晏子而在，余雖為之執鞭，所忻慕焉」之語？

五、試以己意評論管仲與晏嬰。

十一、務本論

王符

課文

凡爲治之大體[1]，莫善於抑末而務本[2]，莫不善於離本而飾末[3]。夫爲國者，以富民爲本，以正學爲基[4]。民富乃可教，學正乃得義。民貧則背善，學淫[5]則詐僞。入學則不亂，得義則忠孝。故明君[6]之法，務此二者，以爲成太平之基，致休徵之祥[7]。夫富民者，以農桑爲本，以游業[8]爲末。百工者，以致用[9]爲本，以巧飾[10]爲末。商賈者，以通貨爲本，鬻奇[11]爲末。三者守本離末，則民富；離本守末，則民貧。貧則阨[12]而忘善，富則樂而可教。教訓[13]者，以道義爲本，以巧辯爲末。辭語[14]者，以信順[15]爲本，以詭麗[16]爲末。列士[17]者，以孝悌爲本，以交遊爲末。孝悌者，以致養[18]爲本，以華觀[19]爲末。人臣者，以忠正爲本，以媚愛[20]爲末。五者守本離末，則仁義興；離本守末，則道德崩。愼本略末，猶可也；捨本務末，則惡矣。

夫用天之道，分地之利[21]，六畜生於時[22]，百物聚於野；此富國之本也。游業末事，以收民利[23]；此貧邦之原也。忠信謹愼，此道義之基也；虛無[24]譎詭[25]，此亂道之根也。故力田[26]所以富國也。今民去農桑，赴游業，披採眾利[27]，聚之一門；雖於私家有富，然公計[28]愈貧矣。百工者，所[29]使備器[30]也。器以便事[31]爲善，以膠固[32]爲上。今工好造雕琢之器，巧僞飾之[33]，以欺民取賄[34]；雖於姦工[35]有利，而國界愈病矣。商賈者，所以通物也，物以任用[36]爲要，以堅牢爲資[37]。今商競鬻無用之貨，淫侈之幣[38]，以惑民取產；雖於淫商有得，然國計愈失矣。此三者，外雖有勤力富家之私名，然內有損民貧國之公實[39]。故爲政者，明督工商，勿使淫僞[40]；困辱[41]游業，勿使擅利；寬假[42]本農，而寵遂學士[43]；則民富而國平矣。夫教訓者，所以遂[44]道術而崇德義也。今學問之士，好語虛無之事，爭著彫麗之文[45]，以求見異於世；品人鮮識[46]，從而尚之。此傷道德之實，而惑矇夫[47]之大者也。詩賦者，所以頌善醜之德，洩哀樂之情也，故溫雅以廣文[48]，興喻以盡意[49]。今賦頌之徒，苟爲饒辯屈蹇之辭[50]，競陳誣罔無然之事[51]，以索見怪於世；愚夫戇士[52]，從而奇之。此悖孩童之思，而長不誠之言者也。盡孝悌於父母，正操行於閨門[53]，所以爲列士也。今多務交游，以結黨助；偷世[54]竊名，以取濟渡[55]；夸[56]末之徒，從而尚之。此逼貞士之節，而眩[57]世俗之心者也。養生順志[58]，所以爲孝也。今多違志儉養[59]，約生以待終[60]；終沒之後，乃崇飭喪紀[61]以言孝，盛饗賓旅以求名；誣善之徒，從而稱之。此亂孝悌之眞行[62]，而誤後生之痛者也。忠正以事君，信法以理下，所以居官也。今多姦諛以取媚[63]，撓法以便佞[64]；苟得[65]之徒，從而賢之。此滅貞良之行，而開亂危之原者也。五者外雖有振賢才之虛譽，內有傷道德之至實。凡此八者，皆衰世之務，而闇君[66]之所固也。雖未及於篡弒[67]，然亦亂道之漸來[68]也。

夫本末消息[69]之事，皆在於君，非下民之所能移[70]也。夫民固隨君之好，從利以生[71]者也。是故務本，則雖無僞之人皆歸本；居末，則雖篤敬之人皆就末。且凍餒之所在，民不得不去也；溫飽之所在，民不得不居也。故衰闇之世[72]，本末之人，未必賢不肖也。禍福之所（原脫一字疑爲在字），勢不得無然爾。故明君蒞國[73]，必崇本抑末，以遏亂危之萌[74]。此誠治之危漸[75]，不可不察也。

作者

王符，字節信，東漢安定郡臨涇縣（今甘肅鎮南縣）人，生卒年月不可考，在世時間約自漢章帝建初初年，至桓帝永壽末年。符少好學，有志操，與馬融、張衡、崔援等人相友善。性耿介自持，不隨俗求援引，因此一生不得志。於是隱居著書，不願彰顯其名，故稱爲《潛夫論》。《潛夫論》今本共十卷，三十五篇，合敘錄爲三十六篇，有清汪繼培箋注。

題解

本文選自《潛夫論》的第二篇，以「務本」為題，則取義於《論語．學而篇》的「君子務本」一語。本篇論治國的綱領在注重根本，抑制末節，抨擊東漢社會風氣，並指出本末的分別。

注釋

❶大體　大要、綱領。

❷抑末而務本　抑制末節，致力根本。務，致力、專力。

❸離本而飾末　捨棄根本，修飾末節。

❹以正學為基　以端正學術為基礎。正學，謂合於正道之學。

❺學淫　學術邪曲不正。淫，邪。

❻明君　賢明的君主。

❼致休徵之祥　獲得吉祥的徵兆。休，美善、吉慶。徵，徵驗。

❽游業　不定之業，不正當之業。游，不定之意。

❾致用　切於實用。

❿巧飾　奇巧華飾。

⓫鬻奇　售賣珍奇的東西。鬻，音ㄩˋ，售賣。奇，珍奇物品。

⓬阨　困窮、危迫。

⓭教訓　教誨。

⓮辭語　文詞語言。

⓯信順　真確明暢。順，明暢。

⓰詭麗　詭奇華麗。詭，奇異。

⓱列士　一般的人。列，眾多。

⓲致養　盡力奉養。

⓳華觀　華麗美觀的外表。

⓴媚愛　諂媚討好。

㉑用天之道二句　遵行自然的法則，分別土地的利用價值。

㉒六畜生於時　各種家畜的生長繁殖都能合於時序。六畜，馬、牛、羊、雞、犬、豖，泛指各種家畜。

㉓以收民利　以收取人民的財貨。利，財貨。

㉔虛無　不切實際。

㉕譎詭　欺詐。譎，音ㄐㄩㄝˊ。
㉖力田　致力農事。
㉗披採眾利　開發採掘眾人的利益。披，發、取。
㉘公計　國家的生計，指國家的財政。
㉙所　可。
㉚備器　製作器具。
㉛便事　實用。
㉜膠固　牢固。膠，固。
㉝巧偽飾之　以奇巧偽詐來掩飾其事。
㉞賄　財利。
㉟姦工　奸詐的工匠。姦，同「奸」。
㊱任用　適用。
㊲資　質。
㊳幣　貨財。
㊴公實　公然的事實、本質。
㊵淫偽　背離正道，崇尚虛無。
㊶困辱　困阻屈辱。
㊷寬假　優待。
㊸寵遂學士　尊重拔擢有才德的人。遂，拔擢。
㊹遂　完成，成就。
㊺爭著彫麗之文　爭相寫作雕飾華麗的文字，指辭賦之類。彫，同「雕」。
㊻品人鮮識　眾人缺少見識。品人，眾人。鮮，少。
㊼矇夫　無知的人。矇，音ㄇㄥˊ。
㊽溫雅以廣文　溫和儒雅而廣大文思。
㊾興喻以盡意　興和喻以表達情意。興，先言他物以引起所詠之詞。喻，比喻。興與比皆為詩六義之一。詩的六義為風、雅、頌、賦、比、興。
㊿饒辯屈蹇之辭　多辯而詭譎艱澀的文詞。饒，多。屈，詭譎奇異。蹇，艱澀不通。
51誣罔無然之事　不真實、且根本不存在的事。此指玄談怪論。誣、罔，皆指不真實。
52愚夫戇士　愚直的人。戇，音ㄓㄨㄤˋ，愚直。
53正操行於閨門　在家內端正操行。閨門，內室之門。
54偷世　苟且處身於世。偷，苟且。
55濟渡　渡過。濟，渡。
56夸　誇大。夸，同「誇」。
57眩　惑亂。
58養生順志　奉養父母，順從父母的心志。
59違志儉養　違背父母的心志，奉養父母非常儉約。
60約生以待終　活著時供養儉約，以待壽終。約生，儉養的意思。
61崇飭喪紀　舉行隆重的喪禮。崇飭，崇尚整備。喪紀，喪事、喪禮。
62真行　真性。行，音ㄒㄧㄥˋ。

❻❸ 姦諛以取媚　奸詐諂諛以討好君王。
❻❹ 撓法以便佞　擾亂法律以方便壞人。撓，擾亂、歪曲。佞，指壞人。
❻❺ 苟得　不正當的方法，苟且取得。
❻❻ 闇君　昏昧的君王。
❻❼ 篡弒　弒君而篡奪其位。弒，下殺上。
❻❽ 漸來　逐漸來到、逐漸產生。

❻❾ 消息　謂盛衰榮枯。
❼⓿ 移　改變。
❼❶ 從利以生　依附著利益之所在而生存。
❼❷ 衰闇之世　衰敗昏暗的時代。闇，昏暗、隱晦。
❼❸ 莅國　在位當國。莅，臨。
❼❹ 遏亂危之萌　阻止亂危的發生。萌，開始、發生。
❼❺ 漸　行進徐而不速。

課文研析

本文重點在評述當時社會風氣的離本守末，是故首段開宗明義，提出「凡為治之大體，莫善於抑末而務本，莫不善於離本而飾末」之語，開展其本末之論述，並標出「以富民為本，以正學為基」兩項。接著就農桑、百工、商賈、教訓、辭語、列士、孝悌、人臣的本與末，作簡明扼要的說明，而歸結於「慎本略末，猶可也；捨本務末，則惡矣」。

次段則針對前段所述之八點作更深入的闡發。先論農桑、百工、商賈捨本逐末的弊害，指出為政者若能明切的督導要求，就能「民富而國平矣」，此也正是王符對當時經濟問題所揭示的主張。再論教訓、辭語、列士、孝悌、人臣五者的捨本逐末的弊害，此乃針對當時社會風氣多崇尚虛無而不務實際，士人則喜結為朋黨，互相標榜，以沽名釣譽而發，並提出他學術思想的見解，期能對當時政治風俗有所助益。

最後以「本末消息之事，皆在於君，非下民所能移也」之語，指出崇本抑末的關鍵在於在位當國者的領導，故「不可不察也」。

本文雖為散文，然其形式整齊，而又富於變化，詞語明潔有力，評論當時的政治風俗，語多警切，是一篇出色的論說文。

問題與討論

一、說明東漢的社會風氣。
二、闡述王符〈務本論〉一文之本末。
三、何以明君治國必崇本抑末？

十二、論盛孝章書

孔融

課文

歲月不居[1]，時節[2]如流，五十之年，忽焉已至，公爲始滿[3]，融又過二。海內知己，零落殆盡[4]，惟有會稽盛孝章尚存。其人困於孫氏，妻孥[5]湮沒，單子獨立[6]，孤危愁苦[7]，若使憂能傷人，此子[8]不得永年[9]矣！

《春秋傳》曰：「諸侯有相滅亡者，桓公不能救，則桓公恥之。」[10]今孝章實丈夫之雄也，天下談士[11]，依以揚聲[12]，而身不免於幽縶[13]，命不期於旦夕[14]；吾祖[15]不當復論損益之友[16]，而朱穆所以〈絕交〉[17]也。公誠能馳一介之使[18]，加咫尺之書[19]，則孝章可致[20]，友道可弘矣。

今之少年，喜謗前輩，或能譏評孝章；孝章要爲[21]有天下大名，九牧[22]之人，所共稱歎。燕君市駿馬之骨[23]，非欲以騁道里[24]，乃當以招絕足[25]也。惟公匡復漢室，宗社[26]將絕，又能正之，正之術，實須得賢。珠玉無脛[27]而自至者，以人好之也[28]，況賢者之有足乎！昭王築臺以尊郭隗，隗雖小才，而逢大遇，竟能發明主之至心[29]；故樂毅自魏往，劇辛自趙往，鄒衍自齊往。向使郭隗倒懸[30]，而王不解，臨難而王不拯，則士亦將高翔遠引[31]，莫有北首[32]燕路者矣。凡所稱引[33]，自公所知；而復有云者，欲公崇篤斯義[34]。因表不悉[35]。

作者

孔融，字文舉，東漢魯國（今山東省曲阜）人，孔子二十世孫。生於漢桓帝永興元年（西元一五三年），卒於漢獻帝建安十三年（西元二〇八年）。少有俊才，獻帝時爲北海相，立學校，表儒術。漢末，天下大亂，融志在靖難，然才疏意廣，迄無成功。性好客，嘗自謂「座上客常滿，尊中酒不空，吾無憂矣」，由於常以詭詞嘲諷曹操而被殺。爲建安七子之一，文章體氣高妙，曹丕曾比之於揚雄、班固。有《孔北海集》。

題解

本文選自《文選》卷四十一，是孔融寫給曹操的一封書信，從篇首「五十之年，忽焉已至，公為始滿，融又過二」之語，推知此書作於漢獻帝九年（西元二〇四年）。盛憲，字孝章，會稽（今浙江紹興縣）人，器量雅偉，舉為孝廉，補尚書郎，遷吳郡太守，後以病去官。孫策平定吳、會之地，大肆誅殺英豪，而憲有高名，策深忌之。而孔融與盛憲素友好，憂慮他不能免於災禍，時曹操專權，孔融遂寫信向曹操求援，曹操果然為信所動，由是徵為都尉，詔命未至，盛憲已為孫權所害。

注釋

❶居　止、留。

❷時節　時光。

❸公為始滿　公剛滿五十歲。公，指曹操。始滿，剛滿五十歲。曹操生於漢桓帝永壽元年（西元一五五年），則此時當在獻帝建安九年（西元二〇四年）。

❹零落殆盡　差不多都死了。零落，指死亡。殆，幾乎。

❺妻孥　妻子和兒女，此處泛指家屬。孥，音ㄋㄨˊ。

❻單孑獨立　孤單無援，獨自生活。

❼孤危愁苦　處境危險，心情苦悶。

❽此子　指盛孝章。

❾永年　延長壽命、長壽。

❿諸侯有相滅亡者三句　此引《春秋公羊傳》僖公元年之語，齊桓公為春秋五霸之一，以齊桓公比曹操，如果曹操不能援救盛孝章，就如桓公不能救邢國一樣，應該引為恥辱，引用此語旨在說明曹操應該救盛孝章。

⓫談士　遊談之士，清議之士。

⓬依以揚聲　依靠他來宣揚自己的名聲。

⓭幽縶　囚禁。縶，束縛。

⓮命不期於旦夕　生命隨時都有危險。期，預料。

⓯吾祖　指孔子。

⓰論損益之友　談論結交有害和有益的朋友。損，交友有害。益，交友得益。《論語．季氏篇》裡，孔子說益者有三友，損者有三友。友直，友諒，友多聞，是有益的朋友；友便辟，友善柔，友便佞，是有害的朋友。

⓱朱穆所以絕交　朱穆要寫他的〈絕交論〉了。朱穆，字公叔，東漢時人，五歲即以孝著稱。感歎社會風俗澆薄，慕尚敦厚，因而著〈絕交論〉。

⓲馳一介之使　趕快派一個使者。一介，一個。

⓳咫尺之書　短信。咫，八寸。

⓴致　招致，求得。

㉑要為　總之是。

㉒九牧　九州之牧，指九州、天下。古代九州的長官叫牧伯。

㉓燕君市駿馬之骨　燕昭王買死馬之骨，而招來千里馬。見《戰國策．燕策》。

㉔騁道里　跑遠路。

㉕絕足　絕塵之足，指千里馬。

㉖宗社　宗廟社稷。

㉗脛　小腿，此指足。脛，音ㄐㄧㄥˋ。

㉘以人好之也　因為人君有好士之心。

㉙發明主之至心　啟發明主的至誠之心。發，啟發。至心，誠懇極至之心。

㉚倒懸　倒掛著，比喻處境困苦危險。

㉛高翔遠引　高飛遠走。

㉜北首　向北而行。首，向。

㉝稱引　述說。

㉞崇篤斯義　重視這個道理，指招賢納士的道理。崇篤，尊崇、重視。

㉟因表不悉　用這件事表達一二，不再一一細述了。不悉，不盡。

課文研析

孔融的書信，在當時是名重一時，〈論盛孝章書〉是他一直受人稱道的少數作品之一。本文就友道和好士兩方面來勸說曹操營救，寫得懇切委婉，感情畢露。

全文共分三段，首段開始即以「歲月不居，時節如流，五十之年，忽焉已至，公為始滿，融有過二。海內知己，零落殆盡，惟有會稽盛孝章尚存」數句開場，說出內心的感觸，慨嘆人生的短促，對故舊知己的思念，不知不覺間就提到了盛孝章，毫不露痕跡。接著寫盛孝章所遭遇的困境是「困於孫氏，妻孥湮沒，單孑獨立，孤危愁苦，若使憂能傷人，此子不得永年矣」簡單數語，勾勒出他的孤危處境，更增令人同情之心。

次段希望曹操能伸出援手，引《春秋公羊傳》：「諸侯有相滅亡者，桓公不能救，則桓公恥之。」之語，將曹操比為齊桓公，雖是恭維之語，卻能打動曹操之心。再寫「孝章實為丈夫之雄也，天下談士，依以揚聲」，這樣的英傑，卻「身不免於幽縶，命不期於旦夕」，我的先祖將不能再談論「損益之友」，也難怪朱穆要慨嘆世風澆薄，而有〈絕交〉之論了。若「公誠能馳一介之使，加咫尺之書」，那麼「孝章可致，友道可弘矣」，從感慨、哀嘆中使曹操為之動情，因而伸出援手。

末段，由情而轉入說理，就盛孝章的才德論述，使曹操能了解盛孝章的才德，不是感情用事。我們應該看到「孝章要為有天下大名，九牧之人，所共稱嘆」的地方，即使有「喜謗前輩，或能譏評孝章」之事，也是「今之少年」的惡習，不足為憑。並援引「燕君市駿馬之骨，非欲以騁道里，乃當以招絕足也」之喻，希望曹操能尊重賢才，必能如燕王一樣的招來各方人才，否則「士亦將高翔遠引，莫有北首燕路者矣」，因此拯救盛孝章，對曹操來說，也有拋磚引玉之效。最後以「凡所稱引，自公所知；而復有云者，欲公崇篤斯義。因表不悉」作結，雖是一般書信常用語，但卻更增其文義的完美。

在此文中充滿著對危險中朋友的關切和崇敬，可看出孔融於盛孝章，真可謂道義之交。本文能於平淡中見真摯，妥貼中見高雅，而內容之豐富，語言之精鍊，實為本文之長。

問題與討論

一、孔融如何勸說曹操營救盛孝章？

二、孔融何以引用「燕君市駿馬之骨，非欲以騁道里，乃當以招絕足也」之例？

三、試論曹操之為人。

十三、蘭亭集序

王羲之

課文

永和九年❶，歲在癸丑，暮春❷三月，會於會稽❸山陰❹之蘭亭❺，修禊❻事也。群賢畢至，少長咸集。此地有群山峻嶺，茂林修竹，又有清流激湍❼，映帶❽左右。引以爲流觴曲水❾，列坐其次；雖無絲竹管弦之盛，一觴一詠，亦足以暢敘幽情❿。

是日也，天朗氣清，惠風⓫和暢，仰觀宇宙⓬之大，俯察品類⓭之盛，所以游目騁懷⓮，足以極⓯視聽之娛，信⓰可樂也。

夫人之相與⓱，俯仰⓲一世，或取諸懷抱，晤言⓳一室之內；或因寄所託⓴，放浪形骸之外㉑。雖趣舍㉒萬殊，靜躁㉓不同，當其欣於所遇，暫得於己，快然㉔自足，曾不知老之將至。及其所之㉕既倦，情隨事遷，感慨繫之矣！向之所欣㉖，俛仰㉗之間，已爲陳跡，猶不能不以之興懷；況修短隨化㉘，終期於盡㉙。古人云：「死生亦大矣㉚。」豈不痛哉！每覽昔人興感之由，若合一契㉛，未嘗不臨文嗟悼，不能喻㉜之於懷。固知一死生爲虛誕㉝，齊彭殤爲妄作㉞，後之視今，亦猶今之視昔，悲夫！故列敘時人，錄其所述㉞，雖世殊事異，所以興懷，其致一也㊱。

後之覽者，亦將有感於斯文。

作者

王羲之，字逸少，王敦、王導之侄，晉瑯琊臨沂（今山東省臨沂縣北）人，西晉亡，遷居會稽。生於晉元帝太興四年（西元三二一年），卒於晉孝武帝太元四年（西元三七九年），年五十八。自幼聰穎過人，而又博學善書。歷官祕書郎、征西將軍參軍、寧遠將軍、江州刺史，東晉時官至右將軍和會稽內史，世人又稱他爲王右軍。三十五歲，辭官歸隱，不復出仕。長於書法，草隸二體爲古今之冠，所書〈蘭亭集序〉，爲後世所重，有書聖之譽。

題解

本篇選自《晉書．王羲之傳》，東晉穆帝永和九年（西元三五三年）農曆三月三日，王羲之和當時的名士謝安、孫統、孫綽、李允、許詢、支遁等四十一人宴集於會稽郡山陰縣的蘭亭，舉行修禊之事，暢飲賦詩，王羲之記錄了他們的詩文，並寫了這篇序文，敘述了當時的盛況和寫作之意。

注釋

❶永和九年　永和，東晉穆帝年號。時王羲之年三十三歲。

❷暮春　春季之末稱暮春。

❸會稽　郡名，今江蘇東部浙江西部皆其地。

❹山陰　今浙江省紹興縣。

❺蘭亭　今浙江省紹興縣西南，地名蘭渚，渚中有亭，名為蘭亭。

❻修禊　古人於三月上旬巳日臨水而祭，以祓除不

祥，謂之修禊。自魏以後，定為三月三日。禊，音ㄒㄧˋ，潔。

❼激湍　急流。

❽映帶　形容景物相互映襯。

❾流觴曲水　把水引成環曲的小渠，水面放上酒杯，任它漂流，與會者環坐渠旁，杯隨波而下，止於某處，則其人取而飲之。流觴，流杯。盛酒的杯子，放在水的上游，任其漂流而下，停在誰的面前，誰就取而飲之。觴，酒杯。曲水，環曲的水。

❿幽情　幽雅的情懷。

⓫惠風　和煦之風。

⓬宇宙　指天下古今。宇，四方上下。宙，古往今來。

⓭品類　萬物種類。

⓮游目騁懷　遊覽風景，開暢胸懷。游目，舉目觀望。騁懷，舒展胸懷。

⓯極　盡。

⓰信　誠、實在。

⓱相與　互相往來交接。

⓲俯仰　低頭和抬頭，形容時間的短暫。

⓳晤言　相對交談。

⓴因寄所託　找尋寄託心情所在。因寄，有所依託。

㉑放浪形骸之外　放縱形體，使無拘無束。放浪，任情不羈、無拘無束。形骸，身體。

㉒趣舍　取捨。趣，同「取」。舍同「捨」。

㉓靜躁　動靜。躁，躁動、浮動。

㉔快然　形容非常高興。

㉕所之　指興趣的追求。之，往。

㉖向之所欣　從前所喜歡的事情。向，昔。

㉗俛仰　瞬息、轉眼之間。俛，音ㄈㄨˇ，同「俯」。

㉘修短隨化　壽命的長短，隨造化的安排。修短，長短。修，長。化，造化，指天。

㉙終期於盡　最後不免於滅亡。期，期限。

㉚死生亦大矣　死和生都是大事。

㉛若合一契　好像互相一致。契，符契，用竹或木做成，刻有文字，剖成兩半，雙方各執一半以為憑證。

㉜喻　明白、開解。

㉝一死生為虛誕　以死生為一致的說法屬於無稽。一，同一。虛誕，大言不實。

㉞齊彭殤為妄作　把長壽和短命的同等看待，也是謬妄的。齊，相同。彭，指彭祖，古之長壽者，相傳活了八百歲。殤，夭折，指短命而死的人。

㉟錄其所述　記錄下他們的詩文。

㊱其致一也　他們的情致是一樣的。致，情致意態。

課文研析

〈蘭亭集序〉是一篇膾炙人口的散文，首先敘述盛會的時間、地點與原因，再寫與會的人士有「群賢」、「少長」之眾，蘭亭景物的風光、環境有「群山峻嶺」、「茂林修竹」、「清流激湍」，這些勝景「足以暢敘幽情」。次段寫當時是「天朗氣清，惠風和暢」，可以「仰觀宇宙」，「俯察品類」，「游目騁懷」，自然地引出對良辰美景之「樂」。末段由「樂」處突破出無限感慨，表達了他的人生觀。人的心情常會因所處的環境而變化，「當其欣於所遇」，則會「快然自足」，而「情隨事遷」，則又「感慨繫之」，何況「修短隨化，終期於盡」的無可奈何之情。並直斥「一死生為虛誕，齊彭殤為妄作」，認為生死壽夭是不能同等看待，批評了老莊死生夭壽一體的虛妄。同時又拈出「後之視今，亦猶今之視昔」之語，說明後、今、昔只是一個歷史過程，是無限的歷史長河，時間如流水之逝，無法停留。最後說出「列敘時人，錄其所述」的目的。

全文由自然風景的描寫，歡暢明快的敘事，抒發了對人生無限感慨的情懷，詞語簡練自然，文意在平實沖淡中，略寓蒼涼的意味，於東晉文中別具一格。王羲之寫此序時用蠶繭紙，鼠鬚筆，字體遒媚勁健，為後世臨摹，成為有名的字帖。

問題與討論

一、何謂「修禊」？說明其來源。

二、說明蘭亭周遭的景致。

三、作者在文中說「信可樂也」，又說「豈不痛哉」，請說明心情為什麼有如此的轉變。

四、作者在文中呈現出什麼樣的心情？

十四、五柳先生傳

陶淵明

課文

先生不知何許❶人也，亦不詳其姓氏，宅邊有五柳樹，因以為號焉。閒靜少言，不慕榮利。好讀書，不求甚解❷；每有會意，便欣然忘食。性嗜酒，家貧不能常得。親舊知其如此，或置酒而招之。造飲輒盡❸，期❹在必醉，既醉而退，曾不吝情❺去留。環堵蕭然❻，不蔽風日，短褐穿結❼，簞瓢屢空❽，晏如❾也。常著文章自娛，頗示己志。忘懷得失❹，以此自終。

贊⓫曰：黔婁⓬之妻有言，不戚戚⓭於貧賤，不汲汲⓮於富貴。味⓯其言茲若人之儔乎⓰？銜觴⓱賦詩，以樂其志，無懷氏之民歟？葛天氏之民歟⓲？

作者

陶淵明，一名潛，字元亮，尋陽柴桑（今江西省九江縣）人，生於東晉哀帝興寧三年（西元三六五年），卒於宋文帝元嘉四年（西元四二七年），年六十三。淵明為陶侃的曾孫，祖父茂、父親逸都做過太守，到了陶淵明，家道中衰，生活艱困。淵明少懷高志，博學善文，曾因親老家貧，出任祭酒、鎮軍參軍、建威參軍等小吏，抱負不得施展，因而離職。四十一歲時出任彭澤令，又因「不能為五斗米折腰，拳拳事鄉里小人」，賦歸去來辭，以見其志，任職僅八十餘日。此後二十餘年，躬耕田園，不再出仕。卒後好友私謚曰靖節，因號靖節先生。

淵明是魏晉時代的重要詩人，其詩、文感情真摯，文筆自然質樸，韻致雋永，蕭統稱其「文章不群，語采精拔」，著有《陶淵明集》十卷。

題解

本文選自《陶淵明集》卷五。是陶淵明假五柳先生而作的一篇自傳，蕭統〈陶淵明傳〉中說：「淵明少有高趣。……嘗著〈五柳先生傳〉以自況……時人謂之實錄。」文中敘述他安貧樂道，不慕榮利的志趣。

注釋

❶何許　何處。

❷不求甚解　讀書但通大意，不執著於字句的講解。

❸造飲輒盡　到親故家飲酒，總是把所準備的酒喝完。造，到、去。輒，就。

❹期　希望。

❺吝情　在意、捨不得。

❻環堵蕭然　住屋空洞冷清，極為簡陋。環堵，四壁，指住屋。蕭然，空寂。

❼短褐穿結　所穿的粗布短衣已破爛。短褐，粗布短衣。穿結，形容衣服破爛的樣子。穿，破洞。結，連綴、縫補。

❽簞瓢屢空　簞瓢常常是空的，指飲食常常缺少。簞，音ㄉㄢ，用葦竹編製的籃子。瓢，舀水的器具。

❾晏如　形容安適自在的樣子。

❿忘懷得失　忘記世俗的得失之情。

⓫贊　史傳後面常有贊語，是作者對被傳者的總結和評述。

⓬黔婁　春秋魯國人，清貧自守，不求仕進。死後，他的妻子說：「彼先生者，甘天下之淡味，安天下

之卑位，不戚戚於貧賤，不忻忻於富貴，求仁而得仁，求義而得義。」（見劉向《列女傳》）

⓭戚戚　憂慮。

⓮汲汲　不停的追求。

⓯味　品味、思量。

⓰若人之儔乎　五柳先生就是黔婁一類的人物吧。若人，此人。儔，類。

⓱銜觴　飲酒。觴，酒杯。銜，一作「酬」。

⓲無懷氏之民歟二句　五柳先生就像是生活在上古時代的人物。無懷氏、葛天氏，傳說中的上古帝王。《路史．禪通記》說，無懷氏之民甘其食，樂其俗，老死不相往來。葛天氏之治則是不用言而自信，不教化而自行。

課文研析

這篇傳是陶淵明寄託個人理想和志趣的抒情散文，首段先敘述號五柳先生的緣由，開始所言「先生不知何許人也，亦不詳其姓氏」，立意新穎，詼諧有趣；既稱傳，豈有不知是何許人，不詳其姓氏之理，此正是要破除當時互相標榜，求取聲名，誇耀門第的觀念，亦可以說是蔑視當時的世俗勢利。接著寫其人品是「閒靜少言，不慕榮利」的潔身自好。其讀書則是「不求甚解，每有會意，便欣然忘食」，正如莊子所說的「得意而忘言」了。而「造飲輒盡，期在必醉」的穎脫不羈，率真自得，寫出一個不拘無束的形象。最後寫即使是「環堵蕭然，不蔽風日，短褐穿結，簞瓢屢空」，仍然是「晏如也」的安貧樂道的高尚情操。末段則是作者的總結和評述，借黔婁之妻的話，評論五柳先生是「不戚戚於貧賤，不汲汲於富貴」的人，既無意於仕途，亦不以得失為懷，非胸懷曠遠的人，無法作此等語。最後以自稱「無懷氏之民歟？葛天氏之民歟？」兩句收束全文，其境界之高，想像力之大，遠非晉人所能望其項背。

由於陶淵明身處亂世，對人生有著深刻的體認，由於淡薄名利，志節高尚，感情真摯，因此創作上設想奇特，常出讀者意想之外，而又不離情理之中。其首段起首四句與末段結尾兩句，都是托空寄思，虛實相同，使得前後相呼應。其文詞平淡自然，未有雕飾，如神行之文，浩浩落落，無一點黏著，讀之尤令人心動，因而受到世人的喜愛。

問題與討論

一、說明陶淵明在〈五柳先生傳〉一文中的人生態度。

二、以自己閱讀〈五柳先生傳〉一文的心得，描繪五柳先生的形象。

三、試以白居易的〈醉吟先生傳〉，和〈五柳先生傳〉作一比較。

十五、與宋元思[1]書

吳均

課文

風煙俱淨，天山共色。從流飄蕩，任意東西，自富陽[2]至桐廬[3]，一百許[4]里，奇山異水，天下獨絕。水皆縹碧[5]，千丈見底；游魚細石，直視無礙。急湍甚箭[6]，猛浪若奔。夾岸高山，皆生寒樹[7]。負勢[8]競上，互相軒邈[9]，爭高直指，千百成峰。泉水激石，泠泠[10]作響。好鳥相鳴，嚶嚶[11]成韻。蟬則千轉[12]不窮，猿則百叫無絕。鳶飛戾天[13]者，望峰息心[14]；經綸[15]世務者，窺谷忘返。橫柯[16]上蔽，在晝猶昏；疏條交映，有時見日。

作者

吳均，字叔庠，吳興故鄣（今浙江省安吉縣）人，生於劉宋明帝泰始五年（西元四六九年），卒於梁武帝普通元年（西元五二〇年），年五十二。出身寒微，好學有俊才，做過郡主簿、建安王偉記室、奉朝請。曾撰《齊春秋》，忠於史實，被梁武帝焚書罷官。不久，又奉詔修《通史》，起三皇迄五代，均草本紀、世家，唯列傳未就而卒。均文體清拔有古氣，時人倣效他的文體，號稱「吳均體」。今傳《吳朝請集》輯本一卷，《續齊諧記》一卷。

題解

本文選自《藝文類聚》七。是吳均寫給宋元思的書信，寫自富陽至桐廬一段的山光水色，著墨不多，卻生動地描繪了富春江的自然美景，歷來被視為獨立成篇的山水佳作。

注釋

❶宋元思　宋元思，字玉山，劉峻有〈與宋玉山元思書〉。據黎經誥《六朝文絜箋注》說：「宋，一作朱，非。」

❷富陽　今浙江省富陽縣，臨富春江。

❸桐廬　今浙江省桐廬縣，臨富春江。

❹許　表示不定、大概。

❺縹碧　蒼青色。縹，淡青色。

❻急湍甚箭　急流比飛箭還快。急湍，急流。湍，音ㄊㄨㄢ。甚箭，比箭還快。

❼寒樹　耐寒常綠的樹。

❽負勢　恃勢，指山自負山勢之高。

❾互相軒邈　互比誰高誰遠。軒，高。邈，遠。

❿泠泠　形容水聲。泠，音ㄌㄧㄥˊ。

⓫嚶嚶　鳥鳴的聲音。嚶，音ㄧㄥ。

⓬轉　通「囀」，鳥鳴。此指蟬鳴。

⓭鳶飛戾天　鳶鳥的翱翔天空。鳶，音，ㄩㄢ，即鷂鷹。戾，至。

⓮息心　死了心，指息止進競之心。

⓯經綸　經營、奔走。

⓰柯　樹枝。

課文研析

吳均暢遊富陽至桐廬的風光途中，見景物幽奇，在欣賞之餘，寫信給宋元思，描述富春江蜿蜒百里的「奇山異水」，使人讀之，恍如置身於山水圖畫中。他乘坐的船是「從流飄蕩，任意東西」，從遊江的實感出發，信中未提及他人，可能是作者一個人，因而使他觀察得更為仔細，體會得更為深刻。寫水是清碧和深邃，因此水中的「游魚細石，直視無礙」，剎那間，又是「急湍甚箭，猛浪若奔」，水的一靜一動，寫出富春江水的特色。寫兩岸的群山，則是「負勢競上，互相軒邈，爭高直指，千百成峰」，描形摹狀，各盡其態，不僅寫出了山峰的形貌，而且還賦予了生命的活力。同時有「泉水激石，泠泠作響。好鳥相鳴，嚶嚶成韻」，還有「蟬則千轉不窮，猿則百叫無絕」，真的是喧鬧繁雜，簡短數語，鋪寫出山中的各種聲音，手法令人嘆為觀止。目睹「奇山異水」，因而觸景生情，遂生「鳶飛戾天者，望峰息心」的感慨，引出「經綸世務者，窺谷忘返」之語，絕非等閒之語。面對自然山水風光，就能感受到心靈的淨化，所謂「爭先非吾事，靜照在忘求」，看了這些山水，那些經綸世務的人，必會流連忘返。而末四句「橫柯上蔽，在晝猶昏；疏條交映，有時見日」，則寫船已進入另一境界，一百多里的水程，景致必有陰朗晦明的變化，在人生數十年的生命中，何嘗不是如此，其中真意，自不難體悟。

這篇短文，僅一百四十餘字，青山綠水一一形諸於筆端。吳均所處的時代，正是駢偶聲律盛行，這篇文章雖也多用四言，但時間以六言，使得句式整齊而有變化，文字清麗，意境高遠，如一首優美的散文詩，令人產生一種親切懷慕的感情。

問題與討論

一、請說明南北朝時的文學趨勢。

二、說明「鳶飛戾天者，望峰息心；經綸世務者，窺谷忘返」的意涵。

三、文末四句「橫柯上蔽，在晝猶昏；疏條交映，有時見日」與首二句「風煙俱淨，天山共色」景色不同，何以如此，請說明。

十六、洛陽伽藍記選

楊衒之

課文

(一)景林寺

景林寺在開陽門❶內御道❷東。講殿❸疊起，房廡連屬❹；丹楹炫日，繡桷❺迎風，實爲勝地。寺西有園，多饒奇果。春鳥秋蟬，鳴聲相續。中有禪房❻一所，內置祇洹精舍❼，形製雖小，巧構難比。加以禪閣虛靜，隱室凝邃❽；嘉樹夾牖，芳杜匝階❾。雖云朝市❿，想同巖谷。靜行之僧，繩坐⓫其內，餐風服道⓬，結跏⓭數息⓮。

有石銘⓯一所，國子博士⓰盧白頭⓱爲其文。白頭字景裕，范陽⓲人也。性愛恬靜，邱園放傲；學極六經⓳，疏通百氏⓴。普泰㉑初，起家爲國子博士，雖在朱門，以著述爲事，注㉒《周易》行於世。

(二)白馬寺

白馬寺，漢明帝㉓所立也，佛入中國之始。寺在西陽門㉔外三里御道南。帝夢金神丈六㉕，項背日月光明，金神號曰「佛」。遣使向西域求之㉖，乃得經像㉗

焉。時白馬負經而來[28]，因以為名。帝崩，起祇洹於陵上。自此以後，百姓冢上或作浮圖[29]焉。寺上經函，至今猶存，常燒香供養之。經函[30]時放光明，耀於堂宇。是以道俗[31]禮敬之，如仰眞容[32]。

浮圖前，柰林[33]、蒲萄[34]異於餘處[35]，枝葉繁衍，子實甚大。柰林實重七斤，蒲萄實偉於棗，味並殊美，冠於中京[36]。帝至熟時，常詣取之，或復賜宮人。宮人得之，轉餉[37]親戚，以為奇味。得者不敢輒食，乃歷數家。京師語曰：「白馬甜榴[38]，一實直[39]牛。」

作者

楊衒之，楊或作陽，或作羊，北平（今河北省莞縣東北）人，生卒均不可考。僅知仕北魏、北齊二朝，曾任撫軍司馬、祕書監、期城郡太守等職，著有《洛陽伽藍記》一書。

題解

本選文選自《洛陽伽藍記》，〈景林寺〉選自卷一，〈白馬寺〉則為卷四。北魏自孝文帝（元宏）於太和十七年（西元四九三年）遷都洛陽（今河南省洛陽市）以後，由於信仰佛教，大量興建佛寺，當時洛陽城內有新舊佛寺一百所，僧尼二千餘人。其後各朝陸續興建，極盛時，「京城表裡，凡一千餘寺」。但自孝莊帝起，北魏大將爾朱榮反，兵陷洛陽，六年之間，佛寺在兵火中夷為丘墟。孝靜帝武定五年（西元五四七年），楊衒之因差遣重到洛陽，目睹城郭倒塌毀壞，宮室傾覆，寺觀成灰燼，廟塔為平地，處處荒蕪，油然而生麥秀之感，黍離之悲。感慨世事滄桑，興廢無常，因摭拾舊聞，追述故蹟，寫成《洛陽伽藍記》一書。伽（音ㄑㄧㄝˊ）藍，乃梵語「僧伽藍摩」之略稱，為眾園之意，即僧眾所住之園林，世因稱佛寺為「伽藍」。書共五卷，先以城內為始，次及城外；記載翔實，可與史實參證。

注釋

❶開陽門　洛陽城南面有三個城門，東頭第一門名開陽門。
❷御道　皇帝出宮所走的道路。
❸講殿　講經的堂舍。
❹房廡連屬　房子互相連接。廡，殿堂前兩邊的廂房。連屬，相連。
❺繡桷　雕花的方椽。桷，音ㄐㄩㄝˊ，方形椽木。
❻禪房　僧人修行的地方。禪，音ㄔㄢˊ。
❼祇洹精舍　指禪房中修習佛法之所。祇洹，祇園。祇，音ㄑㄧˊ。洹，即園。
❽凝邃　嚴整而幽深。
❾匝階　環繞著臺階。匝，環繞。
❿朝市　朝廷所在的城市、市集處。
⓫繩坐　在繩床上打坐。
⓬餐風服道　指僧人修行。餐風，指僧人坐禪，不眠不食。服，習。
⓭結跏　盤膝而坐。跏，音ㄐㄧㄚ。
⓮數息　默數呼吸次數。息，呼吸。
⓯石銘　銘文的石刻。
⓰國子博士　官名。國子，太學，當時的最高學府。
⓱盧白頭　名景裕，字仲儒，小字白頭。
⓲范陽　今河北涿縣。
⓳學極六經　對六經極有造詣。極，窮盡。六經，《詩》、《書》、《易》、《禮》、《樂》、《春秋》。
⓴百氏　諸子百家。
㉑普泰　北魏（元恭）節閔帝年號，元年為西元五三一年。
㉒注　著述。
㉓漢明帝　東漢光武帝（劉秀）之子，名莊。在位自

西元五八年至七五年。

㉔西陽門　洛陽城西南第二道城門。

㉕金神丈六　佛所現的形象，為金身，長一丈六尺。

㉖遣使向西域求之　據《魏書‧釋老志》，漢明帝夢見一個金人，頭頂有白光，在宮殿前飛行，醒後問群臣，傅毅說這是「佛」，便派遣郎中蔡愔、博士弟子秦景等到天竺（即今印度），寫了浮屠遺範，同沙門僧攝摩騰、竺法蘭帶回洛陽。

㉗經像　佛經佛像。

㉘時白馬負經而來　白馬負經至洛陽，事在明帝永平十年，即西元六七年。

㉙浮圖　浮屠、佛塔。

㉚經函　裝佛經的木匣。

㉛道俗　僧徒和一般人。

㉜真容　佛的真像。

㉝柰林　果名，大而長。一名「頻婆」，即蘋果。

㉞蒲萄　葡萄。

㉟餘處　其他的地方。

㊱中京　指洛陽。

㊲餉　贈。

㊳甜榴　指柰林、葡萄。

㊴直　同「值」，價值。

課文研析

景林寺以寫景聞名，首先勾勒出景林寺的地理位置及建築的宏偉華麗，用「實為勝地」總領全文，然後再精雕細琢的描繪寺中的西園，而以一個「靜」字貫穿全篇。小小的西園，有奇花異果、芳草嘉樹的自然景物，有鳴聲不斷的「春鳥秋蟬」，更襯出林靜景幽的妙境。其中有「祇洹精舍」、「禪閣」、「隱室」的精巧建築，有「繩坐其內，餐風服道」的靜修僧人，生動的寫出當年景林寺的風貌。最後著力的敘述與此寺的相關人物，即石銘文的作者盧白頭，他「性愛恬靜，邱園放傲；學極六經，疏通百氏」，這樣一個學問淵博、喜愛恬靜的人，為幽靜的景林寺寫銘文，正是相宜的人選。本文詞藻雖華麗卻不堆砌，雖多用駢偶，卻甚簡潔，所以《四庫全書總目提要》稱「可與酈道元《水經注》相肩隨」。

白馬寺以廣採異聞為其特點，以志怪小說的筆法為之，因此在敘寫時，處處以搜奇記異而落筆。首先說明白馬寺興建的緣由及其地位，是「漢明帝所立也，佛入中國之始」，白馬寺是傳入中國的第一座寺院，而且是由皇帝所建的，其地位之特殊可以想見。而明帝之所以會建此寺，乃是因其「夢金神丈六，項背日月光明」，飛繞殿庭，次日得知為佛，於是遣使往西域求佛法，由「白馬負經而來」，此是一奇也。再寫寺上「經函時放光明，耀於堂宇」，致使「道俗禮敬之，如仰真容」，信奉佛教之風，大為盛行，此是二奇也。最後寫寺中浮圖前的「柰林、蒲萄，異於餘處」，因此「帝至熟時，常詣取之，或復賜宮人」，「以為奇味」，此是三奇也。所寫幾乎為異說傳文，但又虛實相間。明帝的奇夢，可謂離奇，但遣使求佛，白馬負經，卻是有書可查證。寺上的經函，竟然會放奇光，則又為虛妄的傳說。但明帝陵上的祇洹，百姓冢上的浮圖，浮圖前的奇果，則又都是事實，全文這種真幻交織、虛實相生的寫法，使本文增加了不少傳奇色彩，也更具吸引力。

問題與討論

一、楊衒之為何撰寫《洛陽伽藍記》一書？
二、作者在文中說景林寺「實為勝地」，其理何在？
三、說明白馬寺興建的緣由及其地位。
四、白馬寺以奇著稱，其奇何在？

十七、哀江南賦序

庾信

課文

粵以戊辰之年，建亥之月[1]，大盜移國[2]，金陵瓦解[3]。余乃竄身荒谷[4]，公私[5]塗炭[6]。華陽奔命[7]，有去無歸。中興道銷[8]，窮於甲戌[9]。三日哭於都亭[10]，三年囚於別館[11]。天道周星[12]，物極不反[13]。傅燮[14]之但悲身世，無處求生；袁安[15]之每念王室，自然流涕。

昔桓君山[16]之志事[17]，杜元凱[18]之平生，並有著書，咸能自序[19]。潘岳[20]之文采，始述家風；陸機[21]之辭賦，先陳世德。信年始二毛[22]，即逢喪亂，藐是[23]流離，至於暮齒[24]。燕歌[25]遠別，悲不自勝；楚老相逢[26]，泣將何及[27]。畏南山之雨，忽踐秦庭[28]；讓東海之濱，遂餐周粟[29]。下亭漂泊[30]，高橋羈旅[31]。楚歌[32]非取樂之方，魯酒[33]無忘憂之用，追爲此賦，聊以記言，不無危苦[34]之辭，惟以悲哀爲主。

日暮途遠[35]，人間何世？將軍一去，大樹飄零[36]；壯士[37]不還，寒風蕭瑟。荊璧[38]睨柱[39]，受連城[40]而見欺；載書橫階，捧珠盤而不定[41]。鍾儀君子，入就南冠之囚[42]；季孫行人，留守西河之館[43]。申包胥之頓地，碎之以首[44]；蔡威公之淚盡，加之以血[45]。釣臺移柳，非玉關之可望[46]；華亭鶴唳，豈河橋之可聞[47]？孫策[48]以天下爲三分，眾纔一旅[49]；項籍[50]用江東之子弟，人惟八千。遂乃分裂山河，宰割天下。豈有百萬義師，一朝卷甲[51]，芟夷[52]斬伐，如草木焉！江淮無涯岸[53]之阻，亭壁[54]無藩籬之固，頭會箕斂[55]者，合從締交[56]；鋤耰棘矜[57]者，因利乘便[58]；將非江表王氣[59]終於三百年[60]乎？是知并吞六合，不免軹道之災[61]；混一車書[62]，無救平陽之禍[63]。

嗚呼！山嶽崩頹[64]，既履危亡之運；春秋迭代[65]，必有去故[66]之悲。天意人事，可以悽愴[67]傷心者矣。況復舟楫路窮，星漢非乘槎可上[68]；風飆[69]道阻，蓬萊[70]無可到之期。窮者欲達其言，勞者須歌其事，陸士衡聞而撫掌[71]，是所甘心；張平子見而陋之[72]，固其宜矣。

作者

庾信，字子山，南陽新野（今河南省新野縣）人，生於梁武帝天監十二年（西元五一三年），卒於隋文帝開皇元年（西元五八一年）。幼聰明絕倫，博覽群書，尤善於《春秋》。梁武帝時，十五歲，侍昭明太子東宮講讀，十九歲爲皇太子抄撰學士。侯景陷建康，信奔江陵。元帝承聖三年（西元五五四年）奉命出使西魏，值魏軍南侵，陷江陵，魏帝惜其才，強留長安。北周伐魏，轉仕北周，官至驃騎大將軍，開府儀同三司，世稱庾開府。北周與陳通好，南北寓流人士多得返國，獨留信與王褒不還。信位望雖崇，常有鄉關之思，此時作品多蕭瑟悲涼，〈哀江南賦〉即作於此時。與徐陵齊名，世稱「徐庾體」，當時後進，競相模範，每有一文，京都莫不傳誦。著有《庾子山集》十六卷，有清倪璠、吳北宜兩種注本。

題解

〈哀江南賦〉選自《庾子山集》卷一，為作者傷悼梁朝滅亡和哀嘆個人身世之作。本篇為賦前的序文，以駢文寫成，概括了賦的大略內容，並列敘作賦之意。

注釋

❶粵以戊辰之年二句　在戊辰之年的陰曆十月。粵，發語詞，無義。戊辰之年，梁武帝太清二年，西元五四八年。建亥之月，陰曆十月。

❷大盜移國　侯景篡國。大盜，指侯景。移國，易國、篡位。

❸金陵瓦解　金陵崩潰。金陵，建康（今南京市），梁朝的國都。瓦解，喻崩潰。

❹竄身荒谷　逃亡到荒僻的山谷。竄，逃匿。

❺公私　公室和私門，朝廷和百官。

❻塗炭　作動詞用，陷於泥塗和炭火中，比喻處境艱險。

❼華陽奔命　指奉命出使西魏。華陽，地名，在今陝西商縣，此指西魏。奔命，為王命奔走，此指梁元帝承聖三年（西元五五四年），庾信從江陵奉命出使西魏的事。

❽中興道銷　中興越來越沒有希望。中興，指梁元帝平定侯景之亂，即位江陵，梁亡而復興。道銷，國運銷亡。

❾窮於甲戌　指甲戌年，西魏攻破江陵，梁元帝被殺。窮，盡。甲戌，即梁元帝承聖三年。

❿都亭　都城外的亭舍。三國時魏攻蜀，蜀將羅憲守永安城，聞說後主劉禪降魏，於是率部下到都城哭了三天（見《晉書・羅憲傳》）。此為庾信寫他對梁朝滅亡的哀痛。

⓫囚於別館　庾信出使西魏，西魏扣留他，成了囚徒，不能居住使臣的正館，而住在正館以外的館舍。館，指客館，使者所居。

⓬天道周星　自然之道是周而復始。天道，天理、自

然之道。周星，指歲星，歲星十二年繞天一周。

⑬物極不反　「物極必反」的反語。不反，梁朝自江陵一敗，卻未能復興，故言物極不反。

⑭傅燮　字南容，東漢靈州（今寧夏寧武縣）人，任漢陽太守。王國、韓遂圍攻漢陽，城中兵少糧盡，其子勸他棄城還鄉。不肯，臨陣戰死，諡壯節（見《後漢書．傅燮傳》）。

⑮袁公　字邵公，東漢汝陽（今河南省商水縣）人，官至司徒。因和帝幼弱，外戚竇憲兄弟擅權，無力扶佐王室，每朝會進見，言及國家大事，總是嗚咽流涕（見《後漢書．袁安傳》）。

⑯桓君山　名譚，字君山，東漢光武帝時任給事中，著有《新論》二十九篇。

⑰志事　抱負、功業心。事，一本作「士」。

⑱杜元凱　名預，西晉杜陵人，著有《春秋左氏經傳集解》。

⑲自序　寫文章自敘其生平和志趣。

⑳潘岳　字安仁，西晉詩人，作有《家風詩》。

㉑陸機　字士衡，晉吳郡（今江蘇吳縣）人，作有《祖德》、《述先》二賦。

㉒年始二毛　剛出現灰白的頭髮。二毛，謂頭髮黑白相間，指年已半老。按侯景之亂，時庾信年三十六歲。

㉓藐是　遠遠的。一作「狼狽」。藐，通「邈」，遠、廣。是，語中助詞。

㉔暮齒　晚年。

㉕燕歌　曹丕有〈燕歌行〉。王褒曾作〈燕歌〉，妙盡塞北苦寒之狀，元帝與庾信等諸文士都有和作。〈燕歌〉多是傷別之作。

㉖楚老相逢　王莽攝政，遣使者徵楚人龔勝，勝以身事二姓為恥，不食而死，年七十九（見《漢書．龔勝傳》）。庾信亦為南楚人，以才名為西魏所留，但未能像龔勝死於名節，而身事二姓，有愧故人。楚老，喻故鄉老友。

㉗何及　何用。

㉘畏南山之雨二句　據《列女傳．賢明傳》，南山有玄豹，霧雨七日仍不出來尋食，為的是保護皮毛。說明庾信有全身遠害的思想，但由於國事的危急，終於奉命出使西魏。南山之雨，比喻南中亂離。秦庭，指西魏。

㉙讓東海之濱二句　此言西魏禪讓宇文周，自己不能像伯夷、叔齊那樣不食周粟，而又仕於周。讓，禪讓。

㉚下亭漂泊　言旅途漂泊之苦。下亭，地名。後漢時，高陽孔嵩被徵召，路宿下亭，馬被人盜走（見《後漢書．獨行傳》）。

㉛高橋羈旅　此言自己羈旅異鄉。高橋，一作「皋橋」，在今江蘇吳縣閶門外。

㉜楚歌　楚聲。此指故鄉之歌。

㉝魯酒　味薄之酒。此指異國之酒。

㉞危苦　憂懼悲苦。

㉟日暮途遠　年紀已老，不能再有作為。日暮，喻年已垂老。遠，一作「窮」。

㊱將軍一去二句　自己這一去，梁不久也就亡了。將軍，指東漢馮異。據《後漢書・馮異傳》載，馮異助劉秀打天下，當諸將論功時，他常獨自倚樹不語，軍中號稱「大樹將軍」。此庾信以將軍自喻。大樹，喻梁。

㊲壯士　指荊軻。

㊳荊璧　即楚和氏璧。此用藺相如完璧歸趙的故事（見《史記・廉頗藺相如列傳》）。

㊴睨柱　斜視著柱子。

㊵連城　相連的城。

㊶載書橫階二句　《史記・平原君列傳》載，平原君與楚合從，楚王遲遲未決，毛遂按劍歷階而上，責楚王，楚王乃從。毛遂於是捧銅盤，歃血，與楚定約而歸。載書，盟書。橫階，歷階。

㊷鍾儀君子二句　言自己如鍾儀，羈留北地，不忘南冠南音。鍾儀，春秋時楚人。據《左傳》成公七年和九年記載，被鄭人俘獲獻給晉，仍戴著楚冠，彈琴時，仍彈的是楚音。入，指入晉。就，成。

㊸季孫行人二句　言自己出使被留，如魯季孫之被留於晉西河之館。季孫，名意如，春秋時魯大夫。季孫如意隨魯昭公去參加盟會，晉國不准，並扣留他，又恐嚇要把他拘囚在西河（見《左傳・昭公十三年》）。行人，使者。西河，地名，在陝西東境。

㊹申包胥之頓地二句　申包胥叩頭至地，把頭都碰破了。申包胥，春秋楚大夫。吳師伐楚，申包胥入秦乞師，依庭牆而哭，七日不絕聲，秦哀公感其誠心，出師救楚（見《左傳・定公四年》）。頓地，叩頭至地。碎之以首，碰破了頭。

㊺蔡威公之淚盡二句　蔡威公見國家將亡，閉門而哭，三天三夜，淚盡而繼續流出血。見劉向《說苑・權謀》。此借蔡威公之事，以喻自己對梁滅亡的悲痛和無可奈何的心情。加，繼。

㊻釣臺移柳二句　釣臺的柳，不是玉門關可以望見的。釣臺，在湖北武昌縣西北。晉陶侃鎮守武昌，曾種過很多柳樹（見《晉書・陶侃傳》）。移，一作「栘」，柳的一種。玉關，玉門關，在今甘肅敦煌縣西北，借玉門關喻長安。此言自己羈留長安，故鄉園柳，不能復見。

47 華亭鶴唳二句　華亭的鶴鳴，難道是陸機能夠聽到的。華亭，在今江蘇省松江縣，是晉陸機的故鄉。陸機事成都王司馬穎，陸機兵敗於河橋返，回來被司馬穎所殺，臨死前嘆息道：「欲聞華亭鶴唳，可復得乎？」（見《世說新語・尤悔》）是庾信比喻自己欲見故鄉風物而不可得。唳，鳴。河橋，今河南孟縣。

48 孫策　字伯符，吳郡富春人。父親孫堅死後，募得數百人追隨袁術，終於平定江東。

49 一旅　五百人。

50 項籍　字羽，秦下相人。從叔父項梁起兵吳中，滅秦，自立為西楚霸王。

51 卷甲　把戰衣捲起來，形容軍隊潰敗。卷，同「捲」。

52 芟夷　削平。芟，刈、割草。

53 涯岸　河岸。涯，水邊。

54 亭壁　亭候營壘。亭，堡，即亭候。監視敵情的崗亭。壁，壁壘。軍營的圍牆，用作攻守的工事。

55 頭會箕斂　按人頭計算抽稅，用簸箕來收取租穀。

56 合從締交　互相聯盟結合。

57 鋤耰棘矜　拿著鋤耰戟柄。皆作動詞用。耰，磨平田地的農具。棘，同「戟」。矜，茅柄。

58 因利乘便　乘時事的便利。

59 將非江表王氣　豈不是金陵的王者之氣。將非，莫非、豈不是。江表，即江南，此指金陵。

60 三百年　自吳孫權黃龍元年建都建業（西元二二九年），至孫皓天紀四年（西元二八〇年），共五十二年；又自東晉元帝太興元年至梁敬帝太平二年（西元三一八－五五七年）共二百四十年，兩段時間合計為二百九十二年，說三百年，是舉其整數。

61 軹道之災　指劉邦入關，秦王子嬰奉符璽在軹道旁迎降（《見史記・高祖本紀》）。這是說江陵淪陷後，梁元帝投降西魏。軹道，亭名，在今陝西省西安市。

62 混一車書　指統一天下，即《禮記・中庸》所說的「車同軌，書同文，行同倫」。混一，統一。

63 平陽之禍　指西晉懷、愍二帝被劉聰、劉曜殺害於平陽的事（見《晉書・孝懷帝本紀》及《晉書・孝愍帝本紀》）。比喻梁武帝被害於金陵。

64 山嶽崩頹　喻國家覆亡。崩頹，倒塌。

65 春秋迭代　喻朝代更替。迭代，更替。

66 去故　指離開故土。

67 悽愴　悲傷。

68 星漢非乘槎可上　天河並非乘木筏可以上去。據《荊楚歲時紀》說，漢武帝令張騫出使西域，尋找河源，張騫乘槎上了天河，見到了織女和牛郎。

❻❾ 飆　音ㄅㄧㄠ，暴風。

❼⓿ 蓬萊　傳說中的仙山，和方丈、瀛州並稱海中三仙山。

❼❶ 陸士衡聞而撫掌　陸機聽人說左思作〈三都賦〉，便拍掌大笑（見《晉書・左思傳》）。陸士衡，陸機。撫掌，拍掌。

❼❷ 張平子見而陋之　張衡見到班固作的〈兩都賦〉，認為不好，便另作〈兩京賦〉（見《藝文類聚》卷六十一）。張平子，張衡。

課文研析

〈哀江南賦〉是庾信晚年以駢體形式寫成的長篇辭賦，以其身世遭遇為本，敘述梁朝興亡與民生疾苦，並深責自己的屈仕北朝及對故國的思念。弁於賦首的這篇序文，則概括全篇大意，首言作賦的原因，因為「大盜移國，金陵瓦解。余乃竄身荒谷，公私塗炭。華陽奔命，有去無歸」。「三年哭於都亭，三年囚於別館」，寫出了心中無可奈何的悲怨。次段敘其身羈北朝的身世之痛，「信年始二毛，即逢喪亂，藐是流離，至於暮齒」，寫壯歲以來，顛沛流離，遠別鄉關的遭遇，以至「遂餐周粟」，「泣將何及」，於是在「悲不自勝」中，他寫道：「楚歌非取樂之方，魯酒無忘憂之用，追為此賦，聊以記言。」說明自己雖身在北朝，仍然心繫南國。三四兩段則說自己奉命出使西魏，意在聯魏以存梁，結果卻反受西魏之騙，做了羈臣，不得南歸，他寫道：「荊璧睨柱，受連城而見欺；載書橫階，捧珠盤而不定。鍾儀君子，入就南冠之囚；季孫行人，留守西河之館。」說出內心的悲憤交織。又見梁亡，遂發「將非江表王氣終於三百年乎？是知并吞六合，不免軹道之災；混一車書，無救平陽之禍」之嘆。末段言「山嶽崩頹，既履危亡之運」的「天意人事」的「悽愴傷心」，借用左思作〈三都賦〉，「陸士衡聞而撫掌」，班固作〈兩京賦〉，「張平子見而陋之」兩個典故自比，以抒發情懷，縱被人嘲笑，也「是所甘心」，「固其宜矣」。

這篇序文，多借典故以寓故國之思，託身世之慨，雖有艱深之感，但與作者以「哀」為主的題旨切合，反而渾然有餘味。而文詞悲壯雅麗，語意婉轉，讀之令人欲歔。楊慎在《升庵詩話》中謂其詩賦「為梁之冠絕，啟唐之先鞭」，誠言之不虛。

問題與討論

一、就〈哀江南賦序〉中，說明所反映的南北朝之間的爭戰。
二、說明〈哀江南賦序〉的主旨。
三、說明庚信的文學成就。

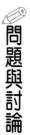

十八、雜說四（馬說）

韓愈

課文

世有伯樂[1]，然後有千里馬。千里馬常有，而伯樂不常有。故雖有名馬，秖[2]辱於奴隸人之手，駢死[3]於槽櫪[4]之間，不以千里稱[5]也。

馬之千里者，一食或盡粟一石；食[6]馬者，不知其能千里而食也。是馬也，雖有千里之能，食不飽，力不足，才美不外見[7]，且欲與常馬等[8]不可得，安求其能千里也！策[9]之不以其道，食之不能盡其材，鳴之而不能通其意[10]，執策[11]而臨[12]之曰：「天下無馬！」嗚呼！其眞無馬邪？其眞不知馬[13]也！

作者

韓愈，字退之，唐河南河陽（今河南省孟縣）人，生於代宗大曆三年（西元七六八年），卒於穆宗長慶四年（西元八二四年），年五十七。先人世居昌黎，後世稱韓昌黎。他三歲而孤，由兄嫂撫養長大。早年刻苦力學，日記數千百言，及長，盡通六經百家之學。二十歲赴長安應進士試，三試不第，二十五歲中進士。會董晉爲宣武節度使，表署觀察推官，再依武寧節度使張建封，辟府推官，後調四門博士，遷監察御史。因上書〈論天旱人饑狀〉，貶連州山陽令。憲宗元和初，奉召回長安，爲國子博士，累官至太子右庶子，後遷刑部侍郎。因諫憲宗迎佛骨入宮，措詞激烈，貶潮州刺史，又移袁州刺史。不久回朝，歷國子祭酒、兵部侍郎、京兆尹等職。

韓愈以儒家正統傳人自許，反對佛、老思想，提倡宗孔、孟，貴王道，賤霸道。在文學上倡導古文運動，主張以先秦兩漢內容充實、形式自由的散文，取代六朝以後的駢文。他的散文以載道爲主，氣魄雄渾，文詞精鍊，尊爲唐宋古文八大家之首。死後追贈爲禮部尚書，謚號文，世稱韓文公。著有《韓昌黎集》。

題解

本文為寓言，選自《韓昌黎集》卷十一，有〈雜說〉四篇，此為第四篇。藉談馬以喻才智之士不易得到識拔，並說明識拔和使用人才的道理。韓愈懷才不遇，故此亦有為而發。

注釋

❶伯樂　本星名，掌天馬。秦穆公時，有名為孫陽者，擅長相馬，因亦名伯樂。

❷秖　音ㄓˇ，同「祇」。

❸駢死　並列而死去。駢，二馬相並。

❹槽櫪　槽，餵牲口的食器。櫪，音ㄌㄧˋ，養馬的處所。

❺不以千里稱　不被稱為千里馬。

❻食　音ㄙˋ，同「飼」，餵養。

❼外見　表現在外面。見，音ㄒㄧㄢˋ。

❽等　相等、一樣。

❾策　馬鞭。此作動詞用，驅策、駕馭。

❿通其意　明白牠的意思。

⓫執策　拿著馬鞭。

⓬臨　面對。

⓭不知　不識、不了解。

課文研析

此篇是議論雜文，作者借助《戰國策．楚策四》中汗明見春申君所言伯樂和千里馬的故事，寄託自己懷才不遇的感慨。作者巧妙的以千里馬喻賢才，伯樂喻識才之士，賢才必遇識才之士，始能展露才華，否則終歸湮沒。故在文章首段一開始，即言「世有伯樂，然後有千里馬」，說明伯樂對千里馬的重要和難得。再從反面論述，即使是千里馬，也因無人能識而「祇辱於奴隸人之手，駢死於槽櫪之間」，埋沒才華，委曲以致死。第二段則描述千里馬的遭遇，說明事實，省卻了講大道理的筆墨。若「食馬者，不知其能千里而食也」，因「食不飽，力不足」，則無法一展所長，「且欲與常馬等不可得，安求其能千里也」，指出對人才的惋惜。但要成為識馬的伯樂是何等不易，駕馬的人、管理馬的人往往「策之不以其道，食之不能盡其材」，表面上是說「食馬者」不是伯樂，但內在卻蘊涵著懷才不遇的悲憤。接著「鳴之而不能通其意」，再作更深一層的刻畫，不僅使文意更深刻，也表現出作者更為激憤的感情；既寫出千里馬的抑鬱不平，也寫出不識才的愚昧無知。最後竟然面對著千里馬，而發出「天下無馬」的概嘆，並非無意選拔人才，也不是沒有求賢用賢之心，而是找不到賢才，這真是絕妙的諷刺。文章最後以「嗚呼！其真無馬邪？其真不知馬也」作結，是反詰，也是呵斥，既扣住了題目，又突出了文章的主旨，意味無窮。而「執策」的愚蠢昏庸，唯妙唯肖的勾勒出來，怎不令人浩然長歎。

此文的深刻處，不僅是韓愈個人的不平而鳴，也論述出用人制度的不公平，因此他藉此文呼籲關心培養人才，提挈任用人才。而其詞語簡潔洗鍊，筆力雄健，仔細品讀，是一篇文意深遠，發揮得淋漓盡致的短文。

問題與討論

一、說明韓愈寫〈馬說〉一文的主旨。

二、何以千里馬常有，而伯樂不常有？

三、你知道歷史上有哪些懷才不遇的文人，寫了些什麼作品？

十九、陋室銘

劉禹錫

課文

山不在高，有仙則名❶；水不在深，有龍則靈❷。斯❸是陋室，惟吾德馨❹。苔痕上階綠，草色入簾青。談笑有鴻儒❺，往來無白丁❻。可以調素琴❼，閱金經❽。無絲竹❾之亂耳，無案牘❿之勞⓫形。南陽諸葛廬⓬，西蜀子雲亭⓭。孔子云：「何陋之有⓮？」

作者

劉禹錫，字夢得，洛陽（今河南省洛陽市）人，生於唐代宗大曆七年（西元七七二年），卒於唐武宗會昌二年（西元八四二年），年七十一。禹錫天資聰穎，敏而好學。德宗貞元九年（西元七九三年）與柳宗元同榜登進士，又舉博學鴻詞科，十一年授太子校書，十六年入淮南節度使杜佑幕，掌書記，次年任監察御史。唐順宗永貞元年（西元八〇五年），王叔文執政，因參與王叔文「永貞革新」失敗，貶爲連州（今廣東連縣）刺史，未至，再貶爲朗州（今湖南常德縣）司馬。憲宗元和九年（西元八一四年）召還長安。因作〈戲贈看花諸君子〉詩，當政者不喜，再貶連州。晚年遷太子賓客，世稱「劉賓客」，武宗會昌元年（西元八四一年），加檢禮部尚書，卒贈戶部尚書。詩歌創作和白居易齊名，世稱「劉白」。著有《劉孟德集》。

題解

本文選自《全唐文》卷六〇八。陋室是簡陋的房屋。銘，文體名，屬「箴銘」類，古人刻於金石或器物上的稱頌或警戒的文字，以垂示後代，後世遂演變為一種文體。陋室銘，即為陋室寫的一篇文章。劉禹錫貶為和州（今安徽省和縣）刺史時，興建陋室，並為陋室銘，主旨在借陋室以稱頌居住陋室的主人品德高尚。託物以言志，闡明作者不與世俗同流合污的志趣和人生觀。

注釋

❶名　名聲，此指出名、著名之意。

❷靈　神靈、靈異。

❸斯　此、這，代詞。

❹惟吾德馨　只因我的德行是美好的。惟，只。馨，香氣。

❺鴻儒　大儒，學問淵博的人。

❻白丁　白衣，平民。此指沒有什麼學問的人。

❼素琴　沒有雕繪裝飾的琴。素，指樸素無華。

❽金經　指用泥經書寫經文的佛經。一說藏於金匱的經典。

❾絲竹　指音樂。絲，絃樂器。竹，管樂器。

❿案牘　指官府的文書、公文。

⓫勞　勞累。

⓬南陽諸葛廬　諸葛亮隱居南陽時居住的草廬。南陽，在今湖北襄陽縣西的隆中。諸葛，即諸葛亮，三國時蜀國丞相，出仕之前在南陽草廬隱居躬耕。

⓭西蜀子雲亭　揚雄在西蜀的宅第。西蜀，指今四川成都市。子雲亭，因揚雄字子雲，故言子雲亭，指揚雄的住所。據說揚雄在此撰寫《太玄經》，故又名草玄堂。

⓮何陋之有　有何簡陋。見《論語・子罕》：「子曰：『君子居之，何陋之有？』」

課文研析

全文不足百字，寫出了作者安貧樂道，不慕榮華的志操，清高脫俗的獨立人格。開篇即以山水起興，先寫「山不在高，有仙則名；水不在深，有龍則靈」四句，既是比，又是興，引出「斯是陋室」，起筆不凡。山可以不在乎高低，水也可以不在乎深淺，但只要有「仙」、「龍」，就可以「名」，可以「靈」，居處雖然簡陋，若居住者為有「德馨」者，而聲名自然遠播，以比喻陋室「不陋」，自然達到了抒懷的目的。再寫陋室的周圍景致及其豐富多彩的生活。「苔痕上階綠，草色入簾青」的詩意情趣，用「綠」和「青」二字，使得陋室顯得生機盎然，別致幽雅，也襯托出作者隨遇而安的恬淡心懷。而陋室裡「笑談有鴻儒，往來無白丁」，作者來往的朋友皆是志趣相投的高潔之士，不僅談笑言說，「可以調素琴，閱金經。無絲竹之亂耳，無案牘之勞形」，在撫琴研經中，無亂耳之世俗樂曲，也無傷神的案牘，生活可謂從容自得，雖身居陋室，但精神上卻是無比充實，陶醉在美化的生命境界中，寫出了陋室主人雅致的生活樂趣。接著巧用「南陽諸葛廬，西蜀子雲亭」二典故作類比，以突出題旨，將自己的陋室比作諸葛亮的南陽草廬、揚雄的成都宅第，寫出作者希望以此二人為自己的楷模，和他們一樣擁有高潔的情操而自慰自勉，表現出超然豁達和樂觀開朗的人生態度。最後引孔子的「何陋之有」作法，以收束全篇。說明陋室「不陋」，因為居陋室者為君子，不僅說明自身的志趣和節操，也呼應了「惟吾德馨」之語，可謂妙手天成。

本文音調和諧，形式整齊，且對仗工整，結構十分謹嚴，文字簡潔洗練，意境清新高遠，是一篇蘊涵深遠的佳作，所以能膾炙人口，歷久不衰。

問題與討論

一、何以「山不在高，有仙則名；水不在深，有龍則靈」？

二、作者如何寫陋室的景致和生活？

三、作者何以說「可以調素琴」，又說「無絲竹之亂耳」？

四、文中引用了「南陽諸葛廬，西蜀子雲亭」的典故，有何用意？

二十、荔枝圖序

白居易

課文

荔枝生巴峽間[1]，樹形團團[2]如帷蓋[3]；葉如桂，冬青；華[4]如橘，春榮[5]；實如丹，夏熟。朵[6]如葡萄，核如枇杷，殼如紅繒[7]，膜[8]如紫綃[9]，瓤[10]肉瑩白如冰雪，漿液甘酸如醴酪[11]。大略如彼，其實過之。若離本枝，一日而色變，二日而香變，三日而味變，四五日外，色香味盡去矣。

元和[12]十五年夏，南賓守[13]樂天，命工吏[14]圖[15]而書之，蓋爲不識[16]者與識而不及一二三日者云。

作者

白居易，字樂天，號香山居士，原籍太原，曾祖時遷居下邽（今陝西省渭縣），生於唐代宗大曆七年（西元七七二年），卒於唐武宗會昌六年（西元八四六年），年七十五。居易敏悟絕人，善文章。貞元十六年（西元八〇〇年）中進士，補校書郎，元和初對制策乙等，調盩厔尉，尋召入翰林學士，遷左拾遺、左善贊大夫。以言事貶江州司馬，徙忠州刺史，累遷杭、蘇二州刺史。文宗立，以祕書監召遷刑部侍郎，因不緣附黨人，乃稱病分司東都，會昌二年以刑部尚書致仕。會昌六年卒，贈尚書右僕射，諡曰文。白居易文章精切，尤工詩，詩作風格深入淺出，平易通俗，老嫗都解。晚年放意詩酒，號醉吟先生。初與同年元稹酬詠，號「元白」，又與劉禹錫酬詠，稱「劉白」。著有《長慶集》七十五卷，並有《六帖》二十卷傳世。

題解

本文選自《白氏長慶集》卷二十八。序即為記，本文屬於書記。

白居易於元和十四年（西元八一九年）由江州司馬改任忠州刺史，一年，即召回京。因見荔枝味美，為北方罕見，特命畫工繪製一幅荔枝圖，帶回京師，以饗朝中親友，並作此圖之題序。此文即寫於離開忠州前，元和十五年夏天，時白居易四十九歲。

注釋

❶巴峽間　巴江、三峽之間，即今四川東部和湖北西部。

❷團團　圓圓。

❸帷蓋　四周有帷帳的傘蓋。

❹華　同「花」。

❺榮　開花。

❻朵　指果實的成串成簇。

❼繒　音ㄗㄥ，帛的總名，即絲織物。

❽膜　果肉表面的一層薄皮。

❾綃　生絲。

❿瓤肉　果肉。瓤，音ㄖㄤˊ。

⓫醴酪　音ㄌㄧˇ　ㄌㄨㄛˋ，甜酒和乳漿。

⓬元和　唐憲宗年號。

⓭南賓守　即忠州刺史。南賓，即忠州，曾於玄宗天寶間改名為南賓郡，肅宗乾元間復名為忠州。

⓮工吏　畫工。

⓯圖　畫，作動詞用。

⓰不識　沒有看見過。

課文研析

本文作者對荔枝的習性及特點，觀察得非常仔細，因此寫得形象鮮明，栩栩如生。寫「荔枝生巴峽間」，一筆帶過，即展開荔枝的敘寫，首寫荔枝生長的特徵，從樹形、葉色、花的形狀、開花結果的季節，都一一的說明。其次對果實的朵、核、殼、膜、瓤肉、漿液等也作了仔細的描繪。再對荔枝離開樹枝後，色、香、味很快就有了變化，「一日而色變，二日而香變，三日而味變，四五日外，色香味盡去矣」，隨時間的長短而變質的特質，也作了說明。最後寫繪圖作序的時間和用意，是「為不識者與識而不及一二三日者云」。

全文僅一百二十餘字，著墨不多，卻寫得宛若在眼前，由於是為「不識者與識而不及一二三日者」所寫，故全篇幾乎都用比喻的方法，如「樹形團團如帷蓋；葉如桂，冬青……朵如葡萄，核如枇杷……」以所知道的作比喻，以詮釋所不知道的，消除了對荔枝的陌生感，而能有一明確的認識，倍增對荔枝的嚮往之心。在鋪寫時，則主次分明，先從整體的樹身開始，再作細部的雕琢，寫葉、花，最後是果，果是重點，占了一半的篇幅，作精確而完整的交代。而語言則生動流暢，明快簡潔，尤其是長短交錯的句式，讀來有一種流動婉轉的氣韻。

問題與討論

一、白居易如何形容荔枝？

二、白居易作〈荔枝圖序〉的用意何在？

二十一、三戒 並序

柳宗元

課文

吾恆惡[1]世之人，不知推己之本[2]，而乘物以逞[3]。或依勢以干非其類[4]，出技以怒強[5]，竊時以肆暴[6]，然卒迨[7]於禍。有客談麋、驢、鼠三物，似其事，作三戒。

臨江[8]之麋

臨江之人，畋[9]得麋[10]麑[11]，畜之。入門，群犬垂涎[12]，揚尾皆來。其人怒，怛[13]之。自是日抱就犬[14]，習示之[15]，使勿動，稍[16]使與之戲。積久，犬皆如人意。麑稍大，忘己之麋也[17]，以爲犬良[18]我友，抵觸偃仆[19]，益狎[20]。犬畏主人，與之俯仰[21]甚善，然時啖其舌[22]。

三年，麋出門外，見外犬在道甚眾，走欲與爲戲。外犬見而喜且怒，共殺食之，狼藉[23]道上，麋至死不悟。

黔[24]之驢

黔無驢，有好事者[25]船載以入，至，則無可用，放之山下。虎見之，尨然[26]大物也，以爲神。蔽[27]林間窺之，稍出近之。慭慭然莫相知[28]。

他日，驢一鳴，虎大駭，遠遁，以爲且[29]噬己也，甚恐。然往來視之，覺無異能[30]者。益習[31]其聲。又近出前後，終不敢搏[32]。稍近，益狎[33]，蕩倚衝冒[34]。驢不勝怒，蹄之[35]。虎因喜，計之曰：「技止此耳！」因跳踉[36]大㘚[37]，斷其喉，盡其肉，乃去。

噫！形之尨也類[38]有德，聲之宏也類有能，向[39]不出其技，虎雖猛，疑畏卒[40]不敢取。今若是焉，悲夫！

永[41]某氏之鼠

永有某氏者，畏日[42]，拘忌異甚。以爲己生歲直子[43]，鼠，子神也[44]，因愛鼠。不畜貓犬，禁僮[45]勿擊鼠。倉廩庖廚[46]，悉以恣鼠[47]，不問。

由是鼠相告，皆來某氏，飽食而無禍。某氏室無完器，椸[48]無完衣，飲食大率[49]鼠之餘也。晝累累[50]與人兼行，夜則竊齧[52]鬭暴[53]，其聲萬狀，不可以寢。終不厭。

數歲，某氏徙居他州。後人來居，鼠爲態如故。其人曰：「是陰類[54]惡物也，盜暴尤甚，且何以至是乎哉！」假[55]五六貓，闔門，撤瓦，灌穴，購僮羅捕[56]之。殺鼠如丘，棄之隱處[57]，臭[58]數月乃已。

嗚呼！彼以其飽食無禍爲可恆也哉！

作者

柳宗元，字子厚，唐河東解縣（今山西省永濟縣）人，世稱柳河東。生於代宗大曆八年（西元七七三年），卒於憲宗元和十四年（西元八一九年），年四十七。宗元自幼精敏絕倫，文章卓偉精致，爲同輩推崇。貞元年間第進士、博學宏詞科，授校書郎，調藍田尉，貞元十九年（西元八〇三年）爲監察御史。王叔文得政，擢禮部員外郎，參與計事，欲大進用。未久，叔文失敗，被貶並賜死，柳宗元貶爲邵州（今湖南寶慶）刺史，再貶爲永州（今湖南零陵）司馬。元和十年（西元八一五年）改任柳州（今廣西柳州）刺史，任內政績卓著，深獲百姓愛戴，病卒於任所，世又稱柳柳州。與韓愈同爲唐代古文運動的倡導者，因而並稱「韓柳」，劉禹錫將其遺稿編成《柳河東集》傳世。

題解

這一組三篇的寓言，選自《柳河東集》卷十九，是柳宗元貶謫永州時所寫。題名〈三戒〉，可能是取自《論語‧季氏》「君子有三戒」之意。戒是以歷史事實或在現實生活中的各種事物為題材，闡明某種道理，使世人有所警惕而能引以為戒的文章。〈三戒〉包含〈臨江之麋〉、〈黔之驢〉、〈永某氏之鼠〉三個寓言。借麋、驢、鼠三種動物的悲劇下場，以寓言的題材寫成文章，嘲諷當時社會那些倚仗外勢、色厲內荏、擅威作福、趨炎附勢的小人，最終招致殺身之禍，使人知所警戒，因此題為〈三戒〉，即三件值得警惕、提防的事。三篇寓言，主題一致，而又各自獨立成篇。篇幅短小，筆鋒犀利，形象生動，寓意深刻，是寓言中的上乘作品，具有深遠的文學價值。

注釋

❶惡　音ㄨˋ，厭惡。

❷推己之本　推究自己的本來面目。推，推究。

❸乘物以逞　憑藉他物任意逞強。乘，憑藉。逞，快意、放縱。

❹干非其類　觸犯不是自己的同類。干，觸犯。

❺怒強　激怒強者。

❻竊時以肆暴　利用機會任意作惡。竊，利用。肆暴，肆意行暴，即任意地為非作歹。

❼迨　及、至。

❽臨江　地名，今江西省清江縣境。

❾畋　音ㄊㄧㄢˊ，狩獵。

❿麋　音ㄇㄧˊ，和鹿同類的動物，比鹿略大。

⓫麑　音ㄋㄧˊ，幼小的鹿，此指小麋。

⓬垂涎　流口水。涎，音ㄒㄧㄢˊ，口水。

⓭怛　音ㄉㄚˊ，恐嚇。

⓮日抱就犬　天天抱著小鹿，和這些狗接近。就，靠近、接近。

⓯習示之　讓狗熟悉小鹿。之，指群犬。

⓰稍　逐漸。

⓱忘己之麋也　忘記自己是麋。

⓲良　的確，誠然。

⓳抵觸偃仆　用頭角碰撞，在地上打滾。指麋和犬遊戲的動作。偃，音ㄧㄢˇ，仰面臥倒。仆，音ㄆㄨ，俯面趴下。

⓴狎　親近。

㉑俯仰　依附順從。

㉒啖其舌　是說嘴裡沒有東西，但嘴卻在動，像嚼食舌頭一樣，形容垂涎的樣子。啖，音ㄉㄢˋ，吃、舔。

㉓狼藉　散亂。藉，音ㄐㄧˊ。

㉔ 黔　貴州省的簡稱。

㉕ 好事者　多事的人。

㉖ 尨烈　高大的樣子。尨，通「龐」，音ㄆㄤˊ。

㉗ 蔽　隱藏。

㉘ 慭慭然莫相知　謹慎小心地觀察，不知道牠究竟是什麼。慭慭然，小心謹慎的樣子。慭，音ㄧㄣˋ。

㉙ 且　將。

㉚ 異能　特別的本領。

㉛ 益習　更加習慣。

㉜ 搏　相鬥。

㉝ 狎　玩弄輕慢。

㉞ 蕩倚衝冒　開始碰闖、靠近、衝撞，冒犯。蕩，動蕩、碰闖。倚，貼近、靠近。衝，衝擾。冒，冒犯。

㉟ 蹄之　踢牠。蹄，作動詞用。

㊱ 跳踉　跳動、跳躍。踉，音ㄌㄤˊ，跳。

㊲ 大㘎　大聲吼叫。㘎，音ㄏㄢˇ，老虎吼叫聲。

㊳ 類　好像、類似。

㊴ 向　昔日、從前。

㊵ 卒　終究、畢竟。

㊶ 永　永州，今湖南零陵縣。

㊷ 畏日　怕犯忌諱。畏，畏忌。日，指日者（算命的）而言，此泛指各種忌諱。

㊸ 生歲直子　出生的年分正當子年。直，同「值」。

㊹ 鼠子神也　鼠是子年的神。古時以十二種動物分配到十二地支上，即子鼠、丑牛、寅虎、卯兔、辰龍、巳蛇、午馬、未羊、申猴、酉雞、戌狗、亥豬，某一種動物即定為某一地支的神。因此出生於子年的人，即屬鼠。

㊺ 僮　僕人。

㊻ 倉廩庖廚　糧食和廚房。廩，音ㄌㄧㄣˇ，米倉。庖，音ㄆㄠˊ，廚房。

㊼ 悉以恣鼠　全都任憑老鼠橫行。恣，放任。

㊽ 椸　音ㄧˊ，衣架。

㊾ 大率　大都。

㊿ 累累　一隻接一隻，成群結隊。

51 兼行　並行。

52 竊齧　偷咬東西。齧，咬。

53 鬬暴　激烈打鬥。

54 陰類　在陰暗地方活動的東西。

55 假　借。

56 購僮羅捕　雇人用網圍捕老鼠。購，雇請。羅，網。

57 隱處　偏僻的地方。

58 臰　同「臭」。

課文研析

柳宗元的寓言，都是他在政治上遭受挫折，貶謫永州以後所寫的，他總共寫了十一篇以動物為題材的寓言，〈三戒〉是其中的代表作。在序文中，開宗明義就明確地指出「吾恆惡世之人，不知推己之本，而乘物以逞」，這正是創作本篇的主旨。在〈臨江之麋〉中，麋鹿恃寵而驕，得意忘形，忘記自己是弱者，因而自取滅亡。文章最後寫麋「至死不悟」，點明了寫作，也勾勒出麋鹿的可憐與可悲。同時也刻畫出故事裡的「群犬垂涎，揚尾皆來」，不僅吞食弱者是牠們的本性，也寫出這群家犬善於察言觀色，當著主人面，「犬皆如人意」，「與之俯仰甚善」，儼然是麋鹿的朋友，可是接著用「時啖其舌」，則活畫出群犬內心的貪殘本性。〈黔之驢〉中，藉驢的不知自量，露出破綻，因一踢而喪生，真是愚蠢無知，虛有其表的龐然大物，卻偏要耀武揚威，故最後以「今若是焉，悲夫」而對牠的被吞噬表示同情。文中描寫老虎的觀察過程和心理狀態，極為生動細膩。〈永某氏之鼠〉中，由於某氏的迷信和縱容，致使老鼠泛濫成災，無所忌憚，自以為「飽食而無禍」，「為態如故」，殊不知大禍臨頭，遭到徹底被消滅的慘禍，作者因而有「彼以其飽食無禍為可恆也哉」之嘆。這三種動物，「或依勢以干非而類，出技以怒強，竊時以肆暴」，雖情況不一，而結局則同，「卒迨於禍」，終使禍及於本身。三篇雖可獨立成篇，但序文所言「不知推己之本，而乘物以逞」，卻是三篇共同的主題，作者要說的是人不僅要有自知之明，也要能識人，能分辨不同的環境，若不知己又不知彼，還要依勢逞強，肆意行暴，隨心所欲，最後都將罹禍喪命。這三篇寓言，從不同角度，針對不同的對象，深刻有力地諷刺了當時的人情世態，揭露了中唐時期的政治生態。

柳宗元的這篇〈三戒〉，短小警策，寓意深遠，語言簡練，形象生動，在細節描寫中，誇張渲染，而不違背生活真實，表現了作者傑出的諷刺才能和卓越的藝術技巧，不愧是我國古典散文藝術中的瑰寶。

問題與討論

一、說明〈三戒〉序文的旨意。
二、在〈臨江之麋〉一文中麋之死因為何？
三、說明「黔驢技窮」一詞的來源。
四、在〈永某氏之鼠〉一文中，作者何以有「彼以其飽食無禍為可恆也哉」之嘆？
五、讀完〈三戒〉之文後，有何心得？

二十二、醉翁亭記

歐陽修

課文

環滁❶皆山也。其西南諸峰，林壑❷尤美；望之蔚然❸而深秀者，瑯琊❹也。山行六七里，漸聞水聲潺潺❺，而瀉出於兩峰之間者，釀泉❻也。峰回路轉，有亭翼然❼臨於泉上者，醉翁亭也。作亭者誰？山之僧智仙也。名之者誰？太守❽自謂也。太守與客來飲於此，飲少輒醉，而年又最高，故自號曰醉翁也。醉翁之意不在酒，在乎山水之間也。山水之樂，得之心而寓❾之酒也。

若夫日出而林霏❿開，雲歸而巖穴暝⓫，晦明變化⓬者，山間之朝暮也。野芳⓭發而幽香，佳木秀而繁陰⓮，風霜高潔，水落而石出者，山間之四時⓯也。朝而往，暮而歸，四時之景不同，而樂亦無窮也。

至於負者⓰歌於塗，行者休於樹；前者呼，後者應，傴僂⓱提攜⓲，往來而不絕者，滁人遊也。臨溪而魚⓳，溪深而魚肥；釀泉爲酒，泉香而酒洌⓴；山肴野蔌㉑，雜然而前陳者，太守宴也。宴酣之樂，非絲非竹㉒。射者中㉓，弈㉔者勝，觥籌交錯㉕，坐起而諠譁㉖者，眾賓懽㉗也。蒼顏㉘白髮，頹然㉙乎其間者，太守醉也。

已而夕陽在山，人影散亂，太守歸而賓客從也。樹林陰翳[30]，鳴聲上下，遊人去而禽鳥樂也。然而禽鳥知山林之樂，而不知人之樂；人知從太守遊而樂，而不知太守之樂其樂也。醉能同其樂[31]，醒能述以文者，太守也。太守謂誰？廬陵[32]歐陽修也。

作者

歐陽修，字永叔，號醉翁，晚年號六一居士，宋吉州廬陵（今江西省吉安縣）人。生於眞宗景德四年（西元一〇〇七年），卒於神宗熙寧五年（西元一〇七二年），年六十六。修四歲喪父，母鄭氏守節自誓，親自授讀，因家貧，以荻書地學書。幼敏悟過人，讀書輒成誦。仁宗天聖八年（西元一〇三〇年）中進士，年二十四年，官館閣校勘，因直言論事貶知夷陵。慶曆中任諫官，支持范仲淹的政治主張，被誣貶至滁州（今安徽滁縣）、揚州、潁州任知州。晚年回到朝廷，官至翰林學士、樞密副使、參知政事。王安石推行新法時，對青苗法有所批評，爲王安石所詆毀，熙寧四年（西元一〇七一年）以太子少師致仕，致仕後隱居潁州，卒贈太子太師，諡曰文忠。

歐陽修是北宋古文運動的領袖，主張文章應明道、致用，對宋初以來靡麗險怪的文風不滿，喜獎掖後進，曾提拔曾鞏、王安石、蘇洵、蘇軾、蘇轍等人。散文說理明白暢達，抒情委婉多姿，爲唐宋古文八大家之一。詩詞亦流暢自然，清麗明媚。喜蒐集金石文字，編爲《集古錄》，著有《歐陽文忠公集》、《新五代史》等書，並與宋祁合修《新唐書》。

題解

本文選自《歐陽文忠公集・居士集》卷三十九。醉翁亭在滁州（今安徽滁縣）城西南瑯琊山兩峰之間。宋仁宗慶曆五年（西元一〇四五年），因被誣與杜衍、范仲淹、韓琦等結黨，貶為滁州知州。在滁州任上，山僧智仙為郡守歐陽修築建此亭，由於歐陽修自號醉翁，因以亭名為醉翁，而作〈醉翁亭記〉，時年四十歲，寫遊賞醉翁亭的山林樂趣，表現了遭貶謫後以順處逆的心境。婉轉地表達了他在滁州為政的治績，藉民眾生活的快樂，抒發了與民同樂的理想境界。

注釋

❶ 滁　音ㄔㄨˊ，地名，即今安徽滁縣。
❷ 壑　音ㄏㄨㄛˋ，山間低下的地方。
❸ 蔚然　草木茂盛的樣子。
❹ 瑯琊　音ㄌㄧㄤˊ　ㄧㄚˊ。山名，在今安徽滁縣西南十里。東晉元帝為瑯琊王時所居。
❺ 潺潺　水流的聲音。
❻ 釀泉　山泉名，又名醴泉。因水清可以釀酒，故名。
❼ 翼然　像鳥張開翅膀的樣子。
❽ 太守　作者自稱。太守，漢代郡的長官之稱，宋代有州無郡，歐陽修為滁州知州，襲用郡長官的稱號。
❾ 寓　寄託。
❿ 林霏　樹林中的霧氣。霏，音ㄈㄟ，煙雲。
⓫ 雲歸而巖穴暝　傍晚雲霧聚集，山谷漸漸陰暗。暝，昏暗。
⓬ 晦明變化　指陰晴變化。晦明，幽暗和開朗。
⓭ 芳　花。
⓮ 繁陰　樹葉茂盛。陰，同「蔭」。
⓯ 四時　四季。
⓰ 負者　挑擔子或背著東西的人。
⓱ 傴僂　音ㄩˇ　ㄌㄡˇ，彎腰駝背的人，指老年人。
⓲ 提攜　攙扶牽引，指手牽著小孩走。
⓳ 魚　捕魚。

⑳ 酒洌　指酒清而不濁。洌，水清澈的樣子。

㉑ 野蔌　野菜。蔌，音ㄙㄨˋ，野菜總名。

㉒ 非絲非竹　不是管絃樂器。絲，絃樂器。竹，管樂器。

㉓ 射者中　投壺者射中。射，指投壺。古代宴飲時，雜有遊戲，決定飲酒的辦法。把箭投向壺裡，以投中的次數多少決定勝敗，敗者罰酒。

㉔ 奕　下棋。

㉕ 觥籌交錯　酒杯和酒籌互相錯雜。觥，音ㄍㄨㄥ，指酒杯，古代用犀牛角做的酒器。籌，行酒令時，記飲酒數目的籌碼。交錯，雜亂的樣子。

㉖ 諠譁　喧鬧、吵鬧。

㉗ 懽　音ㄏㄨㄢ，同「歡」。

㉘ 蒼顏　蒼老的容顏，指老人。

㉙ 頹然　醉倒的樣子。

㉚ 陰翳　昏暗不明。翳，音ㄧˋ，遮蔽。

㉛ 其樂　指滁人和賓客之樂。

㉜ 盧陵　地名。即今江西省的吉安縣，是歐陽修的故鄉。

課文研析

這篇文章是歐陽修被貶謫滁州第二年寫的，透過優美的自然環境的描寫，含蓄地表達了貶官後的特殊心境。全文共四段，首段起筆以「環滁皆山也」，勾勒出滁州四周皆為山的地理形勢，然後由遠而近，鋪寫周圍的山水景色，山是「蔚然而深秀」，水則是潺潺而下，「瀉出於兩峰之間」，接著出現眼前的是「有亭翼然臨於泉上者，醉翁亭也」。再轉為敘事，由敘醉翁亭得名的由來，而引出作者，並言「醉翁之意不在酒，在乎山水之間也。山水之樂，得之心而寓之酒也」，抒發了由此而觸發的內心感慨，這是一種飽經滄桑的欣慰的心情。二段先寫山中朝暮不同景色的變化，「日出而林霏開，雲歸而巖穴暝」，根據不同的景色，寫出不同的景象。再塗抹四時景物的變化，「野芳發而幽香，佳木秀而繁陰，風霜高潔，水落而石出」，隨四季的變化，各有其境界，構成了生動鮮明的畫面。而「樂亦無窮也」，再把自己置身其中，更使文章顯得情意盎然。三段則寫山水之樂，先寫滁人遊山之樂，「負者歌於塗，行者休於樹；前者呼，後者應」，再寫太守與賓客宴遊之樂，「宴酣之樂，非絲非竹。射者中，弈者勝，觥籌交錯，坐起而諠譁者，眾賓懽也」，呈現出閒適快樂、安詳和平的景象，此時太守則心曠神怡，寵辱皆忘，不由便「頹然乎其間」了。末段寫遊歸之景，由「遊人去而禽鳥樂也」，引出一段議論。禽鳥因山林而樂，人們因太守遊而樂，太守則因百姓樂而樂。遠離都市朝廷，擺脫宦海浮沉、爾虞我詐的環境，滁州百姓安樂的生活，眼前的山水美景，使他得到了內心平衡和諧的感受，引入了一個恬靜的境界。「醉能同其樂，醒能述以文者，太守也」，含蓄地點明了與民同樂的旨意，也說明了本文的主題意脈是一個「樂」字。

本文所用文字不多，卻饒有詩意，格調清麗，語詞凝練，寫人、記物、敘事、誌遊，無所不包，如一幅山水圖畫。

問題與討論

一、說明醉翁亭得名的由來。

二、敘述瑯琊山朝暮四時的不同景色。

三、說明滁人的遊山之樂與太守的遊山之樂。

四、〈醉翁亭記〉所表達的主旨為何？

五、說明歐陽修在北宋文學革新運動的貢獻。

二十三、愛蓮說

周敦頤

課文

水陸草木之花，可愛者甚蕃[1]。晉陶淵明獨愛菊[2]，自李唐[3]以來，世人甚愛牡丹[4]。予獨愛蓮之出淤泥[5]而不染，濯清漣而不妖[6]，中通外直[7]，不蔓不枝[8]，香遠益[9]清，亭亭[10]淨植，可遠觀而不可褻玩[11]焉。

予謂：菊，花之隱逸[12]者也；牡丹，花之富貴者也；蓮，花之君子者也。噫！菊之愛[13]，陶後鮮[14]有聞；蓮之愛，同予者何人？牡丹之愛，宜乎[15]眾矣！

作者

周敦頤，原名敦實，因避英宗諱改名敦頤，字茂叔，道州營道縣（今湖南道縣）人，生於宋眞宗天禧元年（西元一〇一七年），卒於宋神宗熙寧六年（西元一〇七三年），年五十七，諡號元，稱元公。十五歲父親去世，幸蒙舅父龍圖閣大學士鄭珦予以監護，寄居京師，苦學力行。二十歲後出爲官，歷任分寧主簿、南安軍司理參軍、郴州、南昌縣令、永州通判及南京分司、知南康軍等職。性情剛直而淳樸，爲官廉正，不媚權貴，不畏酷吏，能爲百姓申冤平獄。人品高潔，胸懷灑落，是宋代理學之祖。他家居住在廬山蓮花峰下，前有溪，以祖籍營道的濂溪命名，因而學者稱爲濂溪先生。著有《周濂溪先生全集》。

題解

本文選自《宋濂溪周元公先生集》卷四，是周敦頤居住廬山蓮花溪時所作。說，是古代論說文的一種體裁，可以說明事物，也可以論述道理。作者借蓮花「出淤泥而不染」的高尚品格，鼓勵人能向善，有以花為鑑的作用。同時也借蓮花以自比，表現自己高尚的品格和情操。

注釋

❶蕃　繁、多。

❷晉陶淵明獨愛菊　晉陶淵明特別愛菊花。陶淵明棄官後以詩酒自娛，作品中屢有詠菊的詩，如〈飲酒〉之五：「結廬在人境，而無車馬喧。問君何能爾？心遠地自偏。採菊東籬下，悠然見南山。……」〈和郭主簿〉：「芳菊開林耀，青松冠岩列。……」

❸李唐　唐朝由李淵建國，故稱李唐。

❹世人甚愛牡丹　眾人很愛牡丹。牡丹花豔麗，給人雍容華貴之感。白居易在〈買花〉詩中描寫當時人愛牡丹的情形：「帝城春欲暮，喧喧車馬度。共道牡丹時，相隨買花去。」世人，眾人、世上人。

❺淤泥　泥淖。

❻濯清漣而不妖　經過清水的洗滌，卻不帶妖媚之氣。濯，洗滌、清洗。清漣，指清水。妖，妖媚。

❼中通外直　蓮莖裡面是貫通，外面是挺直。

❽不蔓不枝　蓮梗挺直，不旁生枝條。

❾益　更加。

❿亭亭　高聳直立的樣子。

⓫褻玩　輕慢玩弄。

⓬隱逸　隱居避世。

⓭菊之愛　對菊花的愛好。

⓮鮮　少。

⓯宜乎　當然、自然。

課文研析

〈愛蓮說〉是一篇非常短的論說文，全文僅一百一十九字，並不是就蓮論蓮，而是由對蓮的形象和品質的描寫，表現出作者潔身自愛的高潔人品和灑落的胸襟。這篇文章分為兩段，首段以「水陸草木之花，可愛者甚蕃」，開始全篇的論述，把題目的「愛」字提出來，接著由愛發揮，指出古今人對各種花有不同的愛惡，如「晉陶淵明獨愛菊，自李唐以來，世人甚愛牡丹」，再接下去就說到蓮花本身，在「予獨愛蓮之出淤泥而不染，濯清漣而不妖，中通外直，不蔓不枝，香遠益清，亭亭淨植，可遠觀而不可褻玩焉」，一連用了七個句子，對蓮花具有君子之品格和美德的高潔的形象，極盡鋪排描繪，指出所表現出來的令人可愛之處。第二段則用擬人化的手法，分別評論菊、牡丹、與蓮，謂「菊，花之隱逸者也；牡丹，花之富貴者也；蓮，花之君子者也」，將菊比作隱士，牡丹比作富豪顯貴，蓮花比作高尚的君子，這是對花品的精確評價。而文章最後說「菊之愛，陶後鮮有聞；蓮之愛，同予者何人；牡丹之愛，宜乎眾矣！」感歎真隱者少，有德者鮮，而趨富貴者獨多。藉花諷世，寓意深刻，流露出作者安貧樂道的志趣，厭惡富貴的情懷，也抒發了作者內心深沉的概嘆。

問題與討論

一、就〈愛蓮說〉一文，說明菊、牡丹、蓮的象徵意義。

二、作者為何喜愛蓮花？

三、說出自己喜歡的植物及其原因。

二十四、留侯論

蘇軾

課文

古之所謂豪傑之士者，必有過人之節[1]。人情有所不能忍者，匹夫見辱[2]，拔劍而起，挺身而鬬，此不足爲勇也。天下有大勇者，卒然[3]臨之而不驚，無故加[4]之而不怒；此其所挾持[5]者甚大，而其志甚遠也。

夫子房授書於圯上之老人[6]也，其事甚怪；然亦安知其非秦之世有隱君子[7]者，出而試之？觀其所以微見其意者，皆聖賢相與警戒之義，而世不察，以爲鬼物[8]，亦已過矣。且其意不在書。當韓之亡[9]，秦之方盛也，以刀鋸鼎鑊[10]待天下之士，其平居無罪夷滅[11]者，不可勝數。雖有賁、育[12]，無所復施。夫持法太急者，其鋒不可犯，而其勢未可乘。子房不忍忿忿之心，以匹夫之力，而逞於一擊之間[13]。當此之時，子房之不死者，其間不能容髮[14]，蓋亦已危矣。千金之子[15]，不死於盜賊，何者？其身之可愛，而盜賊之不足以死也。子房以蓋世之才[16]，不爲伊尹[17]、太公[18]之謀，而特出於荊軻、聶政[19]之計，以僥倖於不死，此圯上老人之所爲深惜者也。是故倨傲鮮腆[20]而深折[21]之，彼其[22]能有所忍也，然後可以就大事。故曰：「孺子[23]可教也。」

楚莊王伐鄭[24]，鄭伯[25]肉袒牽羊[26]以逆。莊王曰：「其君能下人，必能信用其民矣。」遂捨之。勾踐之困於會稽[27]，而歸臣妾於吳[28]者，三年而不倦。且夫有報人[29]之志，而不能下人者，是匹夫之剛也。夫老人者，以爲子房才有餘，而憂其度量之不足，故深折其少年剛銳之氣，使之忍小忿而就大謀。何則？非有平生之素[30]，卒然相遇於草野之間，而命以僕妾之役[31]，油然[32]而不怪者；此固秦皇之所不能驚，而項籍[33]之所不能怒也。

觀夫高祖[34]之所以勝，而項籍之所以敗者，在能忍與不能忍之間而已矣。項籍惟不能忍，是以百戰百勝，而輕用其鋒[35]。高祖忍之，養其全鋒，以待其斃[36]；此子房教之也。當淮陰破齊[37]而欲自王，高祖發怒，見於詞色。由此觀之，猶有剛強不忍之氣，非子房其誰全之？

太史公疑子房以爲魁梧[38]奇偉，而其狀貌乃如婦人女子，不稱[39]其志氣。嗚呼！此其所以爲子房歟？

作者

蘇軾，字子瞻，宋眉州眉山（今四川省眉山縣）人。生於宋仁宗景祐三年（西元一〇三六年），卒於宋徽宗建中靖國元年（西元一一〇一年），享年六十六。自幼聰慧過人，十歲，父洵遊學四方，母程氏親自授讀，聞古今成敗，輒能語其要。仁宗嘉祐二年（西元一〇五七年），與弟轍應試禮部，歐陽修爲主考官，以〈刑賞忠厚論〉擢置第二，復以〈春秋對義〉居第一，殿試中乙科，時年二十二歲。修盛讚其才華，曾語梅聖俞：「吾當避此人出一頭地。」神宗時，王安石實行新法，熙寧四年（西元一〇七一年），上書議論新法，因與王安石政見不合，遂自請外調，歷官杭州、密州（今山東諸城縣）、徐州（今江蘇徐州市）、湖州（今江蘇湖州市）等地。元豐三年（西元一〇八九年），御史李定等人，摭其詩語，以爲訕謗朝政，被捕入獄，欲置之死，神宗憐之，貶爲黃州（今湖北省黃岡縣）團練副使。黃州四年，處境艱困，幾乎衣食難周，後賴友人之助，築室於東坡，因自號東坡居士，以讀書、作詩、結交方外之士自遣。哲宗立，召爲禮部郎中、翰林學士。因政見與執政者不合，二度自請外調，以龍圖閣學士知杭州，興修水利，於湖中南北徑築三十里長堤，杭州人名爲蘇公堤，深受百姓愛戴。其後新黨得勢，再遭排擠，累貶惠州（今廣東英德縣）、瓊州（今海南島儋縣）別駕。面對窮荒困境，仍處之泰然，以著書爲樂。徽宗即位，大赦還，途中病卒於常州（今江蘇常州市），高宗時追贈資政殿學士，又崇贈太師，並諡文忠。

軾才氣橫溢，爲人超曠灑落，雖宦途坎坷，仍處之泰然。古文、詩、詞、書、畫皆兼擅，嘗自謂：「作文如行雲流水，初無定質，但常行於所當行，止於所不可不止，雖嬉笑怒罵之詞，皆可書而誦之。」與父洵、弟轍並稱「三蘇」，同列爲唐宋古文八大家。詩則古今各體駕馭自如，與黃庭堅並稱「蘇黃」。詞則意境開闊，開創豪放詞風，與南宋辛棄疾並稱「蘇辛」。著有《東坡全集》等書。

題解

本篇選自《東坡集．應詔集》卷九，為蘇軾有名的史論。留侯，即張良。據《史記．留侯世家》記載，張良先世為韓人，秦滅韓後，張良為報滅韓之仇，散盡家財求能報仇之人，得一力士，為鐵椎重百二十斤，乘始皇東遊，在博浪沙狙擊秦皇，誤中副車，於是更改姓名逃匿下邳，受書於圯上之老人。後佐漢高祖劉邦滅項羽，統一天下，封為留侯。但世人對張良的成就，多著墨在圯上老人授書之事，此篇〈留侯論〉，即就受書於圯上老人之事加以評論，說明張良的成功，在於能忍小忿而就大謀的修養。

注釋

❶過人之節　指超過常人的操守。節，節制自己不踰限度的力量。

❷匹夫見辱　一般人被侮辱。

❸卒然　忽然、突然。卒，音ㄘㄨˋ，同「猝」。

❹加　侵犯。

❺挾持　抱負。

❻子房受書於圯上之老人　事見《史記．留侯世家》。張良使刺客在博浪沙狙擊秦皇，沒有成功，乃更姓名逃到下邳，在圯上遇一老人，老人把鞋丟到橋下，命令張良下橋取鞋，張良起初很生氣，後來因為是老人而忍住去撿拾，並很恭敬的為他穿上。老人說「孺子可教矣」，約五日平明橋上相見，如是者三，於是給了張良一部兵書，即《太公兵法》。並且說十三年後，在濟北穀城山下見我，黃石即是我。圯，下邳人稱橋為圯，在今江蘇邳縣南。

❼隱君子　指隱士。

❽以為鬼物　《史記》謂圯上老人，即濟北穀城山下之黃石，故古代有人認為圯上老人是鬼物。

❾韓之亡　韓，韓虔之後，戰國時七雄之一，略有今河南北部，山西澤潞之地，秦始皇十七年（西元前二三〇年）滅韓，置為潁郡。

❿鼎鑊　指用鍋烹煮罪犯的酷刑。鼎，兩耳三足的器具。鑊，音ㄏㄨㄛˋ，比鼎大而無足。

⓫夷滅　指誅滅全族。夷，平。

⓬賁、育　孟賁、夏育。都是古代的勇士。

⓭逞於一擊之間　快意地在博浪沙一擊。逞，快意。一擊，指在博浪沙狙擊秦皇事。

⓮其間不能容髮　其間隙不能容下一根頭髮，比喻極危險。

⓯千金之子　比喻富貴人家的子弟。

⓰蓋世之才　超越涵蓋當世的才能。

⑰伊尹　名摯，商之賢臣。

⑱太公　本姓姜氏，先人封於呂，從其封姓，故稱呂望，字子牙。文王用之，以為師，後佐武王滅紂，封於齊。

⑲荊軻聶政　皆為戰國時刺客，荊軻為燕太子丹刺秦王，聶政為嚴仲子刺殺韓相俠累。事蹟見《史記・刺客列傳》。

⑳倨傲鮮腆　傲慢無禮。鮮腆，少厚重，引申為無禮。腆，音ㄊㄧㄢˇ，厚。

㉑折　挫辱。

㉒彼其　此兩字複用，作一字解，即彼或其。

㉓孺子　幼童的通稱。

㉔楚莊王伐鄭　楚莊王，春秋五霸之一，伐鄭事在周定王十年（西元前五九七年），事見《左傳》宣公十二年。

㉕鄭伯　指鄭襄公。

㉖肉袒牽羊　裸露上身，手牽著羊，表示投降之意。肉袒，除去上衣，露出肢體。牽羊，犒勞楚軍之用。

㉗勾踐之困於會稽　越王勾踐與吳國作戰失敗，被困在會稽，事見《國語・越語》、《史記・越王勾踐世家》。

㉘歸臣妾於吳　意即投降吳國，為其臣妾。

㉙報人　向人報仇。

㉚素　交誼。

㉛僕妾之役　指取履、穿履之事。

㉜油然　不驚異的樣子，即若無其事之意。

㉝項籍　即項羽。

㉞高祖　劉邦，漢代開國君。

㉟鋒　鋒芒、銳氣。

㊱敝　疲困。

㊲淮陰破齊　淮陰侯韓信破齊七十餘城，派人向劉邦請為假王以鎮之。高祖大怒，張良、陳平躡其足附耳說漢方不利，不如因而立，不然生變，高祖領悟，立即封信為齊王。

㊳魁梧　高大雄偉。

㊴稱　音ㄔㄣˋ，當、相稱。

課文研析

本文是一篇史論散文，依《史記．留侯世家》中張良納履授書之事，另闢見解，以「忍」字為立論張本，擺脫世俗陳見，翻出新意。全文共五段，首段以「古之所謂豪傑之士，必有過人之節」開啟文端，接著寫「人情有所不能忍者」，點出「忍」字的論點。能忍，則「卒然臨之而不驚，無故加之而不怒」，方能稱大勇，始能成大器。二段首先指出「子房授書於圯上之老人也，其事甚怪」，下文筆鋒一轉，「然亦安知其非秦之世有隱君子，出而試之？觀其所以微見其意者，皆聖賢相與警戒之義，而世不察，以為鬼物，亦已過矣」，以此展開論證，反駁圯上老人並非鬼怪，而是秦世之「隱君子」，說明其意不在書。再寫當其「不忍忿忿之心，以匹夫之力，而逞於一擊之間」，年少氣剛，不能忍，不為伊尹、太公之謀略，而僅出於荊軻、聶政之計謀，深為人所惋惜，故「倨傲鮮腆而深折之」，命令子房到圯下拾履，並再命令給他穿鞋，還讓他三次來會面，方授予書，這都為使子房能有所忍，然後可以成就大事，可謂用心良苦。三段則舉鄭伯與勾踐之能忍，可謂大勇，說明忍的重要，因此圯上老人以為「子房才有餘，而憂其度量之不足，故深折其少年剛銳之氣，使之忍小忿而就大謀」，此也正是全文重心的所在。四段中說「高祖忍之，養其全鋒以待其斃；此子房教之也」，高祖以忍而平天下，此皆子房用「忍」教高祖的結果，但不夠具體，再舉「當淮陰破齊而欲自王，高祖發怒，見於詞色。由此觀之，猶有剛強不忍之氣，非子房其誰全之」之實例，闡述淮陰侯平齊，而請為假王，高祖破口怒罵，子房暗踩他的腳，並附耳說不如因而立，以免生變，在這關鍵時刻，正是子房教以忍，所以能成就大漢功業，這絕不是黃石公的天書。末段為太史公對子房的評論，用子房的相貌，來襯托子房能忍的胸襟，從另一角度來呈現本篇的主旨，最後以「嗚呼！此其所以為子房歟？」作結，令人餘味無窮。

本篇以「忍」作為全篇的主軸，立論的主線，筆力強勁。其文章起筆之論，或述子房遇圯上老人之事，或成全高祖之功業，或舉例證，在在不離「忍」字，論辯精譬，見解獨到，行文舒暢自然，語詞明快犀利。

問題與討論

一、就〈留侯論〉一文，說明圯上老人授書子房之旨意。
二、作者認為子房的功業在於能忍小忿而就大謀，請舉幾個古今中外相似的例證。
三、子房如何輔佐漢高祖劉邦？
四、太史公對子房的評價為何？
五、當你面臨「孰可忍？孰不可忍？」時，如何處理？

二十五、黃州快哉亭記

蘇轍

課文

江[1]出西陵[2]，始得平地，其流奔放肆[3]大。南合沅、湘[4]，北合漢、沔[5]，其勢益張[6]。至於赤壁[7]之下，波流浸灌[8]，與海相若。清河[9]張君夢得，謫居齊安[10]，即[11]其廬之西南爲亭，以覽觀江流之勝，而余兄子瞻[12]，名之曰「快哉」。蓋[13]亭之所見，南北百里，東西一舍[14]。濤瀾[15]洶湧[16]，風雲開闔[17]。晝則舟楫出沒於其前，夜則魚龍[18]悲嘯於其下，變化倏忽[19]，動心駭目[20]，不可久視[21]。今乃得翫[22]之几席[23]之上，舉目而足[24]。西望武昌[25]諸山，岡陵起伏，草木行列[26]；煙消日出，漁父樵夫之舍，皆可指數[27]。此其所以爲「快哉」者也。至於長洲[28]之濱，故城之墟[29]，曹孟德[30]、孫仲謀[31]之所睥睨[32]，周瑜[33]、陸遜[34]之所騁騖[35]，其流風遺跡[36]，亦足以稱快世俗[37]。

昔楚襄王[38]從宋玉[39]、景差[40]於蘭臺[41]之宮，有風颯然[42]至者，王披襟當之[43]，曰：「快哉此風！寡人所與庶人共者耶？」宋玉曰：「此獨大王之雄風耳，庶人安得共之！」玉之言，蓋有諷焉[44]。夫風無雄雌之異，而人有遇[45]不遇之變。楚王之所以爲樂，與庶人之所以爲憂，此則人之變也，而風何與焉[46]？

士生於世，使其中[47]不自得，將何往而非病[48]？使其中坦然不以物傷性[49]，將何適[50]而非快？今張君不以謫爲患[51]，竊會稽之餘功[52]，而自放[53]山水之間，此其中宜有以過人者。將[54]蓬戶甕牖[55]，無所不快；而況乎濯長江之清流，挹[56]西山之白雲，窮耳目之勝[57]，以自適[58]也哉？不然，連山絕壑[59]，長林古木，振[60]之以清風，照之以明月，此皆騷人[61]思士[62]之所以悲傷憔悴而不能勝[63]者，烏睹[64]其爲快也哉？

元豐六年[65]十一月朔日[66]，趙郡[67]蘇轍記。

作者

蘇轍，字子由，晚號潁濱遺老，宋眉州眉山（今四川省眉山縣）人，生於宋仁宗寶元二年（西元一〇三九年），卒於宋徽宗政和二年（西元一一一二年），享年七十四。轍幼聰敏，受經史與母程氏，有父兄爲輔翼，名重當時，仁宗嘉祐二年（西元一〇五七年），與兄蘇軾同登進士，年僅十九。神宗時因反對青苗法，與王安石不合，屢遭貶謫，出爲河南推官，歷陳州教授、齊州掌書記、南京判官等。元豐二年（西六一〇七九年），兄軾因作詩譏評時政得罪，轍牽連貶官，監筠州酒稅。哲宗立，司馬光主政，召入京師爲右司諫，累官至門下侍郎，參與機要。紹聖元年（西元一〇九四年），新黨復得勢，貶汝州（今河南臨汝縣）、袁州、化州（今廣東省化縣）別駕、雷州安置。元符二年（西元一〇九九年）又貶循州（今廣東龍川縣）。徽宗時，徙永州（今湖南零陵縣）、岳州。不久奉召回京，復大中大夫，提舉鳳翔上清太平宮。請求致仕，歸隱於許州（今河南許昌縣），築遺老齋於潁水之濱。以讀書著述，默坐參禪爲事。卒後追復端明殿學士，南宗孝宗淳熙三年（西元一一七六年），追謚文定。

轍生平學行，深受其父兄影響，以儒學爲主，最傾慕孟子而又遍觀百家之書。個性沉靜簡潔，爲文汪洋澹泊，也有秀傑深醇之氣。其詩則才情俊逸，追步蘇軾。記遊之作，寫景狀物，亦極精妙。與父洵、兄軾皆以古文聞名，世稱「三蘇」，均列名爲唐宋古文八大家。著有《欒城集》五十卷，《欒城後集》二十四卷、《欒城三集》十卷，及《詩經集傳》、《春秋集解》等書。

題解

本文選自《欒城集》。快哉亭在湖北黃岡縣南，北宋神宗元豐年間，張夢得貶官於黃州（今湖北省黃岡縣南），營建新居於黃州長江水濱，並築一亭，以為公餘遊憩之所。蘇東坡名曰「快哉亭」，並作〈水調歌頭〉一闋。蘇轍對張夢得「築亭」與蘇軾「命名」之意，深有體會，遂寫作本文以闡發其意。

注釋

❶江　指長江。

❷西陵　西陵峽，長江三峽之一，在今湖北宜昌縣西北二十五里，形勢極為險要。

❸肆　展開。

❹沅湘　沅水和湘水。沅水，源出貴州省甕安縣，東流入湖南，注入洞庭湖。湘水，源出廣西興安縣，東北流入湖南，注入洞庭湖。

❺漢沔　漢水和沔水。漢水，源出陝西寧羌，入湖北，在漢陽注入長江。沔水，漢水上游支流。沔，音ㄇㄧㄢˇ。

❻益張　更加浩大。張，大。

❼赤壁　亦名赤壁磯，在湖北省黃岡城外。蘇軾曾遊其地，誤以為周瑜破曹操的赤壁。周瑜破曹處，在嘉魚縣東北，長江南岸。

❽浸灌　灌注。灌，注入。

❾清河　今河北清河。

10 齊安　即黃州，宋時為齊安郡。

11 即　就、近。

12 子瞻　蘇軾。蘇軾字子瞻，這裡稱字不稱名，表示尊敬。

13 蓋　提起連詞，用在句首，無義。

14 一舍　三十里。古代行軍，日行三十里則宿營，稱一舍。

15 濤瀾　大波濤。濤，波浪。瀾，音ㄌㄢˊ，大波。

16 洶湧　水勢盛大的樣子。

17 開闔　聚散之意，在此形容風雲變幻不定。闔，音ㄏㄜˊ，同「合」。

18 魚龍　泛指水族。

19 倏忽　形容快速。倏，音ㄕㄨˋ，急速。

20 動心駭目　動人心魄，驚人耳目。謂內心悸動害怕。

21 不可久視　不可長時間凝視。

22 翫　音ㄨㄢˋ，通「玩」，觀賞。

23 几席　几案和坐席。

24 舉目而足　放眼望去，令人心滿意足。舉目，抬眼而望。

25 武昌　今湖北武昌縣，在長江南岸。

26 行列　排列。直曰行（音ㄏㄤˊ），橫曰列。

27 指數　用手指計算。數，音ㄕㄨˇ，作動詞用，計算之意。

28 長洲　大沙洲。泛指江中的沙洲。洲，水中可居的地方。

29 故城之墟　舊城的遺址。故城，指孫權曾在黃州對岸建造的故宮。墟，遺址。

30 曹孟德　曹操，字孟德。迎獻帝於許都，自為丞相，後封魏王。子曹丕篡漢稱帝，追稱武帝。

31 孫仲謀　孫權，字仲謀。三國時吳國開國君。

32 睥睨　音ㄅㄧˋ　ㄋㄧˋ，側目窺視，引申為傲視。

33 周瑜　字公瑾，三國時吳國名將，曾大破曹軍於赤壁。

34 陸遜　字伯言，三國時繼周瑜之後，吳國的主要將領，在對魏、蜀的戰爭中屢建奇功。

35 騁騖　音ㄔㄥˇ　ㄨˋ，往來馳騁。騖，奔馳。

36 流風遺跡　留傳下來的作風和事跡。流風，同「遺風」，即傳下來的作風。

37 稱快世俗　被世俗人所稱快。稱快，快意。

38 楚襄王　名橫，楚懷王之子，在位三十六年。

39 宋玉　戰國時楚國大夫，屈原弟子，作有〈九辯〉、〈神女〉、〈高唐〉等賦。

40 景差　戰國時楚國大夫，好辭賦，與宋玉齊名。

41 蘭臺　地名，在今湖北省鐘祥縣。

42 颯然　形容風聲。颯，音ㄙㄚˋ，同聲。

43 披襟當之　敞開衣襟，迎著涼風。當，迎。

44 蓋有諷焉　大概有諷諫的意思。蓋，大約。

45 遇　際遇。

46 何與焉　有什麼相關呢。與，音ㄩˋ，參與。

47 中　內心。

48 將何往而非病　那麼無論到哪裡，不都會感到憂傷嗎？將，則、那麼。病，憂傷。

49 不以物傷性　不因為外在環境遭遇的影響而傷害性情。物、外物，指環境、遭遇。

50 適　往。

51 患　憂。

52 竊會稽之餘功　利用辦理政務的閒暇。竊，偷，這裡是偷閒之意。會稽，即總計與考核，引申為日常的政務。餘功，工作之餘。

53 放　音ㄈㄤˇ，依、寄託。

54 將　即使。

55 蓬戶甕牖　編蓬草為門，以破甕為窗。形容居室之簡陋，生活之貧窮。甕，音ㄨㄥˋ。牖，音ㄧㄡˇ，窗。

56 挹　音ㄧˋ，牽引。

57 勝　勝景，美好的景物。

58 自適　自得。

59 絕壑　絕谷。

60 振　搖動，指風吹而動。

61 騷人　詩人、文人。

62 思士　深思之士。

63 不能勝　不能忍受。勝，音ㄕㄥ，忍受，克制。

64 烏睹　哪裡看到。烏，何。

65 元豐六年　宋神宗元豐六年，西元一〇八三年。元豐，宋神宗年號。

66 朔日　農曆初一。

67 趙郡　今河北省趙縣。東漢順帝時，蘇章任冀州刺史，其子孫遂以趙郡為家。至唐武后時，蘇味道任眉州刺史，一子未歸，即轍之祖先。稱趙君，是舉其祖籍。

課文研析

本文雖題為〈黃州快哉亭記〉，實則借題發揮。全文共分四段，首段開篇，寫江水的浩瀚雄偉，即具快哉的氣勢。先是「其流奔放肆大」，其次「其勢益張」，最後是「波流浸灌，與海相若」，水勢愈流愈大，呈現出浩瀚汪洋的壯闊景象，為快哉亭描繪出一個浩蕩奔騰的背景。接著以敘事入題，指出張夢得因「謫居齊安（即黃州）」而建亭，其目的為「覽觀江流之勝」，道出貶謫的心情是曠達坦然，最後始寫出「余兄子瞻，名之曰『快哉』」，下文就「快哉」二字暢發議論。第二段以亭為中心，自遠及近，就江流的壯闊與風景的瑰奇，逐一描繪。登亭而望，近觀「濤瀾洶湧，風雲開闔」的雄偉多變，「晝則舟楫出沒於其前，夜則魚龍悲嘯於其下」的「變化倏忽，動心駭目」，令人無法久視。遠則「岡陵起伏，草木行列」，「漁父樵夫之舍，皆可指數」。江山勝景，盡收眼底，心情得以舒放，平添快意，「此其所以為『快哉』者也」，將亭命為快哉，自是合宜。再由所見的景物，而懷想三國時期英雄人物的豪情壯志，「曹孟德、孫仲謀之所睥睨，周瑜、陸遜之所騁騖」，寥寥二句，實含豐富的歷史內容，孫曹的圖謀，周陸的馳騖，宛然在目，亭中遠眺的快意，正從懷古中產生，故「其流風遺跡，亦足以稱快世俗」。將亭命為快哉，也自合宜。第三段為了借題發揮，先引楚襄王與宋玉、景差的對話，說出「快哉」二字的出處，借評說宋玉釋風之論，而展開了「風無雌雄之異，而人有遇不遇之變」的論辯，揭示出全文的中心論點。第四段則承第三段而來，再分析士人自得與不自得的處世態度，若「使其中坦然不以物傷性，將何適而非快？」道出了人生的一個哲理，就是不遇於時的處境和樂觀曠達的生活態度，含意豐富而深刻。接著稱道張夢得心中坦然，不以謫居為憂，能「竊會稽之餘功，而自放山水之間」，在謫居生活中，仍能心胸坦然，自適其快，其胸中「宜有以過人者」，即使是蓬戶甕窗的困窮，也「無所不快」。筆鋒再回到快意的景物，「濯長江之清流，挹西山之白雲，窮耳目之勝，以自適也哉？」張夢得心胸曠達，因而得以盡賞山川勝景之樂，在山水勝景中得到自我解脫。對張夢得的怡然自樂與隨遇而安的處逆之道，表達了仰慕之情，也抒發了自己的思想感情。

全文就「快哉」二字著墨，於寫景中夾敘夾議，層層推進，使寫景、敘事、抒情、議論四者渾然一體，風格雄放而雅致，筆勢紆徐而暢達，堪稱內容豐富，思想深刻的千古傑作。

問題與討論

一、說明蘇轍作本文的背景與動機。
二、本文中有哪些可「稱快」的事？
三、說明「快哉」二字的出處。
四、文中有「此其中宜有以過人者」一語，是指什麼樣的生命態度？
五、本文與蘇軾〈超然臺記〉有何相同之處？

二十六、觀潮

周密

課文

浙江[1]之潮，天下之偉觀也。自既望[2]以至十八日爲最盛。方其遠出海門[3]，僅如銀線；既而漸近，則玉城雪嶺[4]，際天[5]而來，大聲如雷霆，震撼激射，吞天沃[6]日，勢極雄豪。楊誠齋[7]詩云：「海湧銀爲郭，江橫玉繫腰[8]。」者是也。

每歲，京尹[9]出浙江亭[10]，教閱水軍。艨艟[11]數百，分列兩岸，既而盡奔騰分合五陣之勢[12]，并有乘騎[13]弄旗[14]、標槍[15]舞刀於水面者，如履[16]平地。倏爾[17]黃煙四起，人物略不相睹[18]，水爆轟震，聲如崩山；煙消波靜，則一舸[19]無迹，僅有敵船爲火所焚，隨波而逝。

吳兒[20]善泅[21]者數百，皆披髮文身[22]，手持十幅大彩旗[23]，爭先鼓勇，泝迎而上[24]，出沒于鯨波萬仞[25]中，騰身百變[26]，而旗尾略不沾溼，以此誇能。而豪民貴宦，爭賞銀綵[27]。

江干[28]上下十餘里間，珠翠羅綺溢目[29]，車馬塞途。飲食百物，皆倍穹常時[30]，而僦賃[31]看幕[32]，雖席地不容閒也。

禁中[33]例觀潮於天開圖畫[34]，高臺下瞰，如在指掌。都民[35]遙瞻黃繖[36]雉扇[37]於九霄之上，眞若簫臺蓬島㊴也。

作者

周密，字公謹，號草窗，又號泗水潛夫、弁陽山人、弁陽嘯翁，祖籍濟南人，宋室南遷，寓居浙江吳興（今浙江湖州）弁山。生於宋理宗紹定五年（西元一二三二年），卒於元成宗大德二年（西元一二九八年），年六十七。宋淳祐末爲義烏令，宋亡不仕。移寓杭州，以歌詠著述自娛。能詩文、書畫，以詞擅名，精究聲律，風格清麗，與吳文英並稱「二窗」。著有《癸辛雜識》、《齊東野語》、《武林舊事》、《蘋洲漁笛譜》、《絕妙好詞》等，其《絕妙好詞》於詞選中可稱善本。

題解

本文選自《武林舊事》卷三。描述錢塘江海潮之雄偉，水軍操演的場面及岸上觀潮的盛況。

注釋

❶ 浙江　指錢塘江。

❷ 既望　每月十五日為望，十六日為既望。即，已。此指八月十六日。

❸ 海門　在今浙江臨海縣東南。

❹ 玉城雪嶺　形容泛著白沫的潮水像玉砌的城牆、大雪覆蓋的山嶺。

❺ 際天　天邊交接處。

❻ 沃　澆、灌。

❼ 楊誠齋　楊萬里，字誠齋，南宋詩人。

❽ 海湧銀為郭二句　海潮上湧，形成銀色的牆，波濤

橫在江中，宛如腰間繫上白玉帶。詩見《誠齋集》卷四〈浙江觀潮〉，全詩為：「海湧銀為郭，江橫玉繫腰。吳儂只言黠，到老也看潮。」

⑨京尹　即京兆尹。此指臨安知府，南宋以臨安為臨時首都，故稱府官為京尹。

⑩浙江亭　在臨安城南錢塘江北岸。

⑪艨艟　音ㄇㄥˊ ㄊㄨㄥˊ，一種形體狹長的戰船。

⑫盡奔騰分合五陣之勢　演習五陣的陣勢，忽而奔馳、騰起、分合，極盡各種變化。五陣，指戰船按前後左中右編列成隊，形成攻擊勢態。

⑬乘騎　騎著馬。騎，馬匹。

⑭弄旗　舞旗。

⑮標槍　舉槍。

⑯履　步行。

⑰倏爾　忽然、突然。

⑱略不相睹　彼此幾乎看不見。略，幾乎、差不多。睹，看見。

⑲舸　音ㄍㄜˇ，大船。

⑳吳兒　吳地少年。

㉑泅　游泳。

㉒披髮文身　披散著頭髮，在身上刺著紋彩。文，同「紋」，此作動詞。

㉓十幅大彩旗　用十幅絲綢或布，縫綴而成的各色旗子。

㉔泝迎而上　逆流迎著潮水而上。泝，音ㄙㄨˋ，同「溯」。

㉕鯨波萬仞　形容巨浪的浪頭很高。鯨波，巨浪。鯨所到之處，波濤洶湧，故稱鯨波。萬仞，形容浪頭很高，仞，八尺，一曰七尺。

㉖騰身百變　翻騰著身體，變換各種姿態。

㉗銀綵　彩禮。銀，銀子。綵，五色綢緞。

㉘江干　江岸。干，岸。

㉙溢目　滿目。

㉚皆倍穹常時　價錢比平時高一倍。倍，一倍。穹，高。常時，平時。

㉛僦賃　租借。僦，音ㄐㄧㄡˋ。賃，音ㄖㄣˋ，語音ㄌㄧㄣˋ。

㉜看幕　為觀潮而特意搭的帳棚。幕，帳棚。

㉝禁中　宮中。

㉞天開圖畫　南宋皇宮中一個臺的名字，因其接近錢塘江北岸，可在上面觀潮。

㉟都民　首都的人民。都，指臨安。

㊱黃繖　帝王用的黃傘。繖，同「傘」。

㊲雉扇　雉尾扇，上圓下方，周圍以雉羽為飾，直柄。雉，野雞。

㊳簫臺　簫史所居鳳臺。《列仙傳》載，秦穆公女兒

弄玉，隨夫簫史學吹簫，吹似鳳鳴，秦穆公為作鳳臺，數年後，夫婦均成仙隨鳳凰飛去。比喻帝后所居如仙居。

㊴ 蓬島　即蓬萊，傳說中的海中仙山名。

課文研析

周密此文用散文的方式描繪錢塘江海潮的景象和觀察的盛況。全文共五段，首段寫潮來的情狀。起筆以「浙江之潮，天下之偉觀也」，揭示所要寫的對象，並說明海潮最盛的時間為既望以至十八日。然後正面展開潮水的鋪寫，潮水初來時，其形「僅如銀線」，待接近時則如「玉城雪嶺」，聲音則是「大聲如雷霆」，其勢則「吞天沃日」。由遠而近，對江潮的形狀、顏色、聲勢，以非常誇張和比喻的手法寫出了錢塘潮的壯美雄偉。二段寫教閱水軍的精彩場面。先寫作戰技術的精熟，「艨艟數百，分列兩岸，既而盡奔騰分合五陣之勢」，生動地刻畫出戰船操演的情景。而「乘騎弄旗、標槍舞刀於水面者，如履平地」，乘、弄、標、舞四字出神入化地寫出健兒龍騰虎躍之狀，且如履平地的平穩從容。爾後畫面進入兩軍交戰的場面，「黃煙四起，人物略不相睹，水爆轟震，聲如崩山」，戰鬥激烈，聲勢浩大的硝煙瀰漫，爆聲振耳的場面，真是驚心動魄。最後結在「煙消波靜，則一舸無迹，僅有敵船為火所焚，隨波而逝」，戰船乘煙霧蔽江時，已疾駛而去，一切歸於平靜。接著場面轉入意趣盎然的水上表演，因此三段寫弄潮兒的競技。他們披髮紋身，手持十幅大的彩旗，爭相溯迎而上，出沒於鯨波之中，卻能「騰身百變，而旗尾略不沾溼」，不難想像他們技巧的熟練，極力渲染在驚濤駭浪中，他們身手的勇猛、矯健、靈活，令人目不暇給，讀後為之驚嘆不已。四段寫杭州城人民觀潮的盛況。「江干上下十餘里間」，「車馬塞途」，「而僦賃看幕，雖席地不容閒也」，江心江岸，江潮人潮，連續十餘里。而「珠翠羅綺溢目」，「飲食百物，皆倍穹常時」，不僅寫出杭州城的豪奢，也由這飲食百物皆貴於平時的情形，側面襯托出觀潮之盛。作者以觀潮之盛，反襯出江潮之美，可謂筆墨精妙。五段則寫皇室在天開圖畫觀潮，而「都民遙瞻黃繖雉扇於九霄之上，真若簫臺蓬島也」，遠望去簡直就像現實生活中的神仙世界一樣，文章至此，戛然而止。在周密心中這種太平盛世，是令人嚮往的，追想昔遊，有如夢寐，言外之意，不言而喻。

全篇著眼點在「潮」，而立足點在「觀」。作者善於把握描寫對象的特徵，用精簡的筆墨，勾勒出觀潮的熱鬧場面，雖然篇幅不長，卻寫得場面熱鬧，歷歷如繪，是一篇極為成功的描寫文。

問題與討論

一、作者如何描述錢塘江潮雄偉壯觀的景象？
二、水軍演習的場面，其精彩處表現在哪裡？
三、作者如何描述弄潮兒在水中的技巧？
四、作者如何寫觀潮的盛況？
五、作者如何寫杭州的富裕？

二十七、送東陽馬生序

宋濂

課文

余幼時即嗜學，家貧無從致書[1]以觀，每假借於藏書之家，手自筆錄，計日[2]以還，天大寒，硯冰堅，手指不可屈伸，弗之怠[3]，錄畢、走[4]送之，不敢稍逾約[5]，以是人多以書假余，余因得遍觀羣書。既加冠[6]，益慕聖賢之道[7]，又患無碩師[8]名人與遊[9]，嘗趨百里外，從鄉之先達[10]，執經叩問[11]；先達德隆望尊[12]，門人弟子塡其室，未嘗稍降辭色[13]；余立侍左右，援疑質理[14]，俯身傾耳以請，或遇其叱咄[15]，色愈恭，禮愈至[16]，不敢出一言以復，俟[17]其忻悅，則又請焉，故余雖愚，卒獲有所聞。

當余之從師也，負篋曳屣[18]，行深山巨谷中，窮冬[19]烈風，大雪深數尺，足膚皸裂[20]而不知，至舍，四肢僵勁[21]不能動，媵人[22]持湯沃灌[23]，以衾擁覆[24]，久而乃和。寓逆旅[25]主人，日再食[26]，無鮮肥[27]滋味之享，同舍生皆被綺繡[28]，戴朱纓寶飾[29]之帽，腰[30]白玉之環，左佩刀，右佩容臭[31]，曄然[32]若神人，余則緼袍敝衣[33]，處其間，略無[34]慕豔意，以中有足樂者，不知口體之奉[35]不若人也，蓋余之勤且艱若此。今雖耄老[36]，未有所成，猶幸預君子之列[37]，而承天子之寵光，綴[38]公卿之後，日侍坐[39]，備顧問[40]，四海亦謬稱[41]其氏名，況才之過於余者乎。

今諸生學於太學[42]，縣官[43]日有廩稍之供[44]，父母歲有裘葛[45]之遺[46]，無凍餒之患矣；坐大廈之下，而誦詩書，無奔走之勞矣；有司業博士[47]爲之師，未有問而不告，求而不得者也；凡所宜有之書，皆集於此，不必若余之手錄，假諸人[48]而後見也；其業有不精，德有不成者，非天質之卑[49]，則心不若余之專耳，豈他人之過哉。

東陽馬生君則，在太學已二年，流輩[50]甚稱其賢，余朝京師[51]，生以鄉人子[52]謁余，譔長書以爲贄[53]，辭甚暢達，與之論辨，言和而色夷[54]，自謂少時用心於學甚勞，是可謂善學者矣。其將歸見其親也，余故道[55]爲學之難以告之，謂余勉鄉人以學者，余之志也，詆[56]我誇際遇之盛[57]，而驕鄉人[58]者，豈知[59]余者哉。

作者

宋濂，字景濂，號潛溪，又號玄眞子，浦江（今浙江省浦江縣）人。生於元武宗至大三年（西元一三一〇年），卒於明太祖洪武十四年（西元一三八一年），年七十二。濂出身貧寒，刻苦力學，少時就學於金華聞人夢吉，通《五經》，復往從吳萊學古文辭，又登黃溍、柳貫之門爲私淑弟子；宋濂爲文，多經二公指授。元至正九年（西元一三四九年）被薦爲翰林編修，以親老辭謝，隱居於龍門山著書講學，歷十餘年，明初遣樊觀奉書幣造門徵先生，爲江南儒學提舉，命授太子經，修元史，累轉至翰林學士承旨，知制誥，洪武十年（西元一三七七年），以年老致仕，賜御制文集及綺帛。洪武十三年（西元一三八〇年），長孫宋慎坐胡惟庸黨，舉家謫徙茂州（今四川茂縣），途中病死於夔州（今四川省奉節縣），武宗正德中，追謚文憲。

濂博極群書，孜孜聖學，詩與劉基、高啓並列爲明初三大家，散文或質樸簡潔，或雍容典雅，推爲開國文臣之首，有明一代禮樂制度，多所裁定。著有《宋學士文集》。

題解

本文選自《宋學士文集》卷三。東陽，縣名，今浙江東陽縣，當時與潛溪同屬金華府。馬生，指馬君則。序，文體名，有書序、贈序二種，本篇為贈序。明制，凡舉人、貢生、生員等皆可入學國子監。這篇寫於洪武十一年（西元一三七八年），宋濂官京師，馬生在太學已二年，以同鄉晚輩謁見，謂將歸見親，宋濂因作此序文以送其行，文中以自己早年虛心求教和勤苦學習的經歷，勉勵馬生珍惜良好的讀書環境，專心治學。

注釋

❶致　得到。

❷計日　即約定日期。

❸弗之怠　即弗怠之，不偷懶。

❹走　跑，即趕快之意。

❺逾約　超過約定的期限。

❻加冠　古時男子二十歲時，行加冠禮，以示成年。此指二十歲時。

❼聖賢之道　指孔孟儒家的道統。

❽碩師　大師，有名望又博學的老師。

❾遊　交遊、來往。

❿先達　謂先我達於道者，猶言前輩，有地位有聲望的前輩。宋濂曾受業於同鄉學者吳萊、黃溍、柳貫

之門。

⓫執經叩問　帶著經書去請教。叩，問。

⓬德隆望尊　道德高尚，名望顯赫。

⓭稍降辭色　把言詞放委婉些，把臉色放溫和些。降，謙抑。辭色，言詞和臉色。

⓮援疑質理　提出疑難，詢問道理。援，引、提出。質，問。

⓯叱咄　訓斥、斥責。咄，音ㄉㄨㄛˋ。

⓰禮愈至　禮節更加周到。

⓱俟　音ㄙˋ，等到。

⓲負篋曳屣　背著書箱，拖著鞋子。篋，音ㄑㄧㄝˋ，裝書的箱子。曳，音ㄧˋ，拖著。屣，音ㄒㄧˇ，鞋子。

⓳窮冬　指深冬、嚴冬。窮，極。

⓴皸裂　皮膚因寒而凍裂。皸，音ㄐㄩㄣ。

㉑僵勁　僵硬。

㉒媵人　原指陪嫁之女子，此指服侍的人。媵，音ㄧㄥˋ。

㉓持湯沃灌　拿熱水來澆洗。

㉔以衾擁覆　拿被子蓋上。衾，被子。擁覆，圍蓋。

㉕逆旅　旅店、客舍。迎止賓客之處，謂之逆旅。猶今言旅舍。逆，迎。旅，客。

㉖再食　吃兩頓飯。

㉗鮮肥　魚肉之類。

㉘被綺繡　穿著華美的綢緞衣服。被，音ㄆㄧ，同「披」。綺，有花紋的絲織品。

㉙朱纓寶飾　紅色的帽帶，穿有寶石等裝飾品。纓，繫帽的帶子。寶飾，用寶石裝飾。

㉚腰　做動詞用，腰間佩帶之意。

㉛容臭　香囊。臭，音ㄒㄧㄡˋ，氣味。

㉜曄然　光彩豔麗的樣子。

㉝縕袍敝衣　用麻絮襯裡的袍子和破爛的衣服，泛指粗劣的衣服。縕袍，以亂麻或舊棉為絮的袍子。縕，音ㄩㄣˋ，亂麻。敝，破敗、破爛。

㉞略無　一點也沒有。

㉟口體之奉　指口裡所吃的食物和身上所穿的衣服。奉，供養、享受。

㊱耄老　年老的人。耄，八十、九十稱耄。

㊲幸預君子之列　幸運地置身於君子的行列中。幸，幸運。預，加入。君子，指有品德有學問的人。

㊳綴　連綴，此為追隨之意。

㊴侍坐　坐在一旁陪侍。

㊵備顧問　準備接受諮詢。

㊶謬稱　錯誤地讚許。此為謙詞。謬，錯誤。

㊷太學　古代設在京城的全國最高學府。明初名國子學，後改名國子監。

㊸縣官　指朝廷。
㊹廩稍之供　官府供給的糧食。因為是稍稍給之，故謂廩稍。即今之津貼。
㊺裘葛　泛指四季衣服。裘，皮衣。葛，夏布衣服。
㊻遺　音ㄨㄟˋ，給予、贈送。
㊼司業博士　皆明朝國子監官名。據《明史‧職官志》，國子監設司業一人，掌圖書及諸生訓導。五經博士五人，每博士專教一經及四書。
㊽假諸人　向別人借書。諸，之於，語中助詞。
㊾卑　低下。
㊿流輩　同輩。
51 朝京師　到京城朝見天子。宋濂年老辭官後，於洪武十一年，從家鄉再到南京見朱元璋。朝，臣見君稱朝。
52 鄉人子　同鄉晚輩的身分。
53 譔長書以為贄　寫很長的信作為進見之禮。譔，同「撰」，寫。贄，初次見面時所送的禮物。
54 色彝　顏色和悅。彝，與「夷」通，平易。
55 故道　特意說說。故，特意。
56 詆　毀謗。
57 際遇之盛　遭遇的得意，指受皇上賞識重用。際遇，遭際遇會。
58 驕鄉人　在同鄉面前驕傲。驕作動詞用。
59 知　了解。

課文研析

本文主旨在以自己為學的艱辛，勉勵馬君勤苦力學。全文共四段，首段開篇即提出「嗜學」和「家貧」，先寫無書之苦，因家貧買不起書，遂借書於藏書之家，又因不可久放，遂「手自筆錄，計日以還」，不敢逾約，即使是「天大寒，硯冰堅，手指不可屈伸」，也不敢懈怠、偷懶，仍然抄錄，說出他求學的勤奮和讀書的艱辛。再轉而寫求師的艱難，先達德尊望隆，因門人弟子眾多，對他「未嘗稍降辭色」，不因冷遇而灰心，相反的卻是「立侍左右」，「俯身傾耳以請」，非常虔誠恭敬，若是「遇其叱咄」，則「色愈恭，禮愈至」，「俟其忻悅，則又請焉」，先達的態度愈差，他的態度愈恭敬，可見其求知的誠敬，終使他「卒獲有所聞」。第二段則陳述他當年求學環境的艱困，寫出外從師時，「負篋曳屣，行深山巨谷中」，在窮冬、烈風、大雪的惡劣氣候中，「足膚皸裂而不知」，「四肢僵勁不能動」，而寄居旅舍，食則「日再食，無鮮肥滋味之享」，衣則「縕袍敝衣」，雖同舍生皆服裝華美，「曄然若神人」，卻「略無慕豔意」，只因「中有足樂者」，正由於能不計環境的艱苦，執著追求，虛心求教，才能「遍觀群書」，「幸預君子之列」，居天子之側，而「四海亦謬稱其氏名」，終因刻苦奮鬥，而能學有所成。三段則以今日太學生待遇的優厚，求學的方便，不像自己當年的學習，有「凍餒之患」、「奔走之勞」、「問而不告，求而不得者也」之苦，然而卻有「業有不精，德有不成者」，實「非天資之卑，則心不若余之專耳，豈他人之過哉」，故進德修業，全繫乎一己之志，而與境遇無關。末段則為說明寫這篇序文的目的，馬君則是同鄉，又是個同輩稱「善學者」的青年，「以鄉人子謁余，譔長書以為贄」，「與之論辨，言和而色彝」，因此特意以「為學之難以告之」，「勉鄉人以學者」，並沒有「誇際遇之盛，而驕鄉人」之意。

作者勛勉馬生，語重心長。從抄書之艱、從師之難、奔走之勞和生活之苦，自個人的經驗和感受，現身說法，運用夾敘夾議的手法，寫得事信、情真、理足，文詞既平實又生動，娓娓道來，如數家珍，親切感人。回首往事，意蘊深長，令人回味不絕，整篇文章，渾然天成。

問題與討論

一、作者是怎樣寫自己的求學經歷？

二、作者寫自己艱苦求學經歷的目的是什麼？

三、文中有「以中有足樂者」之語，其意為何？

四、作者如何運用對比的方式說明今昔的學習環境。

五、閱讀了這篇文章，你有什麼感想？

二十八、司馬季主論卜

劉基

課文

東陵侯[1]既廢[2]，過[3]司馬季主而卜焉。季主曰：「君侯[4]何卜也？」東陵侯曰：「久臥者思起，久蟄者思啓[5]，久懣者思嚏[6]。吾聞之：『蓄極則洩，閟[7]極則達，熱極則風，壅[8]極則通，一冬一春，靡[9]屈不伸；一起一伏，無往不復[10]。』僕[11]竊有疑，願受教焉。」

季主曰：「若是，則君侯已喻[12]之矣，又何卜爲？」東陵侯曰：「僕未究其奧[13]也，願先生卒[14]教之！」季主乃言曰：「嗚呼！天道何親[15]？惟德之親[16]；鬼神何靈？因人而靈[17]。夫蓍[18]，枯草也；龜[19]，枯骨也；物也。人，靈於物者也，何不自聽而聽於物乎[20]？且君侯何不思昔者也？有昔者必有今日。是故碎瓦頹垣[21]，昔日之歌樓舞館也；荒榛斷梗[22]，昔日之瓊蕤玉樹[23]也；露蠶風蟬，昔日之鳳笙龍笛[24]也；鬼燐螢火，昔日之金釭華燭[25]也；秋荼[26]春薺[27]，昔日之象白駝峰[28]也；丹楓[29]白荻[30]，昔日之蜀錦齊紈[31]也。昔日之所無，今日有之不爲過；昔日之所有，今日無之不爲不足。是故一晝一夜，華[32]開者謝；一春一秋，物故者新；激湍[33]之下，必有深潭；高丘之下，必有浚谷[34]。君侯亦知之矣，何以卜爲？」

作者

劉基，字伯溫，晚號犁眉公，處州青田（今浙江省青田縣）人。生於元武宗至大四年（西元一三一一年），卒於明太祖洪武八年（西元一三七五年），年六十五。自幼穎異，研讀經、史、性理之學，天文、兵法、術數，無不淹通。元至順四年（西元一三六〇年）中進士，年二十三，授江西高安縣丞，有廉直聲，遷江浙儒學到提舉。後棄官歸青田隱居，著《郁離子》以見志。元惠宗至正二十年（西元一三六〇年），基年五十，應明太祖禮聘到金陵，陳時務十八策，仿太祖定天下，明代開國典制，皆基與宋濂、李善長所定。太祖每呼「老先生」而不稱其名，嘗比之漢張良，譽為「吾子房也」。授太史令、遷御史中臣，封誠意伯，以弘文館致仕。基性剛嫉惡，與物多忤，後為胡惟庸所構，憂憤以終。武宗正德九年（西元一五一四年），追贈太師，謚文成。

劉基為明初文學大家，詩沉鬱頓挫，自成一家，與高啓齊名。所為文章，氣昌而奇，與宋濂並為一代文宗。後人將《郁離子》與其他詩文作品合編為《誠意伯文集》。

題解

本文選《誠意伯文集》卷三《郁離子》，題目為後人所加。司馬季主，漢之楚人，曾遊學長安，隱於卜筮間。宋忠、賈誼往訪，聽其分別天地之終始，日月星辰之紀差，論次仁義，列吉凶之符，所言莫不順理，事見《史記‧日者列傳》。卜，問龜，古人多灼龜取兆，以判定事之吉凶循環之理，闡述世事無常，盛衰用廢的因果，借以警戒世人，唯修德體物，可以成智慧，切莫盲目追求功名富貴。

注釋

❶東陵侯　即召平，秦時為東陵侯，秦亡後，種瓜於長安城東，瓜美，故人稱為東陵瓜。事見《史記・蕭相國世家》。

❷既廢　言廢其封號。

❸過　訪。

❹君侯　漢時對列侯之尊稱，後世為尊貴者泛稱。

❺久蟄者思啟　長久蟄伏的人想要出來。蟄，音ㄓˊ，藏伏。啟，開，有開門出來之意。

❻久懣者思嚏　長久鬱悶的人想打噴嚏。懣，音ㄇㄣˋ，滿，鬱悶、煩悶。嚏，音ㄊㄧˋ，噴嚏。

❼閟　音ㄅㄧˋ，閉塞。

❽壅　阻塞。

❾靡　無。

❿無往不復　從無去而不回的。往，去。復，返。

⓫僕　自稱謙詞。

⓬喻　明白。

⓭未究其奧　還沒有徹底明白其中的奧妙。究，窮盡。奧，奧妙、奧祕。

⓮卒　終、盡。

⓯天道何親　天道對於人們有什麼親近。天道，天地自然之理。親，親近。

⓰惟德之親　只對有德的人才親近。

⓱因人而靈　藉由人的相信才能靈驗。因，由、藉。靈，靈驗、應驗。

⓲蓍　草物名，多年生草本，高二三尺，葉互生細長，花似菊，白色或淡紅色，古取其莖以為占卜之用。蓍，音ㄕ。

⓳龜　古代灼龜甲以占卜吉凶。

⓴何不自聽而聽於物乎　為什麼不聽信自己，而去聽信物類。

㉑頹垣　倒塌的牆。頹，墜、毀。垣，牆。

㉒荒榛斷梗　荒蕪的叢木，斷折的枝莖。榛，音ㄓㄣ，叢木、灌木。梗，音ㄍㄥˇ，枝莖。

㉓瓊蕤玉樹　言草木華茂如瓊玉。瓊蕤，美好的花木。瓊，美玉。蕤，音ㄖㄨㄟˊ，花下垂的樣子。

㉔鳳笙龍笛　如龍鳳般珍貴的樂器。鳳笙，即笙，形狀像鳳一樣的管樂器，故名鳳笙。龍笛，笛管首端以龍頭為裝飾樂器。一說鳳笙、龍笛皆曲名。

㉕金釭華燭　華麗的燈光燭火。金釭，華燈。釭，音ㄍㄤ，燈。華燭，華麗的燭。

㉖荼　苦菜。

㉗薺，菜名，一年生或越年生草木。葉叢生，有缺刻

及鋸齒狀，花四瓣，白色，葉嫩可食。

㉘象白駝峰　謂珍貴佳餚。象白，象脂。駱駝背上隆起的肉。

㉙丹楓　紅色的楓葉。楓葉入秋而紅，故曰丹楓。

㉚白荻　白色的荻花。荻，多年生草木植物，其身穗色白，生於水邊。

㉛蜀錦齊紈　謂珍貴的絹帛。蜀錦，四川成都出產的彩錦。齊紈，山東出產的細薄而潔白的絹。

㉜華　同「花」。

㉝激湍　沖激的水流。

㉞浚谷　深谷。

課文研析

劉基仕於元朝，因個性耿直，屢受排擠，因感慨當前蒙昧苟且，有志難伸，於元惠宗至正十八年（西元一三五八年），時年四十八，歸隱家鄉青田山中，作《郁離子》一書，以寓言寫作諷刺時政。其書以虛構之郁離子貫穿全書，發文立說，抒發了作者的處世態度和憂世感時的情懷。

據《史記》中〈蕭相國世家〉與〈日者列傳〉，東陵侯與司馬季主雖屬同時代人，卻未必有交往。至於東陵侯向司馬季主問卜一事，亦不見史載，當為劉基虛構東陵侯向司馬季主問卜，借助作古的人以抒己懷。

全文共分三段，首段以東陵侯既廢，過司馬季主而求卜，其思用之心可見端倪。第二段則回答司馬季主的詢問，先以「久臥者思起，久蟄者思啟，久懣者思嚏」這三句話，說明天道無常，物極必反，廢極必用，顯示其長久蟄伏後，思能重新獲用。再以「蓄極則洩，閟極則達，熱極則風，壅極則通」四句事物轉化的現象，透露出內心強烈的期盼。而「靡屈不伸」、「無往不復」兩句認為事物變化的規則是必然的，以肯定的語氣，顯示思用之心的強烈。最後更以疑而問卜，說出心中的苦悶。第三段先以東陵侯對窮而後達、盛而後衰的道理頗為明白，故司馬季主反詰問：「又何卜為？」東陵侯因僅明白盛衰窮達的片面道理，而「未究其奧也」，對自己的境遇，深感困惑不明。

此時司馬季主始慨然暢論天道無常的道理，以「天道何親，惟德之親；鬼神何靈，因人而靈」，說明人和萬事萬物的命運，決定自身道德的修養，天道、鬼神皆因人而產生了作用，是故「人，靈於物者也，何不自聽而聽於物乎？」因此不可以物理循環的通則，界定個人命運之窮達。再以「有昔者必有今日」的事，舉「是故碎瓦頹垣，昔日之歌樓舞館也」等五事為例，作今昔對比，今日的淒涼荒蕪，昔日皆為華麗精美，說明人世間的功名利祿，不過是過眼雲煙，是故「昔日之所無，今日有之不為過；昔日之所有，今日無之不為不足」，同時也暗寓用久亦廢之意，以明東陵侯久廢必用乃為一偏之見。隨即以「激湍之下，必有深潭；高丘之下，必有浚谷」的比喻，強調若不處激湍、高丘，就可遠離深潭、浚谷這種險惡的地方，在循環不已的自然規則下，我們自可明白出處進退的道理。最後則以「君侯亦知之矣，何以卜為」作結，強調東陵侯看法的偏頗。

問題與討論

一、東陵侯因廢而問卜，說明其問卜之旨意。

二、司馬季主言，「天道何親，惟德之親；鬼神何靈，因人而靈」，其意何在？

三、司馬季主何以言「有昔者必有今日」？

四、何以「昔日之所無，今日有之不為過；昔日之所有，今日無之不為不足」？

五、試評述東陵侯與司馬季主二人。

二十九、寒花葬志

歸有光

課文

婢，魏孺人❶媵❷也。嘉靖丁酉❸五月四日死，葬虛丘❹。事❺我而不卒，命也夫！

婢初媵時，年十歲，垂雙鬟，曳深綠衣裳❻。一日，天寒，爇❼火煮荸薺熟，婢削之盈甌❽。予入自外，取食之；婢持去，不與。魏孺人笑之。孺人每令婢倚几旁飯，即飯，目眶冉冉動。孺人又指予以爲笑。回思是時，奄忽❾便已十年。吁，可悲也已！

作者

歸有光，字熙甫，號震川，又號項脊生，崑山（今江蘇省崑山縣）人。生於明武宗正德元年（西元一五〇六年），卒於明穆宗隆慶五年（西元一五七一年），年六十六。有光七歲入小學，九歲能文，二十歲通五經三史。嘉靖十九年（西元一五四〇年）三十五歲，第二名中舉，繼而赴京會試，不第。嘉靖二十一年（西元一五四二年）有光三十七歲，徙居嘉定（今江蘇省太倉縣）安亭江上，讀書講學，從學的生徒常達數十百人，尊爲震川先生。以後二十多年，連續八次進京會試皆不第，嘉靖四十四年（西元一五六五年）年六十歲，始以三甲（第三等）進士登第，授長興令。以古教化爲治，興辦學校，整飭吏治，處理訴訟事宜，務明事實眞相，使獄中蒙冤受屈者三十餘人獲釋。每次審判，皆引婦女兒童案前，用吳語審訊，以利百姓能申訴案情，當堂決斷即遣去，極少收押入獄。隆慶二年（西元一五六八年）調任順德府通判，專管馬政。隆慶四年（西元一五七〇年）因大學士高拱等薦爲南京太僕寺臣，留掌內閣制敕房，修《世宗實錄》，卒於官，歸葬崑山。

有光爲古文，原本經術，好《太史公書》，得其神理。反對當時「文必秦漢」的擬古風氣，主張效法韓愈、歐陽修之古文，乃當代唐宋派的重要人物，深受清代方苞、姚鼐推崇，影響桐城派文風。著有《震川先生文集》。

題解

本文選自《震川先生集》卷二十二。寒花，婢女名，是歸有光妻子陪嫁的婢女。葬志，為死者寫的記事文章。此文是歸有光為家裡的婢女寒花安葬時，所寫的一篇悼念的文章。

注釋

❶魏孺人　歸有光的妻子，光祿寺典簿魏庠之女，安貧有婦德。孺人，舊時對婦女的尊稱，明時七品封孺人。

❷媵　音ㄧㄥˋ，古時隨嫁的男女都稱媵，此指隨嫁的婢女。

❸嘉靖丁酉　西元一五三七年，嘉靖，明世宗的年號。

❹虛丘　大丘。指荒地。

❺事　侍奉。

❻裳　古時下身穿的衣服。

❼爇　音ㄖㄨㄛˋ，點燃。

❽甌　音ㄡ，盆盂一類的瓦器，即小瓦盆。

❾奄忽　倏忽、忽然。

課文研析

歸有光二十二歲娶魏氏妻，十歲的寒花隨魏氏嫁至歸家，五年後魏氏卒，又四年寒花也亡去，這篇悼文即是寫寒花的事。全文共分三段，首段先記述亡者的身分、死亡的時間和埋葬的地方。最後嘆寒花「事我而不卒，命也夫！」表達了自己對亡者離世的悲痛，從「我」的感情抒寫，說出對命運的無可奈何。下段則就侍奉「我」的日子裡去追憶寒花。第二段則以三件事來敘寫，先寫「年十歲，垂雙鬟，曳深綠衣裳」，勾勒出寒花初進歸家的一個十歲的孩童的第一印象，「垂」、「曳」二個動詞寫活了一個天真女孩的形象，讓人感到小女孩就在眼前移動。次寫寒花滿懷童稚的心態，寒花煮熟荸薺，削滿一瓦盆，剛好作者自外歸來，欲取食之，寒花不知小姐與作者是夫妻關係，竟然「婢持去，不與」。頑皮的舉止，天真的痴情憨態，寫活了寒花可愛的姿態，使得「魏孺人笑之」，寫出他們夫妻對寒花的憐愛與欣賞，主僕間和樂融融的畫面呈現在眼前。最後寫寒花吃飯時的情景，妻子喜歡讓寒花「倚几旁飯」；而寒花則「目眶冉冉動」，這種天真無邪的稚態，使得「孺人又指予以為笑」，除了寒花的稚態外，更見妻子的動態神情，如此細節，十年後仍歷歷在目。寫寒花生前事，瑣碎而不重複，疏淡幾筆，恍若在眼前。末段慨嘆歲月匆匆，往事已渺，「奄忽便已十年」，十年之間主僕二人皆已離去，作者不僅是悼念亡婢，更是由悲亡婢到對亡妻的悼念，勾起了無限的傷感，因而有「吁，可悲也已」之嘆，逝者如斯，生者哀痛，豈是一個「悲」字能道盡。

這篇短文共一百一十二個字，卻生動地寫出寒花的形態、神態及家庭的情趣。雖然寫寒花，卻四次提到妻子，處處可見妻子的音容，雖是悼念寒花，也正是悼念妻子，亡妻亡婢並悼，一明一暗，寫得真情流露，細節真實生物，清人黃宗羲在〈張節母葉孺人墓誌銘〉中說：「予讀震川文之為女婦者，每以一二細事見之，使人欲涕。」誠為確評。

問題與討論

一、歸有光為寒花作志，寫了哪些內容？

二、〈寒花葬志〉中，有「魏孺人笑之」、「孺人又指予以為笑」之語，有何作用？

三、「吁，可悲也已！」之語，寫出作者什麼樣的心情？

四、有言〈寒花葬志〉一文，雖是悼念寒花，也正是悼念妻子，你以為如何？

三十、葉子肅詩序

徐渭

課文

人有學爲鳥言[1]者，其音則鳥[2]也，而性則人[3]也。鳥有學爲人言者，其音則人也，而性則鳥也，此可以定人與鳥之衡[4]哉？今之爲詩[5]者，何以異於是？不出於己之所自得[6]，而徒竊[7]於人之所嘗言，曰：某篇是某體，某篇則否；某句似某人，某句則否。此雖極工畢肖[8]，而已不免於鳥之爲人言矣。

若吾友子肅之詩則不然，其情坦以直[9]，故語無晦[10]；其情散以博[11]，故語無拘[12]；其情多喜而少憂，故語雖苦而能遣[13]；其情好高而恥下[14]，故語雖儉而實豐[15]。蓋所謂出於己之所自得，而不竊於人之所嘗言者也。就其所自得以論其所自鳴[16]；規其微疵[17]而約於至純[18]，此則渭之所獻[19]於子肅者也。若曰某篇不似某體，某句不似某人，是烏[20]知子肅者哉？

作者

徐渭，字文長，號青藤，別署天地道人、田水月，山陰（今浙江省紹興市）人，生於明武宗正德十六年（西元一五二一年），卒於明神宗萬曆二十一年（西元一五九三年），享年七十三歲。渭生百日喪父，六歲入小學，穎慧過人，十餘歲，倣揚雄〈解嘲〉作〈釋毀〉。長師同里季本，爲諸生，有盛名。二十歲考取秀才，參加八次鄉試，直到四十歲仍未考取舉人，自此不再應試。三十七歲曾任胡宗憲府幕僚，在討倭等軍務中多有籌畫。嘉靖四十四年（西元一五六五年）胡宗憲被彈劾爲嚴嵩同黨，因懼受牽連，而一度發狂，自殺未遂，又因失手殺妻而入獄七年。晚年以賣詩文畫糊口，生活貧困，作《畸譜》，略記一生事蹟，是年七十三歲，旋卒。

渭天才超逸，詩文絕出倫輩。善草書，工畫花草竹石，嘗自言：吾書第一，詩次之，文次之，畫又次之，著有《徐文長集》三十卷，《逸稿》二十四卷，雜劇《四聲猿》四種，南詞敘錄，今並傳於世。

題解

本文選自《徐文長文集》卷二十。葉子肅，名雍，字子肅，是徐渭少年時的同學。序，為文體的一種。這篇文章是徐渭為摯友葉子肅詩集所作的序文，透過這篇序文，闡發自己的文學見解，並批評了當代的文風。

注釋

❶學為鳥言　學鳥的鳴聲。
❷其音則鳥　他的聲音為鳥的鳴聲。
❸性則人　本性則為人。性，本性、本質。
❹衡　衡量、比較。
❺為詩　寫詩。
❻自得　親身的體認和感受。
❼竊　剽竊。
❽極工畢肖　極為工巧相似。
❾坦以直　坦蕩而直率。
❿語無晦　語言明白而不隱晦。晦，隱晦、晦澀。

⑪散以博　自然而開闊。散，不自檢束，猶言自然。博，寬潤、寬厚。

⑫語無拘　語言不受拘束。拘，限制、拘泥。

⑬遣　消除、排遣。

⑭好高而恥下　追求高潔而以卑下為恥。高，高潔。下，塵下、卑下。

⑮語雖儉而實豐　語言雖簡略，而內涵卻豐富。

⑯自鳴　說自己的話。鳴，有所宣泄，猶言發表。

⑰規其微疵　糾正小毛病。規，糾正。微疵，小毛病、小缺點。

⑱約於至純　歸結到純淨的境界，即能存其至真的性情。約，歸結。純，專一不雜。

⑲獻　獻言。

⑳烏　何，怎樣。

課文研析

明代中葉以後文壇上出現了以李夢陽、何景明為首的前七子和以李攀龍、王世貞為首的後七子，他們標舉「文必秦漢、詩必盛唐」的口號，學文學詩，要把握古人詩文的規範，模擬古人詩文的氣韻格調，造成模擬剽竊及抄襲的風氣，而缺乏個性與獨創的精神。

本文就是因徐渭對當時文壇上復古和模擬的風氣不滿，遂藉此序文簡潔明白的提出自己的論點。全文共分二段，首段先以人、鳥學語一段文字，說明學得再像，終究是學人語而已。接著筆鋒一轉，導入正論，再針對當時模擬的文風予以抨擊，他指出「徒竊於人之所嘗言」，「雖極工畢肖，而已不免於鳥之為人言矣」，說明每個人都有不同的才情性質，是勉強模擬不來的，若無真性情，便不能見一己之個性，即使再相似，也不過是鳥學作人言，毫無意義和價值。二段則先就性情論葉子肅的詩，讚美其詩能抒發自己的心得，不蹈襲前人之作，而流露出真實的個性情感，就其人而稱其詩，正表達了徐渭的文學主張。由於葉子肅的詩作，是出於真性情，出於己之所自得，因此他的詩表現了「語無晦」、「語無拘」、「語雖苦而能遣」、「語雖儉而實豐」的四大特色，這也正是徐渭自己的見解和感受。最後則為徐渭對葉子肅的期勉，稱美其詩能不同流俗，時人論者「若曰某篇不似某體，某句不似某人，是烏知子肅者哉」，若以一般世俗的眼光視之，則是太不了解葉子肅創作時的真實的生活感受和真實情感，所形成的個人獨特的風貌。

全文流暢而不纖，渾厚而不滯，比喻具體而生動，論述言簡而意賅。用人、鳥學語的比喻，直接切入問題的核心，實為詩歌理論的妙文，徐渭的文學見解，成為晚期公安派文學的先導。

問題與討論

一、說明徐渭的文學主張。
二、說明葉子肅詩作的特色。
三、徐渭如何評論葉子肅的詩？
四、徐渭何以有「若曰某篇不似某體，某句不似某人，是烏知子肅者哉」之語？

三十一、牡丹亭記題詞

湯顯祖

課文

天下女子有情，寧❶有如杜麗娘者乎！夢其人即病❷，病即彌連❸，至手畫形容❹傳於世而後死。死三年矣，復能溟莫❺中求得其所夢者而生。如麗娘者，乃可謂之有情人耳。情不知所起，一往而深，生者可以死，死可以生。生而不可與死，死而不可復生者，皆非情之至❻也。夢中之情，何必非眞，天下豈少夢中之人耶？必因荐枕❼而成親，待掛冠❽而爲密❾者，皆形骸之論❿也。

傳杜太守事⓫者，彷彿晉武都守李仲文⓬，廣州守馮孝將⓭兒女事，予稍爲更而演之。至杜守收考柳生⓭，亦如漢睢陽王收考談生⓮也。

嗟夫，人世之事，非人世所可盡。自非通人⓯，恆以理相格⓰耳。第⓱云理之所必無，安知情之所必有邪！

作者

湯顯祖，字義仍，號若士，別署清遠道人，又別號玉茗堂主人，江西臨川（今江西省撫州）人，世稱臨川先生。生於明世宗嘉靖二十九年（西元一五五〇年），卒於明神宗萬曆四十四年（西元一六一六年），年六十七。從小聰明好學，飽讀詩書，性格剛正不阿。二十一歲中舉，由於不肯依附權貴，屢試不第，至萬曆十一年（西元一五八三年），年三十四歲始成進士，授南京太常博士，遷禮部主事。萬曆十九年（西元一五九一年），上〈論輔臣科疏〉彈劾大學士申時行，並抨擊朝政，神宗怒，貶謫雷州半島徐聞縣典史，一年後遇赦，內遷遂昌知縣，政績斐然。因壓制豪強，招致上司非議，於萬曆二十六年（西元一五九八年）辭官歸里，在臨川建了一座閒居，號玉茗堂，居二十年而卒。

顯祖歸隱後，致力於戲劇及詩詞創作。戲劇有《牡丹亭記》（又稱《還魂記》）、《南柯記》、《邯鄲記》、《紫釵記》，合稱「臨川四夢」，又有《紫簫記》，實即《紫釵記》所本，其中以《牡丹亭》最爲膾炙人口，被譽爲南曲之祖。詩文有《玉茗堂詩文集》，今並傳於世。

題解

本文選自《湯顯祖詩文集》卷三十三。《牡丹亭記》，又名《牡丹亭還魂記》，或稱《牡丹亭》，或稱《還魂記》，主要內容是借杜麗娘和柳夢梅生死離合的愛情故事，稱頌了女主角為情而死，為情而復生的感人至情。題詞為文體的一種，點出全書的主旨，使讀者在閱讀前能對全書有個大概的體會。這篇題詞，作於萬曆二十六年（西元一五九八年），是作者辭去遂昌知縣，返歸臨川數月後寫成的。文中強調「情」，並用「情」駁「理」，表現了作者「唯情」的思想觀點。

注釋

❶寧　豈。

❷夢其人即病　指杜麗娘到後花園遊春，因疲倦而困眼，夢見柳夢梅，醒後傷春而病。事見《牡丹亭記》第十齣〈驚夢〉。

❸彌連　即彌留，言久病不癒。

❹手畫形容　親手畫下自己的形體容貌。事見《牡丹亭記》第十四齣〈寫真〉。

❺溟莫　指陰間。溟，同「冥」。

❻至　極至。

❼荐枕　荐枕席。荐，進。即求親暱之意。

❽掛冠　辭官。

❾密　安寧。

❿形骸之論　表面膚淺的看法。形骸，形體，相對精神而言。

⓫杜太守事　指當時流傳的故事。此指《牡丹亭記》所本的話本小說《杜麗娘慕色還魂》，收於何大掄《燕居筆記》卷九。

⓬晉武都守李仲文　李仲文兒女事。傳說晉時武都太守李仲文喪女；年僅十八，暫葬在郡城之北。後張世之代為郡，世之之子子常年二十，夢女來歡會，自言為前府君之女，不幸而夭，遂共枕席。後開棺視之，女屍已生肉，顏姿如生前。後夢女言因被開棺，未能復生，涕泣而別。事見《搜神後記》卷四。

⓭廣州守馮孝將　馮孝將兒女事，東晉馮孝將為廣州太守。其子名馬子，夢一女子年十八、九，自稱為北海太守徐元方之女，不幸為鬼枉殺，如能聽其更生，願結為夫婦。後於本命生日，祭罷掘棺開視，女體貌完好如故，遂為夫婦，事見《搜神後記》卷四。又見《異苑》、《幽明錄》。

⓮杜守收考柳生　杜太守以為柳夢梅是盜墓者，將其吊打拷問。事見《牡丹亭記》第五十三齣〈硬拷〉。

⓯漢睢陽王收考談生　漢朝談生年四十無婦，夜半讀書，有女子約十五、六歲前來委身為夫婦，囑咐三年不可用火照身。後育有一子已二歲，某夜，生違背囑咐，待其就寢，以火照之。腰上已生肉，腰下為枯骨，女不得不離去，臨行前贈生一珠袍，並取走談生一片衣裙而去。後談生將珠袍賣給睢陽王府，王發現是其女兒的珠袍，遂將談生收拷詢問，生據實回答，王視女冢完好，開棺驗證，得談生衣裙，又見其兒似其女，於是認談生父子為婿孫。事見《搜神記》卷十六。

⓯通人　學識淵博、通達古今的人。

⓰格　推究。

⓱第　但、只是。

課文研析

這篇題詞，完全就一「情」字發揮，並寄寓了作者崇尚真性情，反對假道學的情思。全文共分三段，首段開篇即揭示「天下女子有情，寧有如杜麗娘者乎！」《牡丹亭記》劇中的杜麗娘是一個嚮往愛情、追求幸福的少女，在傳統道德的束縛下，只有把滿懷春情寄託於夢中出現的書生，惜「夢其人即病，病即彌連，至手畫形容傳於世而後死」。然而她的死並不是生命的結束，她擺脫了現實禮教的束縛，勇敢地向閻王殿的判官訴說她的追求，因此，「死三年矣，復能溟莫中求得其所夢者而生」。這是「存天理，滅人欲」的道家所不容，而作者卻肯定麗娘「可謂之有情人耳」，並特別提出「情不知所起，一往而深，生者可以死，死可以生」的觀念，在愛情與禮教中，作者給愛情以起死回生的力量，可以戰勝一切障礙。作者的「情」，不僅是男女之情，更是順乎自然的人性，追求人性至真至純的一面，表達了為追求愛情幸福，不惜出生入死的至情觀。二段則說明《牡丹亭記》故事的依據。末段則為「情」、「理」觀念的反思，麗娘因情而死、緣情而生的生死以之的情事，若「自非通人，恆以理相格耳」，因此在道學家的眼中，卻是「以理相格」，認為是幾近荒誕，但在情的世界裡卻是必然如此，對此作者指出「第云理之所必無，安知情之所必有耶！」含蓄而隱約地表現了作者與當時社會中的正統觀念相對立的思想。人的至情至性與傳統的倫理是不相容的，情是有自己存在的權利，這都寄寓著作者對適合人性發展的理想社會的追求。作者從一般人情出發，強調了「情」的感人力量，追求適合自己的心靈，這就是《牡丹亭記》題詞的立論旨歸。

問題與討論

一、在〈題詞〉裡有言：「情不知所起，一往而深，生者可以死，死可以生。生而不可與死，死而不可復生者，皆非情之至也。」這段話如何理解？

二、說明〈牡丹亭記〉故事的來源。

三、在〈題詞〉裡，作者表現了什麼樣的思想觀點？

四、〈題詞〉裡指出：「第云理之所必無，安知情之所必有邪！」其義為何？

三十二、滿井遊記

袁宏道

課文

燕地[1]寒，花朝節[2]後，餘寒猶厲[3]。凍風時作[4]，作則飛沙走礫，局促[5]一室之內，欲出不得。每冒風馳行，未百步輒[6]返。

廿二日，天稍和，偕數友出東直[7]，至滿井。高柳夾堤，土膏微潤[8]，一望空闊，若脫籠之鵠[9]。於時冰皮始解[10]，波色乍明，鱗浪層層，清澈見底，晶晶然[11]如鏡之新開，而冷光[12]之乍出於匣也。山巒爲晴雪所洗，娟然[13]如拭，鮮妍明媚，如倩[14]女之靧面[15]，而髻鬟之始掠[16]也。柳條將舒[17]未舒，柔梢披風，麥田淺鬣[18]寸許。遊人雖未盛，泉而茗者[19]，罍[20]而歌者，紅裝而蹇[21]者，亦時時有。風力雖尚勁，然徒步則汗出浹[22]背。凡曝沙之鳥[23]，呷浪之鱗[24]，悠然自得，毛羽鱗鬣[25]之間，皆有喜氣。始知郊田之外，未始無春，而城居者未之知也。

夫能不以遊墮事[26]，而瀟然[27]於山石草木之間者，惟此官[28]也。而此地適與余近，余之遊將自此始，惡[29]能無紀？己亥[30]之二月也。

作者

袁宏道，字中郎，號石公，公安（今湖北省公安縣）人。生於明穆宗隆慶二年（西元一五六八年），卒於明神宗萬曆三十八年（西元一六一〇年），年四十三。宏道十六歲為諸生時，曾在城南結社，自為社長，所作詩歌古文，有聲於鄉里，萬曆二十年（西元一五九二年）登進士，時年二十五歲，歸家下帷讀書。萬曆二十三年（西元一五九五年），選為吳縣知縣，聽斷敏決，饒有政績，僅做二年，即辭官而歸。再起授順天府教授，歷禮部主事、吏部主事、考功員外郎、稽勳郎中，後謝病歸，數月卒。

宏道與兄宗道、弟中道，並有才名，時號「三袁」，當時擬古文風盛行，袁氏兄弟力矯王世貞、李攀龍等復古、因襲模擬之弊，並重視小說、戲曲的文學價值，提出獨抒性靈，不拘格套的創作論。作品清新輕俊，時人稱其體為「公安體」，被稱為「公安派」。宏道散文極具特色，靈動俊快，清新明暢，著有《袁中郎集》。

題解

本文選自《袁宏道集箋校》卷十七《瓶花齋集》之五。滿井，是北京東北郊的一名勝之地，有一口古井，「徑五尺餘，飛泉突出，冬夏不竭。好事者甃石欄以束之，水常浮起，散漫四溢。井旁蒼藤豐草，掩映小亭。都人探為奇勝」，因井水常滿，故稱它為滿井。明神宗萬曆二十六年（西元一五九八年），宏道到北京任順天府教授，於第二年花朝節後遊滿井，寫下了這篇遊記。篇中繪景抒情，表達了寄情山水草木的情懷。

注釋

❶燕地　指北京地區。燕，今河北省北部，古屬燕國。
❷花朝節　農曆二月十二日為百花生日，稱花朝節，也稱百花節。一說二月初二或十五日為花朝節。
❸餘寒猶厲　餘寒還很冷冽。厲，猛、烈。
❹凍風時作　寒風時時刮起。凍風，冷風。
❺局促　拘束、約束。
❻輒　就。
❼東直　東直門。北京市東面的一個城門。
❽土膏微潤　土地微微有些溼潤。春初，北方封凍的土壤開始融化，出現肥潤的樣子。土膏，肥沃的土壤。
❾脫籠之鵠　形容心情像是出了籠的天鵝。鵠，音ㄏㄨˊ，一名天鵝，體長三尺餘，形似鵝，頸長，上嘴有黃色之瘤，全體純白，腳黑，尾短，繁殖於寒地，棲息河湖近傍及水濱。
❿冰皮始解　冰的表層開始融化。冰皮，冰覆水面上，如水有皮。
⓫晶晶然　形容明亮、明潔的樣子。
⓬冷光　清冷的光。
⓭娟然　秀麗美好的樣子。
⓮倩　美好。
⓯靧面　洗臉。靧，音ㄏㄨㄟˋ。
⓰掠　梳理。
⓱舒　伸長。
⓲鬣　音ㄌㄧㄝˋ，獸頸上的長毛，這裡借指麥苗。
⓳泉而茗者　在泉水邊煮茶而飲。茗，茶葉，此作動詞用，煮茶。
⓴罍　音ㄌㄟˊ。古代盛酒器，此作動詞用，飲酒。
㉑蹇　音ㄐㄧㄢˇ，本為跛腳、行動不便，此謂駑弱的驢，作動詞用，騎驢。
㉒浹　音ㄐㄧㄚˊ，浸透、透徹。
㉓曝沙之鳥　在沙灘上晒太陽的鳥。曝，晒。
㉔呷浪之鱗　在波浪中吸水的魚。呷，音ㄒㄧㄚˊ，吸、飲。鱗，指魚。
㉕毛羽鱗鬣　指鳥類及魚類。鬣，此指魚鰭。
㉖墮事　誤事。墮，音ㄏㄨㄟ，同「隳」，毀、損。
㉗瀟然　瀟灑自如的樣子。
㉘此官　指作者任職務清閒的順天府教授。
㉙惡　音ㄨ，如何、怎樣。
㉚己亥　明神宗萬曆二十七年（西元一五九九年）。

課文研析

本文是寫春遊，描述北京近郊初春的景象，字裡行間洋溢著生意盎然的蓬勃之氣。全文共分三段，本篇既寫春遊，但首段開始卻寫天氣惡劣，花朝節後，百花還未有消息，餘寒仍冷冽，「凍風時作，作則飛沙走礫」，無法出門，想要冒風出遊，則「未百步輒返」，因此唯有「局促一室之內，欲出不得」，其心情之鬱悶和無奈，可想而知。這種反襯的手法，曲折地表達出渴望出遊的心情。

第二段則筆峰一轉，正面描寫滿井所見的春色，「廿二日，天稍和，偕數友出東直，至滿井」，寥寥數語，扼要而俐落的說明了出遊的天氣日期、地點和行經的路線。接著是全文的重心，先泛寫滿井早春的景致，出城時看到「高柳夾堤，土膏微潤，一望空闊，若脫籠之鵠」。大地回春、萬象更新的景象，心情像「脫籠之鵠」一般的喜悅，局促室內的鬱悶心情一掃而光，作者的情和景交融在一起。再轉入近景的描繪，此可分三部分，先寫近處的水，作者說：「於時冰皮始解，波色乍明，鱗浪層層，清澈見底，晶晶然如鏡之新開，而冷光之乍出於匣也。」「始解」、「乍明」二語緊扣早春的景象，給人一種驚喜的感受，而「鱗浪層層」一語則寫出風和水的流動狀，非常生動，而水則如新開的明鏡，清澈見底。精確地描繪出春水之美，可見作者觀察的細致和刻畫的工巧。再寫山之狀，他說：「山巒為晴雪所洗，娟然如拭，鮮妍明媚，如倩女之靧面，而髻鬟之始掠也。」寫出山巒的青翠和明潔，其「所洗」、「如拭」二語著筆靈動，山給他的感覺是如初沐的倩女，那麼明妍鮮媚，以擬人的手法，生動而形象地描摹出春山之美，洋溢著清新蓬勃的朝氣。再轉寫田野的春，柳與麥是北方春郊所常見的植物，因此他看到的是「柳條將舒未舒，柔梢披風，麥田淺鬣寸許」，「柔梢披風」四字傳神的寫出早春柳的風姿，以「淺鬣」形容已冒出如寸許的麥苗，比喻非常貼切生動，楊柳的高垂，麥苗的平鋪，錯落有致，簡單數語，精鍊的把田野景觀表現出來，給人一種明朗而喜悅的感覺。由山、水、楊柳、麥苗的組合互相映襯，將滿井初春的景象，寫得栩栩如生，足見行文之妙。寫景之後，再寫遊人的活動，「遊人雖未盛」，已見有尋春的遊人，他們或「泉而茗者」，或「罍而歌者」，或「紅裝而蹇者」，都到郊野踏青，自由自在，各隨其意，各得其樂的種種情態，充滿了自由歡快的氣息。再看水邊「曝沙之鳥，呷浪之鱗」，鳥和魚一靜一動的奇妙組合，而魚、鳥的「悠然自得」，「皆有喜氣」，不也正是作者心之所嚮往。經過嚴冬的潛藏蟄伏，大地由靜而動，一切都鮮活起來，此時「始知郊田之外，未始無春，而城居者未之知也」，原來春在郊田之外，而住在城裡的人未能感受到春意，唯覺嚴寒與局促，出了城，始知春已來臨，此也正透露出作者厭倦塵世煩囂的生活，而想寄意於大自然的情懷。

末段由寫景而寫處於自然的心情，在遊歷之餘，不免心中有所感，而說出：「夫能不以遊墮事，而瀟然於山石草木之間者，惟此官也」，作者慶幸自己擔任職務清閒的順天府教授，不會因出遊而誤事，才可以「瀟然於山石草木之間」，而「惟」字卻露出他的些許無奈和自慰。最後又說「此地適與余近」之語，不僅很高興滿井與他住處相近，也很高興自己的心靈和自然貼近，覺得山水鳥語都成了他的知己，因此感受特別深刻，也充分的表露出他對此遊的欣悅，是故說出「余之遊將自此始，惡能無紀」之語，意興遄飛之狀，躍然於紙上。

本篇雖名為「滿井遊記」，卻不寫滿井的景物，也不寫泉水、蒼藤、小亭，而寫滿井郊野的春色，充分反映了作者不拘格套和發人所不能發的文學主張。通篇寫景都融入灑脫而悠然的感情，手法靈活而高妙，文筆洗練而生動，簡潔的白描和貼切的比喻，使全文流蕩生輝。

問題與討論

一、〈滿井遊記〉中所記是什麼季節的景色？
二、作者如何描述滿井的山和水？
三、文中透露出作者什麼樣的心情？
四、說明袁宏道的文學主張。

三十三、遊黃山日記（後）

徐宏祖

課文

初四日[1]。

十五里，至湯口[2]，五里，至湯寺[3]，浴於湯池[4]。扶杖望朱砂庵[5]而登。十里，上黃泥岡。嚮時雲裏諸峰，漸漸透出，亦漸漸落吾杖底。轉入石門[6]，越天都之脅而下[7]，則天都、蓮花[8]二頂，俱秀出天半[9]。路旁一歧[10]東上，乃昔所未至者。遂前趨直上，幾達天都側。復北上，行石罅中[11]。石峰片片夾起[12]，路宛轉石間，塞者鑿之[13]，陡者級之[14]，斷者架木通之，懸者植梯接之[15]。下瞰峭壑陰森，楓松相間，五色紛披[16]，燦若圖繡[17]。因念黃山當生平奇覽，而有奇若此，前未一探，茲遊快且愧矣！

時夫僕俱阻險行後，余亦停弗上，乃一路奇景，不覺引余獨往。既登峰頭，一庵翼然[18]，爲文殊院[19]，亦余昔年欲登未登者。左天都，右蓮花，背倚玉屏風[20]，兩峰秀色，俱可手攬[21]。四顧奇峰錯列，衆壑縱橫，眞黃山絕勝處！非再至，焉知[22]其奇若此？遇遊僧[23]澄源至，興甚勇[24]。時已過午，奴輩適至，立庵前，指點兩峰。庵僧謂：「天都雖近而無路，蓮花可登而路遙，只宜近盼天都，明日登蓮頂。」余不從，決意遊天都。挾[25]澄源、奴子[26]仍下峽路，至天都側，從流石蛇行而上[27]，攀草牽棘，石塊叢起則歷[28]塊，石崖側削則援崖[29]，每至手足無可著處，澄源必先登垂接[30]。每念上既如此，下何以堪！終亦不顧。歷險數次，遂達峰頂。惟一石頂壁起[31]猶數十丈，澄源尋視其側，得級，挾[32]予以登。萬峰無不下伏，獨蓮花與抗[33]耳。時濃霧半作半止[34]，每一陣至，則對面不見。眺蓮花諸峰，多在霧中。獨上天都，予至其前，則霧徙於後；予越其右[35]，則霧出於左。其松猶有曲挺縱橫者，柏雖大幹如臂，無不平貼石上，如苔蘚然。山高風鉅[36]，霧氣去來無定。下盼諸峰，時出爲碧嶠[37]，時沒爲銀海[38]。再眺山下，則日光晶晶，別一區宇也。日漸暮，遂前其足[39]，手嚮後據地，坐而下脫[40]。至險絕處，澄源并肩手相接[41]。度險[42]，下至山坳[43]，暝色已合。復從峽度棧[44]以上，止文殊院。

作者

徐宏祖，字振之，號霞客，江陰（今江蘇江陰市）人，生於明神宗萬曆十四年（西元一五八六年），卒於明思宗崇禎十四年（西元一六四一年），年五十六。幼年好學，博覽古今史籍與地志、山海圖經等書，應試不第後，就絕意仕途，立下「問奇於名山大川」的志向，從二十一歲起開始出遊，歷時三十餘年，遍遊名山大川，嘗東渡普陀，北歷燕冀，南涉閩粵，西北登太華之巔，西南至雲貴之區，足跡遍及大半個中國，尋幽探勝，多前人所未至。所歷山川形勢，無不一一詳記，下筆有如夙構。所著日記遺稿，由其友人編爲《徐霞客遊記》，後人稱爲「奇書」。

題解

本文選自《徐霞客遊記》卷一上。黃山，在安徽省黟縣西北，古名北黟山，唐天寶年間改名為黃山。作者曾經兩次遊黃山，萬曆四十四年（西元一六一六年）第一次遊黃山，但未歷勝景，萬曆四十六年（西元一六一八年）第二次再遊時，遍遊黃山天都、蓮花二主峰。本篇記的是第二次遊覽，九月初四日遊天都峰的一則日記。

注釋

❶初四日　指明萬曆四十六年（西元一六一八年）陰曆九月初四。

❷湯口　黃山山下，鎮名，在歙縣西北境，是上山必經之地。

❸湯寺　原名祥符寺，興建於唐開元十八年，因地近湯泉，故又稱湯泉寺。

❹湯池　即湯泉，今稱黃山溫泉。因泉水含有硃砂，呈朱紅色，古稱朱砂泉，可治病。

❺朱砂庵　本名慈光寺，建於明嘉靖年間，庵在朱砂峰下。

❻石門　峰名，因兩壁夾峙如門而得名。

❼越天都之脅而下　從天都峰兩旁翻越而下。天都，峰名，在黃山東南部，高約一千九百公尺，是三大主峰（蓮花、天都、光明頂）中最險峻者，峭岩絕壁，險不可攀。脅，兩邊。

❽蓮花　峰名，在黃山中部，為黃山最高峰，主峰突出，小峰簇擁，形似蓮花而得名。

❾天半　半空。

❿歧　岔路。

⓫石罅中　石縫之中。罅，音ㄒㄧㄚˋ，裂縫。

⑫石峰片片夾起　石峰一片一片夾立而起。

⑬塞者鑿之　遇阻塞的地方就鑿通它。

⑭陡者級之　在陡峭的石壁上鑿出石級。級，石級，此作動詞。

⑮懸者植梯接之　懸空的地方豎起梯子相連。植梯，豎起梯子。

⑯五色紛披　五彩繽紛。

⑰圖繡　圖畫刺繡。

⑱翼然　如鳥張開翅膀一樣。形容寺宇房檐的姿態。

⑲文殊院　明代普門法師所建寺院，後毀於火，今在原址上建玉屏樓，在天都、蓮花兩峰間。

⑳玉屏風　即玉屏峰，因山峰東西橫亙，正好擋住北風，有如屏風，而岩石色白如玉，故名。

㉑攬　音ㄌㄢˇ，取、持。

㉒焉知　哪裡知道。

㉓遊僧　沒有固定寺院，到處雲遊的僧人。

㉔興甚勇　興致很高。

㉕挾　夾持。此有偕同之意。

㉖奴子　即僮僕。

㉗從流石蛇行而上　順著滑而難攀的山石，趴在地上爬行上去。流石，指溜滑的山石。蛇行，伏地爬行。

㉘歷　越過。

㉙援崖　攀登懸崖。

㉚先登垂接　先攀登上去，再伸手拉我上去。垂接，探身垂臂來接引。

㉛壁起　直立如壁。

㉜挾　此作扶持解。

㉝抗　抗衡。

㉞半作半止　忽起忽止，時有時無。作，起、興。

㉟趆　音ㄉㄧˇ，至。

㊱鉅　同「巨」，大。

㊲碧嶠　碧綠色的山巒。嶠，音ㄐㄧㄠˋ，高而尖的山。

㊳銀海　指霧氣如白色波濤。

㊴遂前其足　於是把腳伸向前面。

㊵下脫　下滑。

㊶並肩手相接　同時用肩和手接應。

㊷度險　度過險境。

㊸坳　音ㄠ，低窪之地。

㊹度棧　經過棧道。

課文研析

本篇日記記載了徐宏祖重遊黃山，攀登天都峰的情景。全文共分二段，首段先敘述入山的路程，從湯口至湯寺，隨後登上黃泥岡。轉入石門，越過「天都之脅而下」，遙望「天都、蓮花頂，俱秀出天半」，一「秀」字寫出二峰的挺拔秀勁的神韻。再從初次遊時不曾走過的東側歧路，前趨直上後再北上，行走石罅中，兩旁「石峰片片夾起」，鋒銳刃利，「路宛轉石間」，登山路途非常險阻，由於是一條新路，於是「塞者鑿之，陡者級之，斷者架木通之，懸者植梯接之」，經過一番辛苦而艱困的攀援，終得登上高處，只見「峭壑陰森，楓松相間，五色紛披，燦若圖繡」，谷壑森陰，楓紅松翠，五色絢爛，如圖繡的景色，歷歷在目，形象鮮明，格外真切，黃山之景，「有奇若此」，因上次未能探遊，而有「茲遊快且愧矣」之嘆，也突出了黃山之景之奇。

第二段則先寫登上文殊院所在的峰頭，天都、蓮花兩峰赫然在眼前，感覺「兩峰秀色，俱可手攬」，二峰秀色竟然以手可攬，寫活了兩山峰的秀美，更增添了作者的奇趣逸懷。立足峰頭，心意舒暢，於是「四顧奇峰錯列，眾壑縱橫」，周圍山峰參差聳立，山谷縱橫交錯，堪稱黃山絕妙勝地。再寫面對庵僧「天都雖近而無路」、「只宜近盼天都」的忠告，可手攬的天都佳景，竟是可望而不可及，更增其「決意遊天都」之心，此也為沿途的艱險設下伏線，作者和「興甚勇」的雲遊僧澄源同登天都峰，「從流石蛇行而上，攀草牽棘，石塊叢起則歷塊，石崖側削則援崖，每至手足無可著處，澄源必先登垂接」，真實的寫出了攀登中的困頓和窘迫，甚至有「上既如此，下何以堪」的一念之慮，然「終亦不顧」，可以看出作者遊興的濃厚，決心的堅定，勇往直前的毅力和勇氣，也體會出作者熱愛大自然的真摯感情。歷經艱險困阻，終於見到天都峰的偉觀，無限風光盡收眼底，「萬峰無不下伏，獨蓮花與抗耳」，簡單兩句，寫出了山勢和山景，突顯了天都峰的高聳。而「伏」、「抗」二字，以擬人的姿態形容，尤為傳神，令人對黃山之「奇」，有立體和動態的感覺。文筆再集中在黃山的雲海和松柏二絕，先寫雲海，「予至其前，則霧徙於後；予越其右，則霧出於左」，寫出雲霧聚散不定，飄忽無狀，好似頑童捉迷藏，忽前忽後，忽左忽右，充滿了生命的活力。再寫松柏，「其松猶有曲挺縱橫者，柏雖大幹如臂，無不平貼石上，如苔蘚然」，寥寥數筆，刻畫得十分精確，尤其「如苔蘚然」四字的比喻，使松柏姿態的特色全出。由於山高風大，霧氣飄忽不定，於是再往下看雲霧中的諸山峰，則「時出為碧嶠，時沒為銀海」，山巒忽碧如青筍直立，忽又為白濤所沒，景象何等壯觀。遠望山下，「則日光晶晶」，如入「別一區宇也」，「晶晶」二字用筆生動，襯托出另一「區宇」的鮮明。遠眺近看，仰望俯視，真是美不勝收，目不暇給。最後寫下山的經過，比上山更加艱辛，但作者僅以數語帶過，不再贅言，反更顯緊湊而完滿。

這篇日記寫天都峰的壯美和奇妙，直書攀登的艱辛和危險，也刻畫了黃山松柏和煙雲瀰漫的特色，幾乎處處引人入勝。筆觸細膩生動，格調清拔出俗，用語自然平易，讀之有如再臨其境之感。

問題與討論

一、作者何以有「茲遊快且愧矣」之嘆？

二、敘述作者如何攀登天都山？

三、作者如何寫天都山的景致？

四、作者如何寫黃山的松柏和雲霧？

五、你讀了這篇文章的感受如何？

三十四、西湖七月半

張岱

課文

西湖七月半，一無可看，止可看看七月半之人。看七月半之人，以五類看之。其一樓船簫鼓[1]，峨冠[2]盛筵，燈火優傒[3]，聲光相亂，名爲看月而實不看月者，看之[4]。其一亦船亦樓，名娃[5]閨秀，攜及童孌[6]，笑啼雜之，環坐露臺[7]，左右盼望，身在月下而實不看月者，看之。其一亦船亦聲歌，名妓[8]閒僧[9]，淺斟低唱[10]，弱管輕絲[11]，竹肉相發[12]，亦在月下，亦看月而欲人看其看月者，看之。其一不舟不車[13]，不衫不幘[14]，酒醉飯飽，呼群三五，躋[15]入人叢，昭慶[16]斷橋[17]，嘄呼[18]嘈雜，裝假醉，唱無腔曲[19]，月亦看，看月者亦看，不看月者亦看，而實無一看者，看之。其一小船輕幌，淨几暖爐，茶鐺旋煮[20]，素瓷[21]靜遞，好友佳人，邀月同坐，或匿影樹下，或逃囂裏湖[22]，看月而人不見其看月之態，亦不作意[23]看月者，看之。

杭人遊湖，巳出酉歸[24]，避月如仇。是夕好名[25]，逐隊爭出，多犒[26]門軍[27]酒錢，轎夫擎燎[28]，列俟岸上[29]，一入舟，速舟子[30]急放斷橋，趕入勝會[31]。以故二鼓[32]以前，人聲鼓吹，如沸如撼[33]，如魘如囈[34]，如聾如啞。大船小船一齊湊岸，一無所見，止見篙擊篙，舟觸舟，肩摩肩，面看面而已。少刻興盡，官府席散，皂隸[35]喝道[36]去，轎夫叫，船上人怖以關門[37]，燈籠火把如列星，一一簇擁而去。岸上人亦逐隊趕門[38]，漸稀漸薄，頃刻散盡矣。

吾輩始艤舟[39]近岸，斷橋石磴[40]始涼，席其上，呼客縱飲。此時月如鏡新磨，山復整妝，湖復頮面[41]，嚮之淺斟低唱者出，匿影樹下者亦出，吾輩往通聲氣[42]，拉與同坐。韻友[43]來，名妓至，杯箸安[44]，竹肉發。月色蒼涼，東方將白，客方散去。吾輩縱舟，酣睡於十里荷花之中，香氣拍人[45]，清夢甚愜[46]。

作者

張岱，字宗子，又字石公，號陶安，又號蝶庵居士，山陰（今浙江紹興）人，生於明神宗萬曆二十五年（西元一五九七年），卒於清聖祖康熙二十八年（西元一六八九年），年九十三。張岱出身書香門第，家學淵源，爲文始學公安體，繼而心儀竟陵派，最後自成一家。早年鮮衣美食，服用奢華，明亡以後隱居剡溪山中，布衣蔬食，常至不繼，而專心著述，是明末的小品文代表作家。著有《陶庵夢憶》、《西湖尋夢》、《琅嬛文集》、《石匱書》、《石匱書後集》等書。

題解

本文選自《陶庵夢憶》卷七。西湖，在今杭州市西，古稱明聖湖，一名錢塘湖，又因湖在域西，故又名西湖。湖的周圍約十五公里，東面接杭州，三面環山，風光明媚。湖中有蘇、白二堤，分隔成裡湖、外湖、後湖，蘇堤為西湖十景之一。七月半即七月十五日，是中元節，杭州人習俗在此日夜遊西湖賞月。這篇文章追憶了明代杭州人在七月十五日夜聚集西湖賞月的風俗情景。

注釋

❶樓船簫鼓　有音樂演奏的雙層遊船。樓船，有層樓的遊船。簫鼓，指船上有奏樂者。

❷峨冠　高冠，古代士大夫的裝束。此指大夫。

❸優傒　歌伎和僕役。優，倡優。傒，同「奚」，隸役。

❹看之　可以看看這一類的人。

❺名娃　名媛。娃，美好。

❻童孌　俊美的男童。孌，美好。

❼露臺　指樓船上的平臺。

❽名妓　有名的藝妓。

❾閒僧　閒玩的僧人。《梁夢錄》載七月十五這天僧尼放假，行跡不拘，稱「解制日」。

❿淺斟低唱　慢慢地飲酒，低聲的唱歌。

⓫弱管輕絲　管弦奏出輕柔的樂曲。管，管樂器。絲，弦樂器。

⓬竹肉相發　簫管伴和著歌唱聲。竹，指管樂器。肉，指歌喉。

⓭不舟不車　不乘船不坐車。

⓮不衫不幘　不穿長衫，不戴頭巾，意為衣衫不整。衫，長衫。幘，音ㄗㄜˊ，頭巾。

⓯躋　擠。

⓰昭慶　佛寺名，在西湖東北岸。宋明以來著名的僧寺。

⓱斷橋　原名寶祐橋，在西湖白堤東頭，唐代稱斷橋，西湖名勝之一。

⓲嘄呼　大聲亂叫。嘄，音ㄒㄧㄠ。

⑲無腔曲　不成曲調的歌曲。

⑳茶鐺旋煮　茶鍋裡不斷的煮著茶。鐺，音ㄔㄥ，燒茶的小鍋。旋，屢、頻。

㉑素瓷　指雅潔的杯子。

㉒逃囂裏湖　到裏湖躲避煩囂。逃囂，躲避煩囂。裏湖，在西湖蘇堤西部，孤山北邊。

㉓作意　存心，有意。

㉔巳出酉歸　巳時出門酉時回家。巳，上午九時至十一時。酉，下午五時至七時。

㉕好名　喜歡賞月的名聲。

㉖犒　犒賞、慰賞。

㉗門軍　守城門的士兵。

㉘擎燎　舉著火把。

㉙列俟岸上　排隊在岸上等著。

㉚速舟子　催促船夫。速，召、促。

㉛勝會　熱鬧的盛會。

㉜二鼓　二更，約為晚上九時至十一時。

㉝如沸如撼　好像水的沸騰，好像山的撼動。

㉞如魘如囈　好像人在夢中驚叫和說夢話。魘，音ㄧㄢˇ，夢驚。囈，夢話。

㉟皂隸　官署中的衙役。

㊱喝道　古時官員外出，衙役在前呼唱開道，使行人迴避。

㊲怖以關門　以關城門來恐嚇遊人，使其早歸。

㊳趕門　趕在城門關閉前返回。

㊴艤舟　收攏行船，準備靠岸。艤，音ㄧˇ，攏船著岸。

㊵石磴　石階，以石頭鋪砌成的臺階。

㊶頮面　洗面。形容湖面上重新現出平靜光潔的樣子。頮，音ㄏㄨㄟˋ。

㊷往通聲氣　前去打招呼。

㊸韻友　風雅的朋友。

㊹杯箸安　安放杯筷。箸，音ㄓㄨˋ，筷子。

㊺香氣拍人　花香襲人，撲面而來。拍，撲。

㊻愜　愜意，快意。

課文研析

這篇遊記正是七月半月圓之時，又逢中元節，最適合賞月觀景，但文章開始卻不寫賞月，也不寫景致，以意外之筆說：「西湖七月半，一無可看，止可看看七月半之人」，點出了全文的中心，以看月和不看月為全篇主軸，可謂別開生面，不落俗套。由此揭開西湖熱鬧的人潮，接著直入描寫的中心，作者將「看七月半之人，以五類看之」，每一類都寫出其特點，也都是作者眼中的風景。第一類是「樓船簫鼓，峨冠盛筵」，他們忘情尋歡作樂，附庸風雅的情景，這是「名為看月而實不看月者，看之」。第二類是「名娃閨秀」，「環坐露臺，左右盼望」，只是看到西湖「笑啼雜之」的俗客，所謂「身在月下而實不看月者，看之」。第三類是「名妓閒僧」，無拘無束的在舟中淺斟低唱的情況，他們玩賞的方式不同，心理也有獨特性的想法，因此亦在看月而「欲人看其看月者，看之」。第四類是最不易引人注意，他們是市井閒漢，裝醉弄傻，毫無目的到處亂擠，「嘄呼嘈雜」，他們是「月亦看，看月者亦看，不看月者亦看，而實無一看者，看之」。第五類則是文人雅士，或「匿影樹下」，或「逃囂裏湖」，鬧中取靜，在清幽處從容賞月，他們是「看月而人不見其看月之態，亦不作意看月者，看之」。不厭其煩的以一大段文字描繪出一幅芸芸眾生相，別有風趣，同時也給人一種輕鬆愉快的感覺。其手法細膩，各異筆墨，可謂聲態並作，情景逼真。

　　接著作者再寫杭州人遊湖的熱鬧景況，先寫「杭人遊湖，巳出酉歸，避月如仇」，「巳出酉歸」，寫出杭人遊湖的習慣，不僅刻畫出他們「避月如仇」的實質，也說出杭人遊湖的庸俗世情。再寫杭人遊湖乃是「是夕好名，逐隊爭出」，而「列俟岸上」，「趕入盛會」，一個「好」寫出杭人好圖賞月的虛名，而「爭」、「俟」、「入」三字更貼切的表現了爭相出城的急切心態。因此在二鼓以前是「人聲鼓吹，如沸如撼，如魘如囈，如聾如啞。大船小船一齊湊岸，一無所見，止見篙擊篙，舟觸舟，肩摩肩，面看面而已」，這數十個字，如急管繁絃的節奏，描述了遊船眾多雜亂的情景，令人喘不過氣，尤其是運用的幾個比喻，更能精確的描摹出當時嘈雜的聲浪。這種熱鬧只是暫時的，待他們興盡以後，則是「皂隸喝道去，轎夫叫，船上人怖以關門，燈籠火把如列星，一一簇擁而去。岸上人亦逐隊趕門，漸稀漸薄，頃刻散盡矣」，寫出杭人興盡以後，嘈雜的人群，便散得灰飛煙滅的生動情景，形象鮮明，刻畫入微，令人彷彿置身其中。

真正賞月的人是在喧鬧靜止後，才停舟靠岸，「呼客縱飲」，這時節，「月如鏡新磨，山復整妝，湖復頮面」，簡單數語，寫出西湖月色的嬌美明亮，文筆清麗動人。於是與剛才「淺斟低唱者」、「匿影樹下者」，往通聲氣，同賞佳景，「韻友來，名妓至」，杯箸新安，竹肉重發，直至月色轉淡，「東方將白，客方散去」。而後泛舟於湖上，「酣睡於十里荷花之中，香氣拍人，清夢甚愜」，寫出作者等人情懷的高雅，如此富有詩意的結筆，讓人感到作者比文人雅士更為超脫，更多一層清虛境界的愛好，也更顯得雅韻流溢，有言盡而意無盡之妙。

本文題目雖為「西湖七月半」，卻不涉西湖風景的描繪，而只著墨於人的敘寫，在短篇狹幅中，展現出紛繁雜沓五光十色的景色，可謂技巧高超，布局亦具匠心。而文詞生動，設喻精妙，語言聲色兼備，清新喜人。張岱文章兼具公安、竟陵二家之長，不愧為晚明小品的傑出名家。

問題與討論

一、作者何以認為「西湖七月半，一無可看，止可看看七月半之人」？
二、說出看七月半之人，有哪五類可看？
三、作者如何鋪敘杭州人遊湖的熱鬧景況？
四、作者「酣睡於十里荷花之中，香氣拍人，清夢甚愜」，寫出他什麼樣的心情？

三十五、原君

黃宗羲

課文

有生[1]之初，人各自私也，人各自利也；天下有公利而莫或興之[2]，有公害而莫或除之。有人者出[3]，不以一己之利爲利，而使天下受其利；不以一己之害爲害，而使天下釋[4]其害。此其人之勤勞，必千萬於天下之人。夫以千萬倍之勤勞，而己又不享其利，必非天下之人情所欲居[5]也。故古之人君，量而不欲入者[6]，許由[7]、務光[8]是也；入而又去之者[9]，堯舜是也；初不欲入而不得去者[10]，禹[11]是也。豈古之人有所異哉？好逸惡勞，亦猶夫[12]人之情也。

後之爲人君者不然。以爲天下利害之權皆出於我，我以天下之利盡歸於己，以天下之害盡歸於人，亦無不可。使天下之人，不敢自私，不敢自利，以我之大私爲天下之公。始而慚焉，久而安焉，視天下爲莫大之產業，傳之子孫，受享無窮。漢高帝所謂「某業所就，孰與仲多」者[13]，其逐利之情，不覺溢之於辭[14]矣。此無他，古者以天下爲主，君爲客，凡君之所畢世[15]而經營者，爲天下也。今也以君爲主，天下爲客，凡天下之無地而得安寧者，爲君也。是以其未得之也，屠毒天下之肝腦[16]，離散天下之子女，以博我一人之產業，曾[17]不慘然，曰：「我固爲子孫創業也。」其既得之也，敲剝天下之骨髓，離散天下之子女，以奉[18]我一人之淫樂，視爲當然，曰：「此我產業之花息[19]也。」然則爲天下之大害者，君而已矣，嚮使[20]無君，人各得自私也，人各得自利也。嗚呼！豈設君之道[21]固如是乎？

古者天下之人愛戴其君，比之如父，擬之如天，誠不爲過也。今也天下之人怨惡其君，視之如寇讎[22]，名之爲獨夫[23]，固其所也[24]。而小儒[25]規規焉[26]以君臣之義無所逃于天地之間，至[27]桀、紂之暴，猶謂湯、武不當誅之，而妄傳伯夷、叔齊無稽之事[28]；乃兆人萬姓[29]崩潰之血肉，曾不異夫腐鼠[30]！豈天地之大，於兆人萬姓之中，獨私[31]其一人一姓乎？是故武王，聖人也；孟子之言[32]，聖人之言也。後世之君，欲以如父如天之空名禁人之窺伺[33]者，皆不便於其言[34]，至廢孟子而不立，[35]非導源於小儒乎？

雖然，使後之爲君者，果能保此產業，傳之無窮，亦無怪乎其私之[36]也。既以產業視之，人之欲得產業，誰不如我？攝緘縢，固扃鐍[37]，一人之智力，不能勝天下欲得之者之眾，遠者數世，近者及身，其血肉之崩潰，在其子孫矣。昔人願世世無生帝王家[38]，而毅宗[39]之語公主[40]，亦曰：「若何爲生我家？[41]」痛哉斯言！回思創業時，其欲得天下之心，有不廢然摧沮者乎[42]？是故明乎爲君之職分，則唐虞之世，人人能讓，許由、務光非絕塵[43]也；不明乎爲君之職分，則市井[44]之間，人人可欲，許由、務光所以曠[45]後世而不聞也。然君之職分難明，以俄頃[46]淫樂，不易[47]無窮之悲，雖愚者亦明之矣。

作者

黃宗羲，字太沖，號梨洲，世稱南雷先生或梨洲先生，浙江餘姚（今浙江省餘姚縣）人，生於明神宗萬曆三十八年（西元一六一〇年），卒於清聖祖康熙四十三年（西元一七〇四年），年八十六。父尊素，爲人正直，以忠直爲宦官魏忠賢所害。宗羲年十四爲諸生，崇禎元年（西元一六二八年），宗羲年十九，袖中暗藏鐵椎，入京伸冤，終得昭雪。及歸，從學於劉宗周，博通經史性理之學。清兵南下，起義浙東，募集同鄉子弟五、六百人，號世忠營，轉戰於沿海，後事敗，歸里奉母，課徒授業和著述。康熙十七年（西元一六七八年）徵博學鴻儒，又召修明史，均不赴，至死不仕清廷，與顧炎武、王夫之並稱清初三大思想家。著有《明儒學案》六十二卷，《宋元學案》一百卷，《南雷文定》十六卷，《易學象數論》六卷，《明夷待訪錄》一卷等。

題解

本文選自《明夷待訪錄》。原是推究事理的本原，《呂氏春秋》有〈原亂論〉，《淮南子》有〈原道訓〉，韓愈有〈原道〉、〈原毀〉、〈原性〉之作，自此成為論辯文之一體。〈原君〉是推究做君王的道理，作者根據古代「公天下」和天子禪讓的歷史傳說及今之君王之心，論述為君者之得失，以明為君之道，並為後世借鏡。

注釋

❶有生　有生命，指有人類。
❷莫或興之　沒有人去興辦它。或，代詞，指人。興，興辦。
❸有人者出　有這麼一個人出來。
❹釋　解除、免除。
❺居　居於其位，指古時人君之位。
❻量而不欲入者　經過審量而不願入居其位的人。量，審量、考慮。
❼許由　上古高士。字武仲，行誼方正，隱於沛澤，唐堯以天下讓之，他不受，遁耕於箕山之下。堯又欲召為九州，由不願聽聞，洗耳於潁水之濱。事見《史記．伯夷傳》、皇甫謐《高士傳》。
❽務光　夏人，好琴，商代高士。商湯放逐夏桀，以天下讓給他，務光拒絕，負石自沉於廬水。事見《莊子．讓王篇》。
❾入而又去之者　居於君王之位而又放棄的人。去，離開、放棄。堯以天下禪讓舜，舜以天下禪讓禹，所以說「去之」。
❿初不欲入而不得去者　起初不願居於君王之位，而最終不得離開的人。
⓫禹　夏代開國君王，因其治水有功，虞舜以天下禪讓與他，禹曾不願接受，但舜死後，人民仍擁戴他為君主。
⓬猶夫　好似。夫，助詞。
⓭漢高帝所謂三句　我今天所成就的產業和二哥相比，誰多呢。（事見《史記．高祖本紀》）漢高帝，即漢高祖劉邦。某，代劉邦自稱之名。仲，排行第二，此指劉邦的二哥。
⓮溢之于辭　流露在言詞裡。
⓯畢世　終生、一生。
⓰屠毒天下之肝腦　使天下人民肝腦塗地，悲慘地死去。屠毒，即荼毒、毒害。
⓱曾　竟然、居然
⓲奉　供給。
⓳花息　花紅利息。商家結算時，分配股東員工的利息，稱為花紅。
⓴嚮使　當初假使。嚮，同「向」。
㉑設君之道　設立君王的道理。
㉒視之如寇讎　看作是仇敵。此語見《孟子．離婁》：「君之視臣如土芥，則臣視君如寇讎。」寇讎，仇敵。
㉓獨夫　指眾叛親離、失去人心的君王。

㉔固其所也　本來是應得的。

㉕小儒　眼光短淺愚陋的儒生。

㉖規規焉　淺陋拘迂的樣子。同「睍睍焉」。

㉗至　甚至於。

㉘妄傳伯夷叔齊無稽之事　任意編造流傳伯夷、叔齊無從查考的事。伯夷、叔齊，相專是殷朝孤竹君之二子，武王伐紂，二人曾叩馬而勸阻，認為臣不能伐君，殷亡以後，他們恥食周粟，隱居首陽山，采薇而食，終於餓死。此事見於《史記・伯夷列傳》，但不見於漢代以前的史籍，故作者認為是「妄傳」、「無稽」。無稽，無從查考、沒有根據。

㉙兆人萬姓　即億萬兆的老百姓。兆，百萬。

㉚腐鼠　喻輕賤之物。

㉛私　偏私、偏愛。

㉜孟子之言　指《孟子・梁惠王下》的一段話：「齊宣王問：『湯放桀，武王伐紂，有諸？』孟子對曰：『於傳有之。』曰『臣弒其君，可乎？』曰『賊仁者謂之賊，賊義者謂之殘，殘賊之人，謂之一夫。聞誅一夫紂矣，未聞弒君也。』」

㉝窺伺　暗中伺機奪取君位。窺，偷看。伺，等待機會。

㉞不便於其言　感到孟子的話不利於他們的統治。

㉟廢孟子而不立　廢除孟子配享孔廟的牌位。孔廟以顏子、子思、曾子、孟子四人配享，明太祖讀《孟子》，有「民為貴，君為輕」之語，曾下詔去其配享，諫者以不敬論，並下令刪節《孟子》有關此類的文字。

㊱私之　據天下為己有的私心。

㊲攝緘縢二句　此語見《莊子・胠篋》，用繩子綑好，用鎖鎖住。攝，收緊。緘，音ㄐㄧㄢ，封固。縢，繩子。固，牢固。扃，音ㄐㄩㄥ，關鈕。鐍，音ㄐㄩㄝˊ，鎖鑰。

㊳昔人願世世無生帝王家　南朝順帝升明三年（西元四七九年），為蕭道成所迫而禪位，在解送出宮時，帝泣曰：「願後身世世勿復生帝王家。」後為衛士所殺，年僅十三歲。事見《資治通鑑・齊紀一》。昔人，指南朝宋順帝劉准。

㊴毅宗　明崇禎皇帝朱由檢，南明稱他為思宗。

㊵公主　崇禎皇帝的女兒長平公主。

㊶若何為生我家　明崇禎十七年（西元一六六四年），李自成陷京師，崇禎縊前到壽寧宮，擇劍斫公主，砍斷左臂，嘆息說：「汝何故生我家？」

㊷有不廢然摧沮者乎　還有不頹喪而灰心的嗎？廢然，頹喪的樣子。摧沮，灰心氣餒。

㊸絕塵　超出塵世、高出一切世上的人。

㊹市井　本指做買賣的場所，此泛指民間。

㊺曠　空、絕。

㊻俄頃　片刻。

㊼易　換取。

課文研析

〈原君〉是《明夷待訪錄》的第一篇，也是全書的主旨所在，主要根據「古代大道之行也，天下為公」的思想，推論君王的本原及其職分。所以文章首段一開始，即探討人君的起源，以照應題目中的「原」字。首先便指出「有生之初，人各自私也，人各自利也；天下有公利而莫或興之，有公害而莫或除之」，人類一開始就是自私自利的，而古代的賢君則能捨私為公，「不以一己之利為利，而使天下受其利；不以一己之害為害，而使天下釋其害」，能「以千萬倍之勤勞，而己又不享其利」，指出古之為君者是為天下興利除弊，並非以天下為自己一人一家之私產，並舉堯舜時代的禪讓政治，說明古之人君無私心，此亦為我國民本思想之發軔期。

第二段則指出後世的人君把天下看作私人「莫大之產業」，並且傳給子孫後代，而「受享無窮」，因此以為「天下利害之權皆出於我，我以天下之利盡歸於己，以天下之害盡歸於人」，為「博我一人之產業」，「奉我一人之淫樂」，竟然「屠毒天下之肝腦」，「敲剝天下之骨髓，離散天下之子女」，致使得「天下無地而得安寧者」，難怪漢高祖有所謂「某業所就，孰與仲多」之語，其逐利之情，躍然於紙上。深刻剖析了後世君王違背設立君王的本意，把天下視為個人產業，殘害百姓，為天下帶來無窮禍患，故作者說「為天下之大害者，君而已矣」。

第三段說明古今為君之道不同，結果是古人愛戴其君王，「比之如父，擬之如天」，今人則「怨惡其君，視之如寇讎，名之為獨夫」，但是小儒卻認為「君臣之義」是牢不可破的，即使是像桀、紂的殘暴，仍然認為「湯、武不當誅之」，並且妄傳「伯夷、叔齊無稽之事」，視百姓的血肉生命如腐鼠。對君王的自私殘忍，小儒的盲目忠君思想，予以嚴厲的批評與駁斥。作者生當明、清易代之際，對孟子所闡發的「民貴君輕」、「聞誅一夫」的民本思想有更深切的認識，發為此論，令人耳目一新。

末段則反覆申論君王之職分，指出若「不明乎為君之職分」，視天下為私產，結果一定是自身被殺，禍及子孫的血肉崩潰的慘劇。南朝宋順帝痛哭的說：「願後身世世勿復生帝王家。」崇禎皇帝揮劍砍殺女兒長平公主時，也說：「汝何故生我家？」若是明白君王之職分，能夠去私立公，則可避免帝王末代之宮廷悲劇不斷上演，可謂言皆有據，這也是結合作者自身的經歷，所提出的理性反思。

作者以先賢的言行為立論根據，縱談古今，是非一代，論證充分而深刻，議論層層深入，而篇章結構嚴謹，語言流暢質樸，頗有史識，亦有氣勢。宗羲目擊易姓改元，深有感痛，發而為文，覺醒人心，其隱含的民本思想，實為民權思想精神的先導。

問題與討論

一、〈原君〉一文中，提及哪些歷史人物？原因何在？
二、古之人君與後之人君，其分別何在？
三、作者認為君王的職分是什麼？
四、評述〈原君〉一文所表達的觀點。
五、古之君王的做法，你是否贊同？請說明理由。
六、現在已是民主時代，這篇文章的言論對當今的時代與社會，有怎樣的啓示？

三十六、醉鄉記

戴名世

課文

昔余嘗至一鄉陬[1]，頹然靡然[2]，昏昏冥冥[3]，天地爲之易位[4]，日月爲之失明，目爲之眩[5]，心爲之荒惑[6]，體爲之敗亂[7]。問之人：「是何鄉也？」曰：「酣適之方[8]，甘旨之嘗[9]，以徜以徉[10]，是爲醉鄉[11]。」

嗚呼！是爲醉鄉也歟？古之人不余欺也。吾嘗聞夫劉伶、阮籍[12]之徒矣。當是時，神州陸沉[13]，中原鼎沸[14]，而天下之人，放縱恣肆[15]，淋漓顛倒[16]，相率入醉鄉不已[17]。而以吾所見，其間未嘗有可樂者。或以爲可以解憂[18]云耳。夫憂之可以解者，非眞憂也。夫果有其憂焉，抑亦必不解也，況醉鄉實不能解其憂也。然則入醉鄉者，皆無有憂也。

嗚呼！自劉、阮以來，醉鄉遍天下。醉鄉有人，天下無人矣。昏昏然，冥冥然，頹墮委靡，入而不知出焉。其不入而迷者[19]，豈無其人者歟？而荒惑敗亂者，率指以爲笑[20]，則眞醉鄉之徒也已。

作者

戴名世，字田有，一字褐夫，號南山，別號憂庵，安徽桐城人，人稱南山先生。生於清世祖順治十年（西元一六五三年），卒於清聖祖康熙五十二年（西元一七一三年），年六十一。幼時家貧，刻苦上進，十一歲即熟背《四書》、《五經》，二十歲即授徒養親。康熙二十五年（西元一六八六年），年三十四，方遊太學，一生遊學四方，康熙四十八年（西元一七〇九年），始成進士，年五十七，授翰林院編修，參與明史館的編纂工作。二年後因《南山集》中引述南明抗清事蹟，並書南明永曆帝的年號，御史趙申喬奏其事，斥爲「倒置是非，語多狂悖」，遂以「大逆」罪下獄，被刑而死，著述書被毀盡。後世戴均衡蒐集戴名世逸稿，編爲《戴南山先生全集》。

題解

本文選自《南山集》卷十二。作者所處的時代，文人動輒以文字得禍，故其憂思憤世之作，多以寓言體裁出之。本文即以一虛構的醉鄉，抨擊了社會的黑暗、動亂，以及某些士大夫的頹廢、放浪，寫得鏗鏘有力而又富深意。

注釋

❶ 鄉陬　偏僻的地方。陬，音ㄗㄡ，隅、角落。

❷ 頹然靡然　頹唐委靡的樣子。

❸ 昏昏冥冥　昏昏沉沉，糊塗不清。

❹ 天地為之易位　天地為之更換位置。易，改變位置。

❺ 眩　眼花，暈眩。

❻ 荒惑　恍惚、迷亂。荒，同「恍」，即恍惚。

❼ 敗亂　損害擾亂。

❽酣適之方　暢快適意的地方。方，地方、處所。
❾甘旨之嘗　品嘗美味的食物。甘旨，甜美之食。嘗，試、食，亦作「嚐」。
❿以徜以徉　安適自在的樣子。
⓫醉鄉　喝醉之後，進入神志不清的地步。
⓬劉伶阮籍　二人皆為晉時竹林名士，又皆飲酒著稱，與稽康、向秀、王戎、山濤、阮瑀、阮咸等五人稱竹林七賢。他們生逢亂世，為避禍求全，常飲酒大醉，幾乎成為後世酒徒的代稱。
⓭神州陸沉　謂國家喪亂。神州，中國。陸沉，指國家沉陷。
⓮中原鼎沸　國家動蕩不安。中原、黃河流域，後泛指全國。鼎沸，比如鍋中開水沸騰，形容局勢不安定。
⓯放縱恣肆　任性而為，毫無顧忌。
⓰淋漓顛倒　充盛酣暢，顛踣仆倒。淋漓，霑濡飽滿的樣子。顛倒，形容醉得很嚴重。
⓱已　止。
⓲或以為可以解憂　曹操〈短歌行〉有「何以解憂，惟有杜康」之句。相傳杜康選酒，故曹操詩中以杜康稱酒。
⓳不入而迷者　指不入醉鄉而清醒的人。
⓴率指以為笑　都指清醒者為可笑。率，都。

課文研析

本篇為憤世嫉俗之作，就文體來說，是記述與議論的結合，具有雜文的特質。全文共分三段，首段開始即用形象化的語言，生動的描繪了醉鄉為「頹然靡然，昏昏冥冥，天地為之易位，日月為之失明，目為之眩，心為之荒惑，體為之敗亂」的昏昏沉沉、混沌未開的景象，開筆即具有引人入勝的魅力，接著以問答的方式點題，「酣適之方，甘旨之嘗，以徜以徉，是為醉鄉」，借助酒態的描繪，說明只有在醉鄉中身心方得閒適舒暢的蘊意。難怪劉伶要做出「唯酒是務，焉知其餘」的選擇，而王績以為「醉鄉氏之俗」，有如「古華胥氏之國」，嘆為「淳寂」，並且說「績將遊焉」。

第二段則借劉伶、阮籍所處的魏晉之際的史事，指出了造成醉鄉的原因，阮籍、劉伶所處的「神州陸沉，中原鼎沸」的時代，當時國家喪亂，濫行殺戮，社會黑暗而恐怖，人人於是相率入醉鄉，以為遠避災禍，保全性命，如果不是這樣的亂世，就大可不必如此「放縱恣肆，淋漓顛倒」了。作者藉魏晉之交的狀況，暗喻清初的社會現實。但這種醉鄉生活，作者認為「未嘗有可樂者」，因為一入醉鄉，則「目為之眩，心為之荒惑，體為之敗亂」，有何樂趣可言。然「或以為可以解憂」，所以劉伶醉飲酒中，在酒德頌中有「無思無慮，其樂陶陶」之語，曹操〈短歌行〉中有「何以解憂，惟有杜康」之語，難道真的能無憂無慮嗎？作者了解醉鄉的蘊意，所以才有「憂之可以解者，非真憂也」之語，因為真正的憂愁是無法以酒排遣的，家國之恨，生離死別之痛，豈是杯中酒能忘卻的，故「醉鄉實不能解其憂也」。因此他肯定的說入醉鄉的人「皆無有憂也」。末段則對醉鄉遍天下的現實予以抨擊，認為「醉鄉有人，天下無人矣」，如果普天下的人都藉解憂之名，終日「昏昏然，冥冥然」，沉湎於醉鄉，那些「入而不知出焉」的荒惑敗亂者，反而非笑「不入而迷者」，他們的行為不是深沉的激憤和憂患，而是一種頹廢的意識和墮落的生活，加重了社會混沌昏冥的頹廢世風，他們才是「真醉鄉之徒也已」。這種憤世嫉俗之言，對沉湎於醉鄉的人，無疑是一種嘲諷和棒喝。作者對當時的這種相率入醉鄉的人，無法容忍，因而發出感嘆，警戒世人，莫入醉鄉，以挽救頹敗的世風。

本文藉醉鄉而諷喻現實，其思想內涵已不為醉鄉二字所局限，信筆寫來，似不經意，卻給人一種積極生活的啟示和理性的反思。全文敘述自然流暢，敢於放言，用字簡樸，筆鋒犀利，具有一種簡潔精鍊的整體美。

問題與討論

一、作者如何描述醉鄉的景象？

二、作者在文中舉出哪些歷史人物？請說明他們的時代與事蹟。
三、作者為何說「醉鄉實不能解其憂也」？
四、作者所謂的「真醉鄉之徒」為何？
五、說出你對飲酒的看法。

三十七、范縣署中寄舍弟墨第四書

鄭燮

課文

十月二十六日得家書，知新置田獲秋稼[1]五百斛[2]，甚喜。而今而後，堪爲農夫以沒世[3]矣。要須製碓[4]製磨，製篩籮簸箕[5]，製大小掃帚，製篩籮斗斛。家中婦女，率諸婢妾，皆令習舂揄蹂簸[6]之事，便是一種靠田園長[7]子孫氣象。天寒冰凍時，窮親戚朋友到門，先泡一大碗炒米送手中，佐[8]以醬薑一小碟，最是暖老溫貧之具[9]。暇日嚥碎米餅，煮糊塗粥，雙手捧碗，縮頸而啜之，霜晨雪早[10]，得此周身俱暖。嗟乎！嗟乎！吾其長爲農夫以沒世乎！

我想天地間第一等人，只有農夫，而士爲四民[11]之末。農夫上者種地百畝，其次七八十畝，其次五六十畝，皆苦其身，勤其力，耕種收穫，以養天下之人。使天下無農夫，舉世[12]皆餓死矣。我輩讀書人，入則孝，出則弟[13]，守先待後[14]，得志澤加於民，不得志修身見於世[15]，所以又高於農夫一等。今則不然，一捧書本，便想中舉中進士作官，如何攫取[16]金錢，造大房屋，置多田產。起手便錯走了路頭，後來越做越壞，總沒有個好結果。其不能發達者，鄉里作惡，小頭銳面[17]，更不可當[18]。夫束修自好[19]者，豈無其人；經濟自期[20]，抗懷千古[21]者，亦所在多有。而好人爲壞人所累，遂令我輩開不得口；一開口，人便笑，曰：「汝輩書生，總是會說，他日居官，便不如此說了。」所以忍氣吞聲，只得捱人笑罵。工人製器利用[22]，賈人[23]搬有運無，皆有便民之處。而士獨於民大不便，無怪乎居四民之末也！且求居四民之末，而亦不可得也。

愚兄平生最重農夫，新招佃地人[24]，必須待之以禮。彼稱我爲主人，我稱彼爲客户，主客原是對待之義，我何貴而彼何賤乎？要體貌[25]他，要憐憫他，有所借貸[26]，要周全[27]他，不能償還，要寬讓他。嘗笑唐人七夕詩，詠牛郎織女，皆作會別可憐之語，殊失命名本旨。織女，衣之源也，牽牛，食之本也，在天星爲最貴；天顧[28]重之，而人反不重乎？其務本勤民[29]，呈象[30]昭昭可鑑[31]矣。吾邑婦人，不能織紬[32]織布，然而主中饋[33]，習針綫，猶不失爲勤謹。近日頗有聽鼓兒詞[34]，以鬥葉[35]爲戲者，風俗蕩軼[36]，亟[37]宜戒之。

吾家業地[38]雖有三百畝，總是典產[39]，不可久恃。將來須買田二百畝，予兄弟二人，各得百畝足矣，亦古者一夫受田百畝之義也。若再求多，便是占人產業，莫大罪過。天下無田無業者多矣，我獨何人，貪求無厭[40]，窮民將何所措足[41]乎！或曰：「世上連阡越陌[42]，數百頃有餘者，子將奈何？」應之曰，他自做他家事，我自做我家事，世道盛則一德遵王[43]，風俗偷[44]則不同爲惡，亦板橋之家法㊺也。哥哥字㊻。

作者

鄭燮，字克柔，號板橋，江蘇興化（今江蘇省興化縣）人。生於清聖祖康熙三十二年（西元一六九三年），卒於清高宗乾隆三十年（西元一七六五年），年七十三。燮少穎悟，讀書富於別解，家貧，落拓不羈，有狂士名。乾隆元年（西元一七三六年）進士，曾任山東范縣、濰縣知縣，爲官清正愛民，乾隆十八年（西元一七五三年）罷官，客居揚州，以書畫營生，爲揚州八怪之一。其詩、書、畫自成一家，世人稱爲「三絕」，其文直抒胸臆，自然暢達，獨樹一幟，所爲家書，忠厚懇摯。有《鄭板橋全集》。

題解

本文選自《鄭板橋集．家書》。范縣，縣名，屬山東省。墨，是作者堂弟，叔父的兒子，比作者小二十四歲，墨為人謙實，家中田產，全由墨管理。《鄭板橋集》中共收家書十六封，都是寫給堂弟鄭墨的，這封是清乾隆九年（西元一七四四年），作者在山東范縣任知縣時所寫，當時作者五十二歲。信中提出「天地間第一等人，只有農夫，而士為四民之末」的主張，表達了對農夫的尊重和同情，並批評當時想做官致富的讀書人。

注釋

❶秋稼　秋天所收穫的禾稼。稼，種穀為稼。

❷斛　古時以十斗為斛，南宋末改為五斗。

❸沒世　終身。

❹碓　音ㄉㄨㄟˋ，舂米的器具，多為石製。

❺篩籮簸箕：皆為用竹篾編成的器具。篩，形圓扁小孔，用來篩糠。籮，即籮筐，圓口方底，可盛穀物。簸箕，孔更為細密，用來簸米簸穀，以揚棄糠粃之類的雜物。

❻舂揄蹂簸　舂，用杵臼擣去穀物的皮殼。揄，音ㄧㄡˊ，取出。蹂，音ㄖㄡˊ，用手搓穀。簸，簸米而揚棄糠。

❼長　養育。

❽佐　助。

❾具　此指食物。

❿霜晨雪早　在降霜的清晨或雪天的早上。

⓫四民　指士、農、工、商。

⓬舉世　全世界。

⓭弟　同「悌」，敬重兄長。

⓮守先待後　保存先人的美德傳給後代。

⓯得志澤加於民二句　語見《孟子．盡心上》，意謂得志做官，就加恩惠給人民，不得志時，就修身以呈現美德於世。澤，恩澤。見，同「現」。

⓰攫取　奪取。攫，奪。

⓱小頭銳面　謂尖頭小面，形容善於鑽營。

⓲當　抵擋。

⓳束修自好　謂修身自愛。束修，約束整飭。自好，自愛。

⓴經濟自期　謂以經世濟民自我期許。經濟，經世濟民。

㉑抗懷千古　謂立志高尚，想學古代聖賢。抗，高尚。

㉒製器利用　製造器物，便利日用。利用，利民之用。

㉓賈人　商人。

㉔佃地人　佃戶、佃農。自己沒有土地，向地主租地耕種的稱為佃地人。

㉕體貌　以禮相待。

㉖借貸　借財貨物。貸，借。

㉗周全　周濟成全。

㉘顧　卻。

㉙務本勤民　意謂勸勉人民，盡力於耕織本業。本，指農業。

㉚呈象　指天所呈現的現象。

㉛昭昭可鑑　明明白白的可作為鑑戒。昭昭，明白的樣子。鑑，鑑戒。

㉜紬　音ㄔㄡˊ，綢。

㉝主中饋　主持家中飲食之事。饋，音ㄎㄨㄟˋ，食。

㉞鼓兒詞　又名鼓詞，一種說唱的曲藝。

㉟鬥葉　即玩紙牌。明清時稱紙牌為葉子。

㊱蕩軼　放蕩而無節制。軼，通「逸」。

㊲亟　急、疾。

㊳業地　耕種之地。

㊴典產　支付金錢，暫時取得土地，以後原主可以備價贖回。

㊵貪求無厭　貪求而不滿足。厭，同「饜」，飽足。

㊶措足　立足、置足。措，安放。

㊷連阡越陌　形容田地廣闊。阡陌，田間小路，南北行叫阡，東西行叫陌。

㊸一德遵王　一心一意，遵守王法。

㊹偷　澆薄、敗壞。

㊺家法　治家的法則。

㊻字　寫。書信用語，家人長輩對晚輩所用。

課文研析

板橋家書，不僅敘述家庭瑣事，也常涉及民間疾苦，本文所寫則涉及到農人的辛勞及如何對待農人，也流露出以農為主的想法。全文共分四段，首段寫農家生活情形，作者出身貧寒，深知民間疾苦，因此家境轉好後，並沒有忘本，反而格外關愛他們，板橋在信中說：「天寒冰凍時，窮親戚朋友到門，先泡一大碗炒米送手中，佐以醬薑一小碟，最是暖老溫貧之具。」對於貧窮的親朋殷殷的款待，揮灑出真摯而深厚的民胞物與的愛人的感情，表達了發自肺腑的深情，無怪乎他到濰縣做知縣時，會因為歲饑而擅自開倉賑災，也因此而獲罪罷官，接著再寫當暇日時「嚥碎米餅，煮糊塗粥，雙手捧碗，縮頭而啜之，霜晨雪早，得此周身俱暖」。板橋雖然做官了，還是羨慕農人的樸實心靈與生活，難怪板橋要感嘆的說「吾其長為農夫以沒世乎」，沒有任何虛情假意，很自然的寫出作者恬淡的心境。

二段則對當時世風，板橋提出應以農民為首，認為農夫是「天地間第一等人」，他說：「農夫上者種地百畝，其次七八十畝，其次五六十畝，皆苦其身，勤其力，耕種收穫，以養天下之人。使天下無農夫，舉世皆餓死矣。」板橋在范縣任上，經常「芒鞋問俗」，深入農民春耕夏耕秋收冬藏的生活，深刻的了解農民的勤苦，因此由衷的尊重和同情農夫，而譽為「天地間第一等人」。他又說「士為四民之末」，「經濟自期，抗懷千古」本為讀書人的懷抱，然而今之讀書人則不然，往往在炫飾自身，在求名、求利、求官、求產，因此板橋在文中嚴厲的抨擊了某些讀書人，他說「今則不然，一捧書本，便想中舉中進士作官，如何攫取金錢，造大房屋，置多田產。起手便錯走了路頭，後來越做越壞，總沒有個好結果。其不能發達者，鄉里作惡，小頭銳面，更不可當」，而不再是「入則孝，出則弟，守先待後，得志澤加於民，不得志修身見於世」的讀書人了。這種看法不同於「萬般皆下品，唯有讀書高」的傳統思想，因為他看到當時的文人，在清廷威逼利誘下，或同流合污，或不問世事，而有所感慨，因而對士風日下所發出的激憤之語。但是此輩卻讓真有志節的讀書人也受到了牽連，因此板橋又說「好人為壞人所累，遂令我輩開不得口；一開口，人便笑，曰：『汝輩書生，總是會說，他日居官，便不如此說了。』所以忍氣吞聲，只得挨人笑罵。」這是板橋的痛苦，也是一般讀書人的心聲。在他的觀念裡，這種讀書人「求居四民之末，而亦不可得也」。他尊重用自己的勤苦以養天下的農夫，而否定鑽營名利的讀書人，這種重農又尊重農民的思想是可貴的。

三段接前段之意，再寫尊重和同情農民。板橋告訴堂弟「平生最重農夫，新招佃地人，必須待之以禮」，「我何貴而彼何賤乎」，這種平等待人，寬懷大度，可以想見板橋有胸懷的廣闊，感情的淳真。文中更深入的說「要憐憫他，有所借貸，要周全他，不能償還，要寬讓他」，不僅對農民如此，在范縣署中寄舍弟墨第二書中說：「不知盜賊則亦窮耳，開門延入，商量分惠，有什麼便拿什麼去，若一無所有，便王獻之青氈，亦可攜取質百錢救急也。」這番體恤貧窮的話語，這種仁慈為懷、悲天憫人的思想，在當時深植的士大夫思想的社會中，能達到這樣的境界並不多見。板橋的這種以民為本，尊重農民的感情，充分洋溢在字裡行間。

末段為囑買田百畝，可「長為農夫以沒世」。板橋不僅思想上尊重農民，而且在行動上也維護農民的利益，他囑咐其堂弟鄭墨，如果人家贖回了原有的典產後，我們就「買田二百畝，予兄弟二人，各得百畝足矣，亦古者一夫受田百畝之義也，若再求多，便是占人產業，莫大罪過。天下無田無業者多矣，我獨何人，貪求無厭，窮民將何所措足乎！」他寫這封信時是乾隆年間，當時土地兼併嚴重，使得大量農民失去自己的一小塊農地，淪為佃耕之戶，而成為佃戶的農民，要將收穫的四五成、六七成，甚至八成以上的糧食，繳納給地主，其命運是很悲慘的，在這樣的時代背景裡，板橋有這樣的認識是難能可貴的。因此告誡其弟不得多置田產而奪取了貧窮人的土地，板橋身為政府官吏，卻時時的為無地的貧窮農民著想。對「世上連阡越陌，數百頃有餘者」的土地兼併現象，板橋無法改變這種情形，只有獨善其身，堅守自己的原則，「他自做他家事，我自做我家事，世道盛則一德遵王，風俗偷則不同為惡」，並將此定為「板橋之家法」。闡述了自己不求富貴，不隨俗浮沉的態度，無論盛世或衰世，都要做個有道德的人的處世原則，這才是他處世立命的宗旨。再用同樣的道德標準要求他全家，反映了他與一般人不同的以「經濟自期，抗懷千古」的可貴情懷。

全文敦厚懇直，意真語實，隨口道出，不假修辭，在娓娓敘說家常中，自然有一種溫馨感人的親情，同時也了解了他的理想、主張。平易流暢的文筆，發自肺腑，讀來親切有味，超脫的見解，含蘊著至情與至理，實是家書中的上乘之作。

問題與討論

一、作者何以有「吾其長為農夫以沒世乎」之語？

二、作者何以言「天地間第一等人，只有農夫」？
三、作者何以言「士為四民之末」？
四、作者如何關愛貧窮的親朋？
五、文中所言古今讀書人的態度為何？
六、作者何以言「予兄弟二人，各得百畝足矣」之語？

三十八、黃生借書說

袁枚

課文

黃生允修借書。隨園主人[1]授[2]以書而告之曰：「書非借不能讀也[3]。子不聞藏書者乎？七略[4]四庫[5]，天子之書[6]，然天子讀書者有幾？汗牛塞屋[6]，富貴家之書，然富貴人讀書者有幾？其他祖父積、子孫棄者[8]無論焉[9]。非獨書爲然，天下物皆然。非夫人[10]之物，而強假[11]焉，必慮人逼取[12]，而惴惴焉[13]摩玩之不已[14]，曰今日存，明日去，吾不得而見之矣。若業[15]爲吾所有，必高束[16]焉，度藏[17]焉，曰姑俟異日觀云爾[18]。」

余幼好書，家貧難致[19]。有張氏藏書甚富，往借不與[20]，歸而形諸夢[21]，其切如是。故有所覽，輒省記[22]。通籍[23]後，俸去書來，落落大滿[24]，素蟫灰絲[25]，時蒙卷軸[26]，然後嘆借者之用心專，而少時之歲月爲可惜[27]也。

今黃生貧類[28]予，其借書亦類予，惟予之公書[29]，與張氏之吝書[30]，若不相類[31]。然則予固[32]不幸而遇張乎，生固幸而遇予乎？知幸與不幸，則其讀書也必專，而其歸書也必速。爲一說[33]，使與書俱[34]。

作者

袁枚，字子才，號簡齋，又號隨園，錢塘（今浙江杭州市）人。生於清聖祖康熙五十五年（西元一七一六年），卒於清仁宗嘉慶二年（西元一七九七年），年八十二。枚幼有異稟，年十二爲縣學生，乾隆四年（西元一七三九年）進士，年二十五。授翰林院庶吉士，乾隆七年（西元一七四二年）外調做官，歷任溧水（今江蘇省溧水縣）、江寧（今南京市）等地知縣，勤政愛民，深獲百姓愛戴。三十三歲以父喪辭官養母，在江寧小倉山北面購置隋氏廢園，改名隨園，築室定居，不復出仕，時人稱隨園先生。

袁枚是乾隆、嘉慶時期詩人，與趙翼、蔣士銓合稱爲乾隆三大家，所爲詩文，天才橫逸。承繼晚明公安派的理論，論詩主張抒寫性情，標榜「性靈」說，爲文不拘格套。著有《小倉山詩文集》、《隨園詩話》、《子不語》等書。

題解

本文選自《小倉山詩文集》卷二十二。黃生，指黃允修，生平不詳。從本文及作者的〈贈黃生序〉一文，知黃生家境貧寒，但好讀書，深得袁枚的喜愛。生，是古時對讀書人的通稱。說是文體的一種，以己意說明或解釋義理，寫法靈活而多樣化。本文就黃生借書事，闡述借書方能專心讀書的道理。

注釋

❶隨園主人　袁枚自稱。
❷授　交給。
❸不能讀　不能用心的去讀。
❹七略　本為書名，西漢劉歆撰。漢成帝時，命劉向檢校國家的藏書，劉向死後，其字劉歆繼承其業，總括群書，撮其旨要，寫成《集略》、《六藝略》、《諸子略》、《詩賦略》、《兵書略》、《術書略》、《方技略》合為《七略》，此書為書目提要，兼述學術源流，實為目錄學之祖。
❺四庫　即四部。晉荀勖將圖書分為甲乙丙丁（即經、史、子、集）四部，唐京師長安和東都洛陽的藏書，有經、史、子、集四庫，清代編纂經史子集四部之書，定名為《四庫全書》。
❻天子之書　《七略》、《四庫》，都是宮廷的藏書，因此稱天子之書。
❼汗牛塞屋　即汗牛充棟。意謂書籍裝滿屋子，牛馬搬運都累得出汗。形容藏書很多。
❽子孫棄者　子孫丟棄的情形。
❾無論焉　不用說了、不必說了。論，說。
❿夫人　此人，指自己。夫，音ㄈㄨˊ，指稱詞。
⓫強假　勉強借到。強，音ㄑㄧㄤˇ。
⓬必慮人逼取　必然擔心別人催著索回所借之物。逼，強迫索還。
⓭惴惴焉　憂懼的樣子。惴，音ㄓㄨㄟˋ。
⓮摩玩之不已　不停的把玩欣賞。玩，音ㄨㄢˋ，撫弄玩賞。不已，不止、不停。
⓯業　已經。
⓰高束　捆紮後放在高處。束，捆。
⓱庋藏焉　收藏起來。庋，音ㄐㄧˇ，庋閣，板為之所以藏食物。
⓲姑俟異日觀云爾　暫且待到日後再來觀看。姑，暫且。俟，音ㄙˋ，等待。云爾，語尾助詞。
⓳難致　難以得到。
⓴與　給。
㉑形諸夢　形之於夢，在夢中出現那種情形。形，出現，作動詞用。諸，語中助詞，即之於。
㉒輒省記　就仔細的閱讀記住。省記，熟記。省，音ㄒㄧㄥˇ。
㉓通籍　意謂朝中已有名籍，取得了官員的身分。即出仕、做官。
㉔落落大滿　意為到處堆滿書籍。落落，很多的樣子。

㉕素蟫灰絲　白色的書蟲，灰色的蜘蛛絲。素蟫，白魚，即書中蠹魚。蟫，音ㄊㄢˊ，書蟲，又稱蠹魚。絲，指蛛網。

㉖時蒙卷軸　常常蒙蓋在書籍上。蒙，蒙蓋。卷軸，指書籍。古代書的形式是橫幅長卷，有軸以便捲起來，故以卷軸稱書籍。

㉗可惜　值得珍惜。

㉘類　似、像。

㉙公書　自己的藏書公開大方的借給別人，可以和別人共用。

㉚吝書　吝嗇而捨不得借書給別人。

㉛若不相類　好像不相同。

㉜固　竟然。

㉝為一說　寫一篇文章。

㉞使與書俱　讓這一篇文章和書籍一起交給黃生。俱，一併、一起。

課文研析

這篇文章就黃生向作者借書一事發表議論，很能發人深省。全文共分三段，首段以黃生借書說起，而引起作者有關借書的一番深長的議論，提出「書非借不能讀也」的論點，見解新穎而獨特。接著以「子不聞藏書者乎」一句，指出藏書而不能讀的三種人。第一種為「七略四庫，天子之書，然天子讀書者有幾」，第二種為「汗牛塞屋，富貴家之書，然富貴人讀書者有幾」，第三種為「祖父積、子孫棄者無論焉」，以實例舉出這些有書者是無心讀書，有書不讀，作為「書非借不能讀也」的反證。作者再由「非獨書為然，天下物皆然」，蕩開一層新意，指出向別人借的就倍感珍惜，而自己的便不以為然的不同的態度來說明這論斷是有理的。「非夫人之物，而強假焉，必慮人逼取」，每日「惴惴焉摩玩之不已」，這種情形自然會督促自己認真閱讀，不忍釋手；若是屬於自己所有，必不再珍惜，而「高束焉，庋藏焉」，並且很自然的說「姑俟異日觀云爾」，作者將這種不同的態度和心理狀況予以生動的剖析，感同身受，令人覺得親切而有味，再次有力的證明了「書非借不能讀也」的論點。二段寫自己幼年貧窮，借書不得，「歸而形諸夢」的窘迫經歷，「故有所覽，輒省記」，因此特別珍惜，細讀牢記。做官以後，有錢買書，藏書口富，則是任其「素蟫灰絲，時蒙卷軸」，書得來容易，反而置書不觀。由這兩種切身經驗的體會，於是感嘆的說「借者之用心專」，以一正一反的親身經歷，兩相對照，歸結出「用心專」的關鍵，再次自然的說明了「書非借不能讀也」的論點，使人感到作者不是故作驚人之論，而是出之於常情。末段作者緊扣本題，又說到黃生。以黃生的際遇和自己當年的情況相類同，但不同的是「予之公書，與張氏之吝書，若不相類」。當年自己借書，而張家「吝書」，今天黃生借書，而自己「公書」，強調自己的「公書」和張氏的「吝書」截然不同。作者以自己貧窮借書的經驗，深知黃生借書的心情，而樂於借書，故有「予固不幸而遇張乎，生固幸而遇予乎」之概嘆。如果黃生懂得借書的艱難，能夠「知幸與不幸」，「則其讀書也必專，而其歸書也必速」，此連用二「必」字，語氣肯定，指出了作者對黃生的信任。料想黃生必然懂得珍惜這樣的機會，讀書一定很專心，也一定能及時還書。其「歸書也必速」，既是對借書人讀書的檢驗，也側面流露出作者對書的鍾愛之情。最後「為一說，使與書俱」，以這一篇文章表示對黃生的勉勵和情意，並照應首段「授以書而告之」。

本文圍繞著借書一事，開宗明義的提出「書非借不能讀也」的論點，以正反對比，由人及己，夾敘夾議，層次清楚的闡明事理，意盡而止，坦率自然，令人讀來情理順達。借書本非大事，袁枚卻能獨於此著意，正是其為文主張獨抒性靈的表現。

問題與討論

一、作者何以說「書非借不能讀也」？

二、作者列舉了哪三種人是藏書而不讀書的人？

三、作者為何由書而講到「天下物皆然」？

四、作者如何以其自身的經歷來證明其「書非借不能讀也」的論點？

五、作者如何期勉黃生？

三十九、登泰山記

姚鼐

課文

泰山之陽[1]，汶水[2]西流；其陰[3]，濟水[4]東流。陽谷[5]皆入汶，陰谷皆入濟。當其南北分者，古長城也[6]。最高日觀峰[7]，在長城南十五里。

余以乾隆三十九年[8]十二月，自京師乘[9]風雪，歷齊河、長清[10]，穿泰山西北谷，越長城之限[11]，至於泰安[12]。是月丁未[13]，與知府朱孝純子潁[14]由南麓登。四十五里，道皆砌石爲磴[15]，其級七千有餘。泰山正南面有三谷，中谷繞泰安城下，酈道元[16]所謂環水[17]也。余始循以入[18]，道少半[19]，越中嶺，復循西谷，遂至其巔。古時登山，循東谷入，道有天門[20]。東谷者，古謂之天門谿水，余所不至也。今所經中嶺，及山巔崖限[21]當道[22]者，世皆謂之天門云。道中迷霧冰滑，磴幾不可登。及既上，蒼山負雪，明燭天南[23]，望晚日照城郭，汶水、徂徠[24]如畫。而半山居霧[25]若帶然。

戊申晦[26]，五鼓[27]，與子潁坐日觀亭[28]待日出。大風揚積雪擊面。亭東自足下皆雲漫[29]，稍見[30]雲中白若摴蒱[31]數十立者，山也。極天[32]，雲一線異色，須臾[33]成五采。日上，正赤如丹[34]，下有紅光，動搖承之[35]。或曰：此東海[36]也。迴視[37]日觀以西峰，或得日[38]，或否，絳皜駁色[39]，而皆若僂[40]。

亭西有岱祠[41]，又有碧霞元君祠[42]，皇帝行宮[43]在碧霞元君祠東。是日，觀道中石刻，自唐顯慶[44]以來，其遠古刻盡漫失[45]，僻不當道[46]者，皆不及往。

山多石，少土。石蒼黑色，多平方，少圓。少雜樹，多松，生石罅[47]，皆平頂。冰雪，無瀑水，無鳥獸音跡。至日觀，數里內無樹，而雪與人膝齊。

桐城姚鼐記。

作者

姚鼐，字姬傳，一字夢穀，室號惜抱軒，世稱惜抱先生，桐城（今安徽桐城）人，生於清世宗雍正九年（西元一七三一年），卒於清仁宗嘉慶二十年（西元一八一五年），年八十五。少家貧，體弱多病，嗜學不倦。清高宗乾隆二十八年（西元一七六三年）進士，歷任翰林院庶吉士，兵部主事、鄉試考官、會試同考官，刑部郎中等職。四庫館開，以大臣薦爲纂修，年餘，因病告歸江南。曾先後講學於江南、紫陽、鍾山等書院達四十餘年，以諄諄誨迪後進爲事。

鼐受經學於伯父姚範，受古文於劉大櫆，爲文高潔深古，近司馬遷與韓愈。承繼了方苞與劉大櫆兩人的作風，主張文章要義理、考據、詞章三者不可偏廢，成爲桐城文派的重要開創者。著有《惜抱軒全集》，並編選《古文辭類纂》。

題解

本文選自《惜抱軒詩文集》卷十四。泰山，又名岱山、岱宗，為中國五嶽中的東嶽，在山東泰安縣北，主峰在泰安市城北。這篇文章是作者於乾隆三十九年（西元一七七四年）冬日，登泰山後所作的遊記，是中國文學史中膾炙人口的遊記佳作。

注釋

❶泰山之陽　泰山的南面。陽，山南為陽。
❷汶水　大汶河，發源於山東萊蕪市東北的原山，西南流經泰安城東，與諸水匯流而行，至汶上縣入運河。
❸其陰　泰山的北面。
❹濟水　亦稱沇水，發源於河南濟源縣西的王屋山，東流至山東省境，併入大清河、小清河。
❺陽谷　泰山南面山中的流水。谷，山谷、山澗。
❻古長城　戰國時齊國所築的長城。西起平陰，經泰山北岡，一直延伸到黃海，古時齊、魯兩國以此為界。
❼日觀峰　在泰山東南頂，為泰山觀日出之處。
❽乾隆三十九年　乾隆，清高宗弘曆的年號。三十九年，為西元一七七四年，時作者四十四歲。
❾乘　趁、冒著。
❿齊河長清　皆縣名，即今山東省齊河縣與長清縣。
⓫限　界限。
⓬泰安　清代山東府治，民國成立後改為縣，登泰山的人，大都從泰安上去。
⓭是月丁未　這個月（農曆十二月）二十八日。
⓮朱孝純子潁　字子潁，山東歷城人，乾隆時進士，時任泰安府知府，累官兩淮鹽運使。善詩畫，為姚鼐所推重，有《寶善樓詩集》。
⓯磴　石級、石階。
⓰酈道元　字善長，北魏范陽涿縣（今河北涿縣）人，生平好學，歷覽奇書，撰《水經注》四十卷，文筆清麗，善於摹寫山水景物。
⓱環水　泰安的護城河，《水經注》謂環水出泰山南

谿，東流注於汶水。

⑱循以入　沿著中谷進山。循，沿、順。

⑲道少半　走了一小半路途。

⑳天門　泰山峰名。據《山東通志》謂泰山，周圍約一百六十里，屈曲盤道有百餘之處，經南天門，東西三天門，到達絕頂，高有四十餘里。

㉑崖限　山崖對峙，有如門戶。限，門限、門檻。

㉒當道　當路，橫在路上。

㉓明燭天南　雪光明亮，照耀天南。燭，照，此作動詞。

㉔徂徠　音ㄘㄨˊ ㄌㄞˊ，在泰安東南四十里。

㉕居霧　停留的霧。居，停留。

㉖戊申晦　戊申這天正值晦日。戊申，農曆十二月二十九日。晦，農曆每月的最後一日。

㉗五鼓　五更，天將亮時。

㉘日觀亭　亭名，在日觀峰上。

㉙漫　布滿，瀰漫。

㉚稍見　依稀看見、約略看見。

㉛摴蒱　音ㄕㄨ ㄆㄨˊ，古代賭具，共五子，又名五木，木頭製成，兩頭尖細，中間廣平，有上黑下白、全黑、全白，立起來像山峰。

㉜極天　天邊。

㉝須臾　片刻、一會兒。

㉞正赤如丹　純紅的像丹砂。正赤，純紅。丹，朱砂。

㉟承　托、捧。

㊱東海　泛指東面的大海。

㊲迴視　回頭看。

㊳得日　得到陽光的照射。

㊴絳皜駁色　紅白兩種顏色相錯雜。絳，音ㄐㄧㄤˋ，大紅色。皜，音ㄏㄠˋ，白色。駁，雜。

㊵若僂　好像彎腰曲背的樣子，此指低於日觀峰。

㊶岱祠　祭祀泰山之神東嶽大帝的廟宇。

㊷碧霞元君祠　相傳為東嶽大帝之女，宋真宗在絕頂上建昭應祠，祀奉碧霞元君，明以後改為碧霞宮。乾隆五年，祀毀於火，六年重建。

㊸皇帝行宮　指乾隆祭祀泰山時住過的宮室。行宮，指君王出巡時所住的宮室。

㊹顯慶　唐高宗李治的年號。

㊺漫失　磨滅不存。

㊻僻不當道　偏僻而不在路邊。

㊼石罅　山石中的裂縫。罅，音ㄒㄧㄚˋ，裂縫、空隙。

課文研析

本文是桐城派寫景散文的代表作。全文分為五段，首段寫泰山的地理位置和周圍的山川形式。一開始即直言「泰山之陽，汶水西流；其陰，濟水東流」，扣住泰山的地理特徵，寫出泰山群峰聳立，而水繞山流的雄偉威嚴的氣勢。敘述汶水、濟水的流向，看似尋常文字，而實為作者以「考證助文」的筆墨。文章由「面」而「線」而「點」的展開，先寫汶水和濟水的分流，這是面；引出「當其南北分者，古長城也」，兩水的分界線是古長城，為泰山增添了雄偉的色彩，這是線；然後以古長城為中心，點明日觀峰的位置是「最高日觀峰，在長城南十五里」，這是點；說出自己將要攀登的目標，為後文預作伏筆，山、水、古長城、日觀峰，概略的輪廓勾勒，用筆極為簡括。

次段寫登山的經過，先寫「余以乾隆三十九年十二月，自京師乘風雪，歷齊河、長清，穿泰山西北谷，越長城之限，至於泰安」，敘述到泰山的時間和路線。自京師到泰安，路途遙遠，非一日可抵達，作者用不足三十字說明，語言明確簡明。作者是冬日出遊，連用「乘」、「歷」、「穿」、「越」、「至」五個動詞，極精準又傳神，使這一小節表現了快速行走的動感，也寫出旅途的艱辛，一個在風狂雪緊的隆冬，風塵僕僕的急於登泰山的畫面呈現在眼前。接著就正式寫登泰山了，「是月丁未，與知府朱孝純子潁由南麓登」，清楚的交代了登山的時間、同遊者及出發的地點。由山麓到山頂為「四十五里，道皆砌石為磴，其級七千有餘」，山勢的高聳，登山的辛苦，充盈在字裡行間。然後就具體的描述登山的路線，「泰山正南面有三谷」，而「中谷繞泰安城下」，這是酈道元在《水經注》裡所稱的「環水」，作者即從谷中入山，「越中嶺，復循西谷，遂至其巔」，詞語清楚明白。接著再敘說古時人的登山路線，則是「循東谷入，道有天門」，而東谷，古時謂「天門谿水」，作者不是走這條路，是「經中嶺，及山巔崖限當道者，世皆謂之天門云」，很自然的將有關的地理知識說出來，有意徵實，卻非拘泥於地理考證，未見考據的鑿痕。在風雪中登山，作者用「道中迷霧冰滑，磴幾不可登」二句說明，沒有過多的文墨修飾，反而更令人感到登山的艱險。待登上山頂，則是「蒼山負雪，明燭天南，望晚日照城郭，汶水、徂徠如畫。而半山居霧若帶然」。青山、白雪、落日、流水、雲霧盡在眼底，一幅絢麗壯觀的泰山夕照圖呈現在眼前。作者用最精簡的筆墨，明快地描繪出泰山的夕照，也寫出了泰山的高峻、雄渾和壯闊，真的是景色逼真，實境開闊，可見作者遣詞造句功力精深。其「蒼山負雪」、「明燭天南」，寫泰山夕照，形神兼具；「負」字賦予了蒼山的生命，「燭」字寫出了雪的晶瑩明亮。「半山居霧若帶然」設喻新奇，用字不俗，極富生機和情趣；用「居」字，非常有韻致，寫出了半山腰的雲霧不斷簇擁而來的景致，真是寫景高手。

三段寫在日觀亭觀日出，這是作者登山的目的，也是全文的重心。作者在戊申晦，五鼓時，與「子潁坐日觀亭待日出」。日出之前「大風揚積雪擊面。亭東自足下皆雲漫」，作者置身其中，以風雪交加，雲霧瀰漫，寫出日出前的陰冷肅穆。向下俯視，依稀可見「雲中白若摴蒱數十立者，山也」，視野所見的山峰，竟然小如「摴蒱」，這個比喻真是神來之喻，突顯了作者所處之地之高。接著寫日出，「極天，雲一線異色，須臾成五采。」，日出之時，雲霧變幻，氣象萬千。當太陽出來時則是「正赤如丹，下有紅光，動搖承之」，一輪紅日冉冉升起於搖漾動蕩的紅光，猶如承托著太陽一樣，用天色和雲色的變化，表現太陽初生之姿，作者用極細致的觀察和傳神的描繪，寫出這一生動而迷眩的景象，令人神往。日出之後，再補寫全景，「迴視日觀以西峰，或得日，或否，絳皜駁色，而皆若僂」，日觀峰以西諸峰，紅白相雜，斑斕瑰麗，進入群山，形「皆若僂」的想像裡，寫得精彩紛呈，逼真如畫。

四段寫日出後的遊覽，在日觀亭附近見到的古蹟，如岱祠、碧霞元君祠、皇帝行宮以及道中的石刻等人文景觀，因不是重點所在，故並未做詳細的描述，這也可看出作者在剪裁上的巧思。

末段以泰山景色的特點收來全篇，「山多石，少土。石蒼黑色，多平方，少圜。少雜樹，多松」，以「多」和「少」，寫出泰山的「三多」和「三少」，揭示出泰山上的特點，也突出了泰山蒼勁峻峭的形貌。再寫「冰雪，無瀑水，無鳥獸音跡」，瀑水、鳥獸，則從「有」、「無」來描述，以「無」字組成的短句，言簡而意賅，明白簡潔地說出了景物的自然狀態。最後「雪與人膝齊」，寫作者與風雪瀰漫的泰山融為一體，景、情融合，作者身臨泰山之巔，此時已是山人合一的境界了。這也與二段的「乘風雪」相互應合，說明了作者此次是乘風雪而來，踏風雪而去，也揭示作者內在的生命活力和動態韻情。

全文不足五百字，卻寫得情景如畫。以「登」為敘述線索，圍繞著泰山層層推進，詳略精當。以簡潔生動，溫潤清新的文筆，準確地把握了景物的特徵，寫得窮形盡狀，歷歷如見。其布置取捨的精嚴，遣詞造語的雅潔，體現了作者深厚的功力和桐城義法的特色。

問題與討論

一、說明作者登泰山所行經的路線。
二、說明泰山的地理位置和周圍的山川形勢。
三、作者登上泰山後所見到的景致為何？
四、敘述作者在日觀亭等待日出的前後景象。
五、請查閱資料，說明日觀亭附近的名勝古蹟和石刻。
六、本文為桐城派寫景散文的代表作，請評述其特色。

四十、病梅館記

龔自珍

課文

江寧[1]之龍蟠[2]，蘇州之鄧尉[3]，杭州之西谿[4]，皆產梅。或曰：梅以曲爲美，直則無姿；以欹[5]爲美，正則無景[6]；梅以疏[7]爲美，密則無態，固也[8]。此文人畫士，心知其意，未可明詔大號[9]，以繩天下之梅也[10]；又不可以使天下之民，斫[11]直、刪密、鋤正[12]，以殀梅[13]、病梅[14]爲業以求錢也。梅之欹、之疏、之曲，又非蠢蠢[15]求錢之民，能以其智力爲也。有以文人畫士孤癖之隱[16]，明告鬻梅者，斫其正，養其旁條[17]，刪其密，夭其稚枝[18]，鋤其直，遏其生氣[19]，以求重價[20]，而江、浙之梅皆病。文人畫士之禍之烈[21]至此哉！

予購三百盆，皆病者，無一完者。既泣之三日，乃誓療之。縱之[22]，順之，毀其盆，悉埋於地，解其椶縛[23]，以五年爲期，必復之全之[24]。予本非文人畫士，甘受詬厲[25]，闢[26]病梅之館以貯之。

嗚呼！安得使予多暇日，又多閒田，以廣貯江寧、杭州、蘇州之病梅，窮[27]予生之光陰以療梅也哉？

作者

龔自珍，字璱人，號定盦，浙江仁和（今杭州市）人，生於清高宗乾隆五十七年（西元一七九二年），卒於清宣宗道光二十一年（西元一八四一年），年五十。自幼受母親教育，好讀詩文。早年屢試不第，道光九年（西元一八二九年）始成進士，年三十八，曾任內閣中書、禮部主事等職。十九年辭官南歸不復出，二十一年於江蘇丹陽雲陽書院猝然去世。生平詩文甚富，作品多具時代特色。其散文獨造深峻，語言風格活潑多樣，詩風瑰麗奇肆，並且精通經、史、文字之學。有《龔自珍全集》。

題解

本文選自《定盦文集》卷三，篇名又題「療梅說」。寫於道光十九年（西元一八三九年），作者辭官南歸後，正是鴉片戰爭的前夕。以植物瑣事借題發揮，抨擊了當政者束縛人才、摧殘人才的做法，表達了社會變革的願望，具體反映出清代道光年間的中國社會問題。

注釋

❶江寧　今江蘇南京市。

❷龍蟠　即龍蟠里，位於南京清涼山下。

❸鄧尉　山名，在今蘇州市西南，山多梅樹。漢時鄧尉曾隱居於此，故得名。

❹西谿　地名，在今杭州市靈隱山西北。

❺欹　音ㄑㄧ，傾斜不正。

❻景　同「影」。

❼疏　稀疏、疏朗。

❽固也　傳統固有的說法。

❾明詔大號　公開宣告，大加號召。詔，告。

⑩繩天下之梅也　用上述的標準來衡量天下的梅樹。繩，繩墨，木匠用來取直的墨線，引申為衡量。
⑪斫　音ㄓㄨㄛˊ，砍削。
⑫鋤正　鏟鋤端正。鋤，鏟鋤。
⑬殀梅　殘害梅樹。殀，ㄧㄠˇ，殘害、斷殺。
⑭病梅　使成為病態的梅。病，作動詞，使……成為病態。
⑮蠢蠢　愚昧無知。
⑯孤癖之隱　孤獨奇特的想法。隱，不能明言的隱私、偏好。
⑰養其旁條　培養傾斜的側枝。旁條，旁逸斜出的枝條。
⑱夭其稚枝　傷害它的嫩枝。夭，折。稚枝，幼嫩的枝條。
⑲遏其生氣　抑制它的生機。遏，阻止、抑制。
⑳重價　高價。
㉑烈　酷暴。
㉒縱之　放開它，讓它自由的生長。
㉓解其椶縛　解除它身上的棕繩的綑束。椶縛，用棕繩綑綁。椶，音ㄗㄨㄥ，同「棕」。
㉔復之全之　恢復它自然的姿態，保全它健康的生態。
㉕詬厲　辱罵、斥責。
㉖闢　設立、開設。
㉗窮　竭盡、用盡。

課文研析

本篇文章是龔自珍的散文代表作，從題目的命名看，重點是在「病梅」，作者以託物取喻的手法，婉轉而曲折地表達了自己的見解。

全文共分三段，首段寫產生病梅的原因。起筆從梅的產地入手，「江寧之龍蟠，蘇州之鄧尉，杭州之西谿，皆產梅」，一個「皆」字，說出梅的分布之廣、之多，將讀者置入一片梅林之中，同時也暗喻天下人才不可勝數。然後筆峰一轉，敘述某些人對梅花的審美觀點，即「梅以曲為美，直則無姿；以欹為美，正則無景；梅以疏為美，密則無態，固也。」梅以曲、欹、疏為美，以直、正、密為無韻致，精確的說出兩種不同的審美觀，以這樣的審美標準，來評論梅花，顯然是以梅喻人，影射當政者選用人才的標準。本來這樣的一個標準也無可厚非，但在「文人畫士」的心中，很清楚自己的心志，只是「未可明詔大號，以繩天下之梅也；又不可以使天下之民，斫直、刪密、鋤正，以殀梅、病梅為業以求錢也。梅之欹、之疏、之曲，又非蠢蠢求錢之民，能以其智力為也」。「文人畫士」的這種論調，他們很清楚自己的用意，但又不能當作衡量所有的梅樹而「明詔大號」，指出梅的欹、疏、曲這種病態美，不是一般愚蠢百姓，憑自己的智慧能力所能做出來的。抨擊了「文人畫士」的居心不善和不可告人的目的，以「繩天下之梅」才是他們的本意。接著便痛斥「文人畫士」是罪魁禍首，「有以文人畫士孤癖之隱，明告鬻梅者」，而植梅者和鬻梅者為了迎合附庸風雅的風氣，於是強行地「斫其正，養其旁條，刪其密，夭其稚枝，鋤其直，遏其生氣」，運用六個短語，栩栩如生的寫出對梅大施刀斧，改造梅花，使之彎曲、歪邪、疏落的摧殘梅的動作，使天下之梅皆成病態。原本姿態萬千，生意盎然的梅花，頓時失去了個性與自然。這種以投「文人畫士」所好而迫不及待的精神，致使「江、浙之梅皆病」，感嘆產梅勝地的梅樹全都成為病梅了，語句十分沉痛。接下來末句「文人畫士之禍之烈至此哉」一句，道出了作者的無限憤慨，也影射了清朝的嚴酷思想統治及對人性的壓抑和扼殺。

二段則寫作者療梅的經過和決心。作者並沒有停留在憤慨和譴責中，而是付之於行動，作者「購三百盆，皆病者，無一完者」，並「闢病梅之館以貯之」。當作者見到「無一完者」，心痛的「泣之三日」，作者為梅橫遭肆虐，備受摧殘而哭，也正是為人才遭到迫害和抑制而痛心疾首，於是「乃誓療之」，發誓去救治那些被摧殘的病梅，態度果敢而積極。作者用「縱之，順之，毀其盆，悉埋於地，解其椶縛，以五年為期，必復之全之」，寥寥幾句簡短話，寫出作者急於治救病梅的心情和舉動，以五年為期，一定要讓它自由舒展，健康地生長，使梅花恢復自己的個性，回歸自然的姿態與生機。作者又很明白的說「予本非文人畫士，甘受詬厲」，寫自己的立場和決心，說出自己非同流合污的人，因此甘受詬厲做治梅的工作。最後以「闢病梅之館以貯之」，專闢一個病梅館來調理療養病梅，點明「病梅館記」之題旨。

末段寫治救病梅的苦心，而轉發感慨。以「嗚呼」二字引出議論，「安得使予多暇日，又多閒田，以廣貯江寧、杭州、蘇州之病梅，窮予生之光陰以療梅也哉？」作者以反問的語氣寫出，不僅慨嘆自己暇日不多，閒田不多，力量不足以廣貯江寧、杭州、蘇州之病梅，也感嘆自己有志救世，卻無力補天，力量不足以挽回人才遭受到扼殺，帶有無可奈何的悲涼心情。

這篇文章不足三百字，寓意深刻，從題目到正文，無一處不談梅，實際上卻是以寫梅為名，以喻人為實，既有梅的形象，也有人的影子。文章以「病梅」比喻受摧殘、遭壓抑的人才，借「文人畫士」的「孤癖之隱」，影射清朝嚴酷的思想統治和腐朽的現實政治，用救治病梅來表達作者的改革願望，作者的寓意，是顯而易見的。全文條理清晰，寫得縱橫奔放，一氣貫注。借梅以喻人，借物以議政，是本文最大的特點。

問題與討論

一、以文人畫士的眼光來看，梅花怎樣的姿態才算美？

二、作者何以說「梅之欹、之疏、之曲，又非蠢蠢求錢之民，能以其智力為也」？

三、作者何以言文人畫士，心知其意，未可明詔大號，以繩天下之梅也？

四、文中鬻梅者，如何造就一株病態梅？

五、請說明作者如何救治病梅？

六、請說明病梅館名稱的來由。

七、作者言若多暇日、又多閒田，以廣貯病梅，其意何在？

八、依你的觀點，植物呈現什麼姿態才是美？

國家圖書館出版品預行編目資料

古典文學選讀／耿湘沅編選.　—　初版.　—
臺北市：五南，2011.02
　　面；　　公分
含參考書目
ISBN 978-957-11-6182-2（平裝）

1.國文科　2.讀本

836　　　　　　　　　　99023942

1X4C

古典文學選讀

編　　選 — 耿湘沅(185.3)
發 行 人 — 楊榮川
總 編 輯 — 龐君豪
主　　編 — 黃惠娟
責任編輯 — 胡天如　李美貞
出 版 者 — 五南圖書出版股份有限公司
地　　址：106台北市大安區和平東路二段339號4樓
電　　話：(02)2705-5066　　傳　　真：(02)2706-6100
網　　址：http://www.wunan.com.tw
電子郵件：wunan@wunan.com.tw
劃撥帳號：01068953
戶　　名：五南圖書出版股份有限公司

台中市駐區辦公室/台中市中區中山路6號
電　　話：(04)2223-0891　　傳　　真：(04)2223-3549
高雄市駐區辦公室/高雄市新興區中山一路290號
電　　話：(07)2358-702　　傳　　真：(07)2350-236

法律顧問　元貞聯合法律事務所　張澤平律師

出版日期　2011年2月初版一刷
定　　價　新臺幣300元